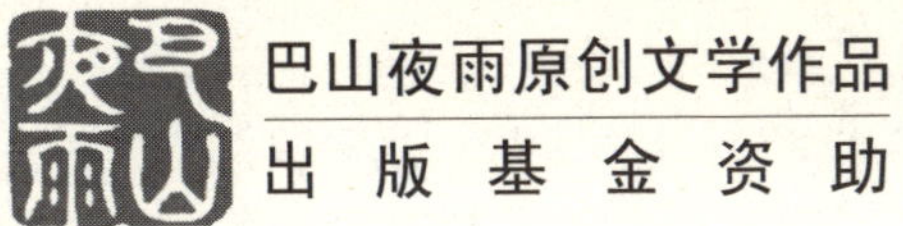

陈谷子烂芝麻

王明凯 著

重庆出版集团
重庆出版社

图书在版编目(CIP)数据

陈谷子烂芝麻 / 王明凯著. —重庆：重庆出版社，2012.3（2013.5 重印）

ISBN 978-7-229-04995-9

Ⅰ.①陈… Ⅱ.①王… Ⅲ.①短篇小说-小说集-中国-当代 Ⅳ.①I247.7

中国版本图书馆 CIP 数据核字(2012)第 027807 号

陈谷子烂芝麻

CHENGUZI LANZHIMA

王明凯 著

出 版 人:罗小卫

责任编辑:曾海龙 王晓静

责任校对:郑 葱

装帧设计:重庆出版集团艺术设计有限公司·吴庆渝

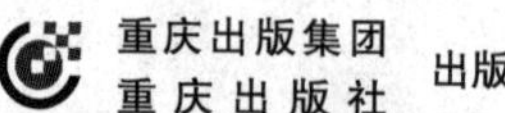

出版

重庆长江二路 205 号 邮政编码:400016 http://www.cqph.com

重庆出版集团艺术设计有限公司制版

重庆市伟业印刷有限公司印刷

重庆出版集团图书发行有限公司发行

E-MAIL:fxchu@cqph.com 邮购电话:023-68809452

全国新华书店经销

开本:787 mm×1 092 mm 1/16 印张:14.75 字数:240 千

2012 年 3 月第 1 版 2013 年 5 月第 2 次印刷

ISBN 978-7-229-04995-9

定价:24.00 元

如有印装质量问题,请向本集团图书发行有限公司调换:023-68706683

陈谷子不是谷子，烂芝麻不是芝麻。陈谷子烂芝麻都是小村、小镇、小城活生生的人和事。

——作者题记

目录

第一辑

小村陈谷子

陈谷子

陈谷子不是谷子，是人，是陈三的婆娘。男人姓陈，娘家姓谷，社员名册上她的名字叫陈谷氏。村里开大会要记工分，大队书记亲自点名，喊答应了的在名字后面画个圈圈儿，一个圈圈儿就是一天工。大队书记把劳动牌纸烟叼在嘴上，点名时话没咬明："陈谷子"，陈谷氏就答应了一声："到。"众人哄堂大笑，笑完了就叫她陈谷子，开始还有些忍口，后来叫顺了就成了习惯，人人都叫陈三婆娘陈谷子。

陈谷子娘家是贫农，不知是哪根桩桩搭错了线，竟然嫁给地主的儿子陈三。有人说，陈谷子嫁给陈三，是因为陈三人高马大，劳动力好；有人说是因为陈三是石匠，有手艺；有人说是陈谷子的妈给她算了八字，必须嫁给一个腊月初八生的男人，选来选去就只有陈三。

陈谷子对陈三啥都满意，就是恨他生性懦弱，胆小怕事。陈三的父亲是地主，"四清"运动的时候被斗死了，当时说陈三的父亲家里藏有变天账，账上记着谁家分了他的田，谁家分了他的地，谁家分了他的房，谁家分了他的牛，要陈三父亲把变天账交出来，斗了一个星期交不出来，斗了两个星期交不出来，斗第三个星期时陈三父亲就腿脚发肿，"咚"的一声倒下去就咽了气。

父亲死了，父亲的职责就该由陈三继承，修桥铺路叫陈三去，给军烈属担煤送柴也叫陈三去，从来不计工分。陈三无可奈何，地主的儿子，当然低人一等，说话做事都是夹着尾巴行事。

男人臊皮，陈谷子却不怕事，她是贫农的女儿，陈三的出身是地主，陈谷子不是地主，她一不偷，二不抢，三不投靠国民党，你能打碗水把她泡了不成？

太阳刚刚落坡，陈三就从村里回来了，像被太阳晒蔫了的丝瓜秧，耷着脑袋不说话，两眼木得发神，陈谷子问他话，也不答应，陈谷子喊他吃饭，也不动步，摊在那把油光油光的木椅上叹气，长一声短一声地叹。

婆娘见陈三丢魂落魄、诚惶诚恐的样子，就气不打一处来："你个狗日的，有话就说，有屁就放，阴私倒阳的像你妈根蔫茄子。""你个狗日的，话不说，饭不吃，嘴巴遭红苕塞到起了吗？""你个狗日的，三脚踢不出个屁来，还有啥球用？"

陈谷子铺天盖地地日诀了一顿，陈三还是没放出半个屁来，还是一个劲地望着如豆的灯光发呆叹气。陈谷子就觉得有些奇怪，怕是陈三白天去村里遇到什么人，怕是有什么不祥的事情将要发生。到底会发生什么事呢？陈谷子想不出来，也没有心思静静地想，扑哧一声吹熄了灯，各自上床睡觉。

半夜里，陈谷子做了个梦。梦见陈三得了夜游症，深更半夜出去游荡，游了前山游后山，游到后山上去砍村里的树，两丈多高的松树砍了一大片，村长带了民兵从山脚追上来了，砍脑壳的陈三跑不赢，咚的一声跳进岩边的水库里，陈谷子急得使劲喊："陈三，往对面游，往对面游……"

突然一声鸡叫，陈谷子便惊醒了，知道刚才做的是梦，陈三并没有得夜游症，并没去砍树，并没有被村长撵到水库里，马上就觉得陈三有动静，睁开眼皮，借着从壁缝里泻进的月光，看着陈三轻脚轻手起了床。陈谷子想，陈三真得了夜游症吗，想想很滑稽，怎么可能呢？就听见陈三摸摸索索起了床，摸摸索索穿了踏脚鞋，摸摸索索往屋侧边的茅坑边去，哦，陈三原来是去拉屎。陈谷子也没言语，又闭上眼睛睡觉了。

大约过了一杆烟工夫，男人轻脚轻手回来了，摸摸索索进了门，摸摸索索脱了鞋，摸摸索索往陈谷子被窝里钻。陈谷子其实是醒着的，她佯装不觉，径自酣酣地睡，马上就觉得男人的手伸过来了，马上就知道男人把她往怀里抱，马上就觉得男人有力的手在她胸部又摸又揉。陈谷子似乎这才醒来，舒展了身子，仰仰地躺着，任男人又抱又亲又啃。两三个回合，就感到男人的手从胸部移到了腰部，从腰部移到了臀部，马上就知道自己的内裤被男人扯掉了。

陈谷子仍然不惊不诧，不慌不忙，从从容容地从床角角摸起那根早就备好的吹火筒，运足气使劲两棒敲了过去，不偏不倚，正好打在男人的连二杆上，连二杆是穷骨头，没得肉，痛得男人钻心，只听“哎哟哟……”连声惨叫，那男人就犹如乌梢蛇缠树一般，在床上乱蜷乱翻，“咚”一声就翻到了床下，长甩甩地摆起了。

陈谷子立马找出电筒，掐亮了往地上男人一照，不觉目瞪口呆，原来挨吹火筒的不是陈三，是大队的支部书记。陈谷子便无比惊慌：“哎呀，我当是陈三那狗日的，原来是书记呀！哎，伤着骨头没有，来来来，我看看。”说话间就去搬书记的脚，痛得书记又是一阵叫唤：“哎哟，哎哟，哎哟……”这时，陈三回来了，见地上摆着的大队书记，立即脸青面黑，没想到陈谷子打得这么狠，要是书记的腿有个三长两短，啷个得了哟。二话没说，把书记扶起来，背起就往合作医疗站送，边走还边安慰背上的书记：“忍到点，忍到点，一会儿就到医院了，一会儿就到医院了……”

第二天早饭时分，陈三从合作医疗站回来，陈谷子既没问大队书记的伤势情况，也没问在合作医疗站怎样医治处理的，一进门就把陈三骂了个狗血淋头。陈三见婆娘这般阵仗，早已三魂吓落二魂，吞吞吐吐、战战兢兢地抖出了事情的原委。

昨天下午，大队书记把陈三叫到村里，命令陈三上山修一年水库，完全是尽义务，不给一个工分，并说，只要修了水库，全年的其他义务工就不用出了。陈三想，书记又要压迫地主子女了，一年不给工分，等于白尽义务，没有工分就没有口粮，来年一家人吃个铲铲？大队书记还说：“如果不去，就罚 500 块钱。”老天爷，陈三全家一年都挣不到 500 块钱！陈三一脸苦楚，想求书记发发善心，要么改变决定，要么照定工分，但陈三不敢讲，只是抬眼可怜巴巴地望着书记，欲言又止。大队书记从陈三脸上读出了陈三的心声，把住火候笑了两声，附在陈三耳朵边说：“只要想法让你婆娘跟我睡一晚上，修水库的事我另外派人，钱也不罚了。”陈三万般无奈，想到太阳偏西，最后还是狠下心答应了，为了吃饭，为了生存，陈三按照大队书记的意思，第一声鸡叫时起了床，移花接木、偷梁换柱，让大队书记假装陈三上了陈谷子的床……

陈三还没有坦白完，陈谷子早已气冲霄汉，照着低三下四的陈三一耳光掸了过去，陈三那本来就煞白的脸上马上就起了几道血印。几个趔趄，终于没有稳住,“咚”的一屁股坐进了屋角角的潲水缸里,慢慢挣起来,裤裆透湿,木木然像傻子一般,裤裆上的水,顺着腿部流到脚上,顺着脚上流到地上,湿了多大一片,一股潲水味就在屋里弥漫开来。

看着可怜兮兮的陈三,陈谷子忍了手,自己从来也没有打过男人,今天实实在在是忍无可忍。村上都是男人打女人,可陈三从来没打过自己,别说打,连重话也少说过,自己却实脚实手地打了他,打得他哑口无言。陈三应该还手,可他怎么不还手呢,不但不还手,嘴上连屁都不放,真是个没用的东西。想想气又来了, 便铺天盖地指着陈三骂:“你个狗日的倒毛畜生,连自己的婆娘都不要了,亏你狗日的做得出来。幸喜得老娘早有防备,让他龟儿子书记吃了个哑巴亏,要不是老娘警觉性高,还不是遭起了?”

骂完,便嘤嘤地啜泣,眼泪未干,又是打扫屋子,又是找来干净衣服给陈三换上。陈三那个悔呀,肠子把把都悔青了,拳头捏得出水,在自己脑壳上一个劲地捶……

陈谷子嘴上没说,心里还是后怕,不晓得大队书记今后还会找他们多大岔子,不晓得这个地主子女家庭今后还会出多大的事,不晓得今后是什么命运在等待着他们。

可是奇怪,日子一天天地过,农活一天天地干,陈谷子家里什么也没有发生,村上没有任何人命令陈三上山去尽义务修水库,也没有任何人罚他们的款,大队书记再也没有打过陈谷子的什么主意。陈谷子还和从前一样,大大咧咧做事,大咧咧地骂男人,对陈三恨铁不成钢。

乌皮鸡

必强四十岁了，还没尝过女人的味道。

心火无处泄，就想女人，躺在床上，有事无事地想，睁眼闭眼地想。门被吹开了，必强就想成福生的婆娘进了屋，就想把她按在床上睡觉。

门被花儿拱开了，吱呀地叫了一声，花儿就从门缝挤进来，在屋中央转了两圈，两只眼睛就滴溜溜地望着必强的床，望着床上的必强。必强睁开眼睛，看了一眼花儿又闭上了。花儿知趣，摇了摇那条好看的尾巴，又从门缝里挤出去了。

花儿走了，必强又想福生的婆娘。狗日的福生命好，长不像冬瓜，短不像葫芦，讨这么好个婆娘，要脸包有脸包，要身条有身条，两个奶子大得很，甩起来在衣服外面都看得见形状。必强睁开眼睛，看着头上的蚊帐，肯定是瓦背上漏水，在蚊帐上留下了渍印，像一幅干了的水墨，像一个躺着的女人。对了，就像福生的婆娘，你看那脸包，胖乎乎的，下面是颈子，比福生婆娘的颈子稍微细了点，再下面是两个奶子，若隐若现的，像乡场上馆子里头卖的包子，圆滚滚的，泡酥酥的，捏一爪，只怕油都要飚出来。

这时，出工的哨声响了，一声长一声短地响了。昨天队长就说了，今天上午铲包谷草。铲包谷草是轻松活儿，就是必强这样的壮劳力，一天也只能挣八个工分，犁田耙田，栽秧打谷最划算，一天能挣十二个工分。到底是去还是不去呢?必强在铲包谷草和上街赶场两者之间权衡着，花儿又从缝边晃过来了，却没进屋，往侧边猪圈边走了。必强马上就觉得不对，花儿的影子咋有这么高呢？于是坐起来，眼光从门缝里瞟出去，原来晃过去的不是花儿，是福生那狗日的婆娘。

福生婆娘晃过去，钻进必强的猪圈解手去了。必强那猪圈一直空着，没有喂猪，院子上的人过路总爱进去行方便。必强的眼光追着福生婆娘走，看着福生婆娘屁股甩得好诱人，心想要是能和这婆娘睡一回，一辈子也没白活。

福生婆娘进了猪圈，必强才把眼收回来。想也是空想，婆娘是别人的。必强打消了去街上赶场的念头，恹恹地爬起来，恹恹地挓起锄头出了门。工分不能不挣，不挣工分吃啥，一年下来分啥，虽说一天只有八分，但做八分是八分，一年积累起来就多了。万一到年底有人上门说媒，说个像福生婆娘那样的女人，得花钱哩。

包谷地离家并不远，但小路是个“Z”字形，先走一段石板，再过几步跳墩，又上两根田坎，就是坡上的包谷地。

必强边往包谷地走，边拿眼睛瞟自家的猪圈，福生婆娘进去恁久了，哪个还没出来呢?这狗日婆娘屎还屙得长哩。想着走着，必强拢了地头，其他的社员还没来，他们没有必强腿脚快，必强干脆站下来，定定地看着对门的猪圈门，总不见福生婆娘的影子，心里就有说不出的滋味。

这时，花儿从包谷地里蹦过来，嗅了嗅必强的裤脚，向着他叫了两声，像在提醒什么。必强马上就想起，糟糕，鸡圈门没打开，一窝鸡还在圈头关着。必强想，社员们都没有来齐，回去把鸡放了再转坡上来，恐怕也不晚。便急匆匆往回走。必强的鸡圈里喂着几只乌皮鸡，乌皮鸡是好东西，营养丰富，补人得很，抓服药来炖了，吃了治病，听说肺病、痨病、开了刀伤口不愈合的病都能治。路过猪圈边，必强觉得可以进猪圈去解个小手，早上吃了三大碗稀饭，尿泡涨得生痛，马上想起福生婆娘还没出来，便不敢往猪圈里走，几步跨进自己家中，叮叮咚咚往尿缸里冲。

冲完尿，必强就去开鸡圈。却看见鸡圈门开着，那只乌皮花鸡公正在地上扑腾，脚和翅膀都被谷草捆着。必强马上就断定家里进了贼，说不定这贼还没出屋，说不定就在屋里哪个角角蹲着，说不定就两木棒向自己劈头盖脸打来。必强想吼，狗日的贼娃子你出来，却没吼出声，两只耳朵下意识竖了起来，双眼就盯准了屋角那根扁担，只要扁担在手，不怕贼娃子乱来。

终归没有动静，必强才没有去抓屋角那根扁担。松了口气，向里屋扫了一眼，里屋就那么大，一眼就扫了个透底儿，狗日的贼娃子已经跑了，幸喜的是，没有提走老子那只乌皮大鸡公。

必强没有去解捆鸡的谷草，而是舒了口气，一屁股坐到床上歇着，他想理一下头绪再去给鸡松绑，突然就觉得屁股边的铺盖在动，噫，被子里有人！说时迟，那时快，必强以迅雷不及掩耳之势，一弹身跳起来，蹦到屋角角一把抓起那根扁担，“狗日的贼娃子”，一声怒吼，就要蒙头向床上砍去，扁担刚刚举过头顶，却听被窝里出了声：“必强大哥……”

必强心里一惊，这不是福生的婆娘吧？我还当她在猪圈里蹲着，原来她早就打了主意，从猪圈圈板上翻进我家的屋门，藏到屋里做贼来了。狗日的，恁个乖个婆娘，居然做贼！必强一把掀开了被子，一看果然就是福生婆娘。必强两眼圆睁，肺都快气炸了，老子必强虽是单身汉，可从来没做过恶事，你凭什么偷到老子头上？必强一把拽过来，只听扑的一声，福生婆娘的汗衫被必强撕破了，两个泡松松的奶包白得耀眼，两颗樱桃在奶包上筛糠。

必强突然像触了电一般，手也住了，眼也傻了，嘴里凶出的话也变了腔调，“没想到，是你狗日的偷鸡……”开始像黄牛吼，后头像蚊子叫，再后头说的什么，自己也听不清了，只是那两只眼睛，直勾勾地盯着福生婆娘白生生的两座肉山。福生婆娘身子不抖了，手也不抖了，可怜巴巴地解了裤带，把被子往侧边一掀，四仰八叉地摆在床上，声音嗡嗡响，像在喉咙里打转：“必强大哥，来嘛，我用身子，换那只乌皮鸡……”

必强脑子轰轰地响，一股热血直往上冲，下面那家什也来了劲，日思夜想的福生婆娘摆在自己面前，哪里去找这等好事？哼，不尝白不尝，不干白不干，四十岁的老光棍还没有开过荤哩。必强也没多想，强烈的欲望驱使着那滚烫滚烫的身子，迟迟疑疑地向那堆肉乎乎的身子压了上去，正要扯开那包着圆屁股的裤子，又听得福生婆娘一声哀求：“必强大哥，快点嘛，福生那病等不得了，看这乌皮鸡能不能救他一命。”

必强的头嗡地一声，像挨了一闷棒，周身的热血一下子冷到了零度，手脚都木然了。突然，一把将福生婆娘扯起来，声色俱厉，愤怒至极：“你狗日的，哪个不早说！”咬牙切齿地盯了福生婆娘两眼，立马从床上挣起来，走到鸡圈边，把剩余的两只乌皮鸡也一一逮住，又用谷草捆了翅膀和脚，连同福生婆娘逮的那只鸡一起装进了一个背篼里，递在了福生婆娘的面前。

福生婆娘迟疑着:“这……这……”“这你妈个锤子,快背起走,给福生兄弟炖药炖汤!”也不管福生婆娘泪眼涟涟,连人带鸡,把福生婆娘推出了门外,“咚”的一声关了门。确信福生婆娘走远了,又才轻轻把门打开,上坡铲包谷草去了,边走边在心里骂:“这狗日的婆娘。”

不久,福生那病果真就不行了。福生婆娘来敲必强的门:“必强大哥,福生没见到你,落不了气。”必强二话没说,就跟着福生婆娘走,边走边想,福生那病是多年积下的,要是治得早,恐怕也能活些年辰。想着想着就拢了福生的屋,福生婆娘扶起福生,声音低低地说道:“必强来了。”福生立马便睁开了眼睛,伸出手来把必强的手抓得好紧,脸上挤出了两行苦泪:“必强大哥,你,你……你是好人。”说完后,先把婆娘定定地看,再把必强定定地看,吃力地挤出一句话来:“小弟我……命浅……婆娘娃儿……就交给……你了……”说完,脑壳一歪,就闭了眼。必强一个劲地捶福生的背,边捶边喊:“福生,福生,福生……”可必强不管怎样喊,福生也没再吭一声。

缺耳朵猪

表叔叫什么名字我不知道，那时我还很小，他到我们家里来耍，我娘坐在堂屋里砍猪草，他就坐在猪草堆边跟我娘说话。我背着书包进屋的时候，我娘对我说："这是表叔。"

我就喊："表叔。"

表叔坐了一阵就走了，眼神怪怪的，他把叶子烟杆往裤腰带上一插，穿双烂胶鞋啪哒啪哒就出了门。他出门的时候，是擦着我的身子过去的，烂胶鞋上的稀泥巴敷得我一屁股都是，我心里冒火就诀了一句很难听的话。

我娘就说："没得老少，他是你表叔。"

娘告诉我，表叔是喂猪的，他有潲瓢运，喂的猪长得快，长得肥，屁股上都搁得下案板，别人要一年才喂得肥一头大肥猪，他八九个月就出槽了，拉到食品站一称，还比别人的猪重。

我就不服气："这有什么了不起？我娘也会喂猪。"

我娘就说："喂猪人人都会，但像你表叔那样有本事的人少，别人家一年喂一槽猪，表叔家一年要喂两三槽，粮食喂得少，膘又长得快，食品站的人说，表叔喂的猪肉都要嫩涮些。"

我仍然不服气："表叔会喂又啷个，喂猪发得了横财吗？"

娘就神气起来："这回你表叔真还发了横财。"接着就把表叔发横财的事讲给我听，还一再诈唬我，听了就听了，不要到处乱讲。

那是上个世纪八十年代初期，农民喂了猪是不能私自宰杀的，必须抬到食品站交给国家。国家把猪收了，由食品站统一宰杀，然后按照计划供应给机关、学校和城市居民。农民要吃肉可以，你必须交一头猪给国家，自己才能杀一头猪吃肉，这叫交一杀一。其实，多数农民不愿意交一杀一，一头猪杀来自己吃了不划算，把它全部交给国家就能多得一百多块钱，一百多块钱要做多少事哟，买种子、买化肥、买农药、称油打盐、人情客往，哪里不花钱呢？

表叔也和其他农民一样，喂肥了猪都想变成钱，然后给婆娘扯布添新衣，给儿子交学费、买书包。表叔家有三个儿子，大儿子高中毕业回家当了赤脚医生，背个药箱给贫下中农看病，一年到头并没有多少进账。二儿子正在读初二年级，不安心读书，一天到晚都泡在篮球场上。小儿子跟我岁数差不多，小学毕业刚跨进初中的门槛，正是用钱的时候。所以，表叔家一年喂两槽三槽肥猪，都想变成钱补贴家用，自己是舍不得杀猪吃肉的，好在每交一头猪给国家，可以返还五斤肉票，凭票买回来，一家人过年过节也就对付过去了。

这天，鸡才叫头遍，表叔就把大儿子从床上敲起来，要到食品站交猪。大儿子本来是有事的，要到后沟去会一个同学，那个同学其实是大儿子的女朋友，他叽咕叽咕地不愿意起床。表叔就扯开喉咙叫起来了："快点给老子起来，鸡都叫了。"大儿子要是撒个谎，说到后沟出诊，兴许老汉就不会叫他去食品站交猪了，但大儿子是不会撒谎的人，二话没说，就呵欠连天地与表叔一起捆了猪，杠子往肩上一搁，扯伸脚杆就上了路。

表叔的猪有个最大特点，就是缺了一只耳朵，左边的耳朵跟任何猪一样，像一只大巴掌，啪嗒啪嗒打着驱赶嗡嗡乱飞的蚊虫，右边的耳朵却只有一截短桩桩，人一眼就能看进它的耳朵里去，表叔猜想说，那猪可能是小时候睡在猪圈里，被没吃过猪耳朵的老鼠啃掉了的。表叔两父子上坡下坎，过沟蹚河，累得鼻奔嘴歪，脚炽手软，才把一条一百多斤的缺耳朵大肥猪抬到了食品站。到了食品站，太阳已出来老高老高了，食品站门口还有更早的人已排队等上了。可是，食品站的大门紧闭，任外面叽叽喳喳热闹喧天，大门内还是一个人影也没有。

表叔是个叫鸡公，拳头"咚"的一声擂在门板上，扯开嗓子就吼起来了："这些狗日的换槽猪，太阳都晒沟子了，还在床上眠尸。"吼完了就在大门边席地而坐，口里还在喋喋不休。大儿子这才跟老汉讲了实情，要到后沟去会一个女同学，表叔一下子懂起了："你各人去嘛，这里留我一个人就行了。”

看着儿子走了，表叔才摸出叶子烟杆，卷了叶子烟吧嗒吧嗒地抽，边抽边骂食品站尽是他妈的一群懒虫。

收购员是个蓄飞机头的小伙子，早把表叔和他那条缺耳猪认得实在，心里在说：“你个死老头，想骂你就骂吧，等一会儿你才认得到我‘飞机头’”。

果然，轮到表叔交猪的时候，“飞机头”脑壳一甩：“老头儿，恁个瘦的猪你抬来做啥子？你看嘛，肚子都没有长圆呢，早点抬回去多喂几瓢潲水再送来。”表叔这回傻眼了，气得眼睛鼓起猪卵子那么大，心想你狗日的“飞机头”到底是真不懂吗假不懂，老子喂的这猪是瘦肉型猪哒嘛，怎么能说肚子都没有长圆呢？老实眼睛不识宝，看到姑娘喊大嫂嗦？表叔好话说了三筐搭八箩，一再申明自己那是瘦肉型猪，看起瘦其实肥滚滚的，哪知“飞机头”硬是不买表叔的账，青水煮四季豆，根本不进油盐。

表叔心想：“飞机头”恐怕不是不懂，而是故意装怪。于是灵机一动，急急忙忙跑到对面的黄桷树下买了包红梅烟，叮叮咚咚撵转来：“我说‘飞机头’，不不，收购员同志，我那条缺耳朵猪确实是瘦肉型猪……”话没说完，一包烟硬往“飞机头”手里塞。

“飞机头”一看，轻蔑地笑了：“哟，老头儿，看你老实巴交的，还晓得这一手嗦？”“飞机头”越说越激动，给表叔来了个歪嘴照镜子当面丢丑：“我说老头儿，你是蚊子咬菩萨认错了人了，本小伙只认猪不认烟，想搞腐蚀拉拢干部吗？实话告诉你吧，没门！”

表叔给弄了个当面丢丑，脸色红一阵白一阵，一包红梅烟从左手换到右手，又从右手换到左手，大颗大颗的虚汗从额头上滚落下来，要不是雷屠夫从大门口经过，硬还解不到围。雷屠夫是表叔院子上出去的，在食品站杀猪，表叔他们经常上街赶场，都要在雷屠夫那里坐一坐，歇歇气，抽杆烟，等太阳打荫了才起身回家。

雷屠夫问明了缘由，围着缺耳朵猪看了一圈，才把“飞机头”拍到一边，又是点头，又是哈腰，又是递烟，又是点火，还如此这般地耳语了一阵，才把“飞机头”心中的怒火平息下来。“飞机头”车身来到表叔身边，仍然说些气鼓食胀的话，表叔当然识趣，忍气吞声一句话也没吭。“飞机头”这才叫雷屠夫把缺耳朵猪吆过来，很不情愿地过了秤、填了单，才把表叔的猪收了。

表叔虽然心里窝着火，猪毕竟还是交脱了，他到财务室去结了账，把那包“飞机头”没收的红梅烟塞给了雷屠夫。雷屠夫也没推迟，把烟接过来抽一支叼在嘴上，打燃火吸了一口，才对表叔说：“老哥子，光知道喂猪咋行，社会经验还得学，当众撒烟只能一根一根地递，你整包塞过去，不是挖苦人吗？”

表叔说：“那是那是。”叶子烟杆往腰杆上一戳，甩脚甩手回家去了。

走到离家还有两三里路的地方，要横穿一条弯弯拐拐的公路。表叔正要从那公路穿过，突然“嘟——”的一声，一辆东风牌大卡车开了过来。公路很弯，汽车减了速，表叔一眼就看出来了，这不是上午到食品站来拉猪的那辆车吗？车门上还印有“食品公司”字样。再一细看，对头对头，驾驶室坐着的正是食品站那狗日的“飞机头”哩。“飞机头”眯着眼，歪头靠在车门上打瞌睡，一副近视眼镜要掉不掉地挂在鼻梁上闪光。

表叔不知是朝“飞机头”还是朝东风牌卡车哼了一声，心里就升起一股无名火，还没来得及出声，就听见“咚——”的一声，从车屁股上掉下一头猪来。表叔迟疑了半分钟，确信车上掉下来的是一头猪，才扯开嗓子喊：“停车停车，猪掉了——”可是，山风呼呼，车声隆隆，车上的人哪里听得见？一眨眼工夫，东风牌卡车就翻过了山坡去了。

这时，表叔才打量起那头猪来，它耷着脑袋，趴在地上一动不动，看样子摔得不轻，弄得不好脚还受了伤。再一细看，嘿，绝了，这不是自己亲手交给食品站那头缺耳朵猪吗？嗯，是它，是它，瘦肉型、缺耳朵。

表叔想起了他喂缺耳朵猪的情景，想起了他与大儿子把它抬到街上去的情景，想起了“飞机头”打夹夹弯酸他的情景，围着猪自言自语地嘀咕了一阵，心里就转开了花花肠子。表叔心想，看来这缺耳朵畜生跟我表叔硬是有缘分呢，上午才交脱手，转个圈圈，下午又回来了……表叔开始庆幸起来，稀得好刚才大喊大叫停车的时候，“飞机头”没听见，听见了这头猪就不属于我了，表叔再没多想，管他三七二十一，牵回家再说。

看着看着天就慢慢黑下来了，表叔在刺巴笼里扯了根葛藤，往缺耳朵猪头上一套，摸黑把猪牵回了家。表叔娘见了，就主张把猪交回去，本来猪是卖了的，算了账，领了钱，不该据为己有。

表叔双眼一愣："妇道人家，你懂个球，捡狗穷，捡猪富，捡猫披孝布。我家拾了条猪，预示着由穷变富，这是好运气哩。"

表叔娘说："就怕猫抓糍粑，脱不到爪爪。"

表叔牙巴一咬："怕哪样，捡的当买的，偷的当拐的，哪个敢打碗水把我吞了。"

就这样，表叔家白捡了一条大肥猪。

听娘讲完，我开始觉得有点难以置信，哪有那么遇缘的事情，像编故事一样圆泛。娘砍完最后一把猪草，把菜刀和猪草板收到侧边，嘴就向刚才表叔坐过的板凳噜了噜："信不信由你，你表叔刚才就坐在这根板凳上摆的。"

我马上就想起表叔刚才那怪怪的眼神，想起他把一脚的稀泥巴敷在我屁股上时惊慌的样子，就对娘讲的故事坚信不疑。

娘又诈唬了一遍："听了就听了，不要到处乱讲。"

我知道事情重大，我不会乱讲。

但是后来我忘了娘的叮嘱，把缺耳朵猪的故事写进作文里了。作文的题目叫《记一件印象深刻的事》，我思前想后、挖空心思地写不出来，我觉得自己没有做过什么印象深刻的事。练老师就启发我说："深刻的事包括看到的、听到的和自己亲身经历过的，只要真实，印象深刻就行。"我就把表叔捡猪的事写进作文里了。

第二天，练老师喊着我说："一个中学生，说话、做事、写文章都要诚实，不能胡编乱造。"

我十分委屈地对练老师说："我没有胡编乱造，是亲自听我娘讲的。"

练老师问："你娘听谁讲的？"

我对练老师说："我娘听我表叔自己讲的。"

"你表叔叫什么名字？"

"不知道，我娘没说。"

"你表叔住在哪里？"

"不知道，我娘没说。"

练老师问："除了你娘，还有谁认识你表叔？"

我使劲想了想，终于想起来了："对了，雷屠夫认识我表叔，他帮表叔说好话交的猪。"

"哪个雷屠夫？"

"还有哪个雷屠夫？就是食品站那个头大脖子粗的雷胖子噻。"

练老师说："好，你是个诚实的孩子，作文合格。"

后来就出事了。那天放学回家，一拢屋娘就对我讲，今天一早表叔家里来了一伙人，听说有镇政府的、有派出所的、还有食品站的，他们不但把表叔的缺耳朵猪牵走了，还把表叔也带走了。

我问我娘："表叔被带到哪里去了？"

娘对我说："带到镇政府去了，参加毛泽东思想学习班。"

"好哇，去学习毛泽东思想。"

"好个屁，有问题才到那里去学习，问题交代不清楚就毕不到业。"

我问我娘："表叔有什么问题呢？"

娘说："这不明摆着，公有财产，据为己有，都是那缺耳朵猪惹的祸。还好，你表叔没有把猪杀来吃了，要是杀来吃了赔不出来，肯定是按盗窃论处，那就不是进学习班的问题了，肯定还要进牢房里去蹲鸡圈。"

我就感到纳闷："表叔捡了猪，他们怎么会知道呢？"

娘说："谁知道呢？这些人神通广大。"

当天晚上，我翻来覆去睡不着觉，我一直在想缺耳朵猪的事情，我甚至觉得，我把它写进作文去是不道德的，不道德在什么地方，我也想不清楚。

第二天，我背着书包去上学，路过食品站时遇到了雷屠夫，他蹲在食品站门口的黄桷树下吃面条。雷屠夫三刨两口把面条呼进嘴里，就喊着我问话："你写了一篇作文叫《记一件印象深刻的事》？"

我说："是的。"

"你把你表叔捡猪的事一五一十写成了作文？"

我说："是的。"

雷屠夫就像盯按在杀猪墩上嗷嗷直叫的猪一样面带凶光。

我说："怎么了，到底怎么了？我把表叔捡猪实事求是地写进作文有什么不对？"

雷屠夫说:“你个鬼崽儿。就是你鬼崽儿闯的祸,你把缺耳朵猪的故事写进作文里,作文交给了练老师。你知道吗?你们练老师是食品站“飞机头”的婆娘!”

我惊愕不已,昂着的头一下子就耷下去了。

草生的故事

草生为什么叫草生，是因为他出生在草堆里，他娘把他生在草堆里的时候，就想好了这个名字，叫草生。

草生上头是有一个姐姐的，那个姐姐三岁了都不会说话，草生的爹娘就认定她是个残疾，就打起主意想生二胎。

草生娘去问村里管计划生育的妇女主任："吴主任，哑巴算不算残疾？"

吴主任说："哑巴要算残疾。"

草生娘就说："那我就可以名正言顺生二胎了。"

吴主任说："那不行，得有充分的证据证明她是哑巴。"

草生娘说："她三岁都不会说话。"

吴主任说："有的娃儿话说得晚，三岁不说话不能证明她是残疾，要到医院去做检查。"

草生娘就带草生姐姐到医院去做了检查，医生的回答跟吴主任是一样的："有的娃娃话说得晚，三岁不说话不能证明她是哑巴，如果四岁五岁还不说话，就可以证明她是个哑巴了。"

可是，哪能等到四岁五岁呢？草生娘的肚子里已经有了草生。草生娘不知道她肚子里的草生是男是女，就去找乡场上的八字先生掐算，八字先生掐算一阵过后，煞有介事地说："是个儿子哩。"草生娘就暗暗高兴，打定主意不等哑巴女四岁五岁，一定要把肚子里的娃儿生下来，她告诉草生爹说："是个儿子哩！"

草生爹也自是惊喜，他告诫草生娘说："一定要隐藏好，不能让村干部和工作队看出来。"

草生娘说:“当然。”

草生爹提醒说:“特别是妇委会那个‘女特务’是最要提防的。”

草生爹说的“女特务”,就是吴主任,她眼睛尖得很,哪家婆娘怀了孕,哪家媳妇肚子里的娃儿有多大了,她一眼就能看出来。她看出来了你就成了监控对象,说不定哪天工作队就齐刷刷站到了孕妇面前,生拉活扯把你带到计生指导站去了,你那肚子头的娃儿也就白怀了。

草生娘早有她的主意,现在还没现怀,量那“女特务”也看不出来,等肚子现怀了,她就跑回娘家去躲起来,躲她三月五月,草生就生下来了。

草生娘还没现怀的时候,“女特务”就进了院子,她问草生娘,哑巴娃儿到医院检查没有?草生娘告诉她,检是检查了,但医院也不能证明她就是个哑巴。”女特务”就说:“你莫慌嘛,要是女子四岁了还不能说话,不用去医院检查,我就会给你申请一个二胎指标。”

草生娘就嘴巴甜甜地说:“谢谢吴主任。”

吴主任不以为然:“谢什么,乡里乡亲的。不过你现在可不能怀上哟,要是不小心怀上了就跟我说哈,早点带你到计生指导站去作手术。”

草生娘说:“主任放心,我不会怀的,我不会怀的。”吴主任把草生娘从上到下观察了一阵,没看出来任何蛛丝马迹,就信了草生娘的话,到其他院子走村串户去了。

时间过了三个月,草生娘的肚子就瞒不住了,尽管衣服穿得宽大,秋风一吹,若隐若现的就能看出来,草生娘把手伸到肚皮上去摸,圆鼓鼓地像一个皮球,娃儿在里面长得快哩。草生娘知道,自己不能在家里待了,院子里人多眼杂,万一哪个心头不安逸给“女特务”点了水,那我肚子头的娃儿就真的白怀了,想想吧,那可是个儿子哩。草生爹就帮草生娘收拾了一大包衣服裤子、针头线脑和贴身用品,把草生娘送回她娘家去了。

草生娘前脚刚走,吴主任后脚就进了屋,她问草生爹:“大兄弟,你婆娘到哪里去了?”

草生爹说:“回娘家走人户吃酒去了,她娘家有一个表叔娘嫁女。”

吴主任问:“你婆娘有没有怀孕?”

草生爹说:“怀啥子孕,肚子里屁都没放一个。主任你放心吧,我们采取了措施的。”

吴主任说："那就好，那就好。"精明过人的"女特务"居然被草生爹给骗了。

却说草生娘到娘家一住就是四五个月，开始并不现怀的肚子高高地鼓起来了，怀身大肚地像个锅盖。看着女儿蹒蹒跚跚的样子，当娘的当然心里暗暗高兴，凭她的经验，女儿应该生个儿子的，但她又拿不准，心里透出隐隐的担心和忧虑，要是再生一个女的，就没什么意思了，生男也好，生女也好，几千块钱的罚款是跑不脱的。

当娘的对女儿的肚子十分重视，把院子西头的卢二嫂找来分析咨询。卢二嫂是当过接生婆的，对生男生女能看个八九不离十，只要卢二嫂咬口女儿怀的是男胎，生下来就肯定是下面长雀雀的了。

卢二嫂把草生娘从头到尾看了一阵，又叫她前进三步，后退三步地转了一圈，便问草生娘："你喜欢吃酸的还是辣的？"

草生娘说："我酸的辣的都喜欢吃，不过这段时间特别想吃酸萝卜泡咸菜。"

卢二嫂说："你躺到床上去吧。"

草生娘就把门掩上，躺到床上去了。卢二嫂把草生娘的衣服捞起来，在她肚子上来来回回摸了三圈。停住手，接过老人家端上来的荷包蛋，囫囵吞枣地咽了，才慢条斯理地说："恭喜，你怀的是个长雀雀的儿子。"

老人家就眉开眼笑，嘴巴半开半闭地张着，像在等待卢二嫂说个子曰。

卢二嫂就把她的结论分析了一遍："第一，你女儿走路像公鸡点头，不像鸭母摆尾，公鸡点头生男，鸭母摆尾生女，她该生男孩；第二，你女儿最近喜欢吃酸萝卜泡咸菜，吃酸生男，吃辣生女，她该生男孩；第三，你女儿的肚子溜圆溜圆的像南瓜，不是椭圆椭圆的像冬瓜，溜圆溜圆的生男，椭圆椭圆的生女，她该生男孩。"

草生娘听了喜出望外："卢二嫂，你真是金口玉牙，跟八字先生测的一模一样。"三个女人就会心地笑了。

确认了肚子里怀的是儿子，草生娘就更加谨慎小心，住在娘家大门不出，二门不迈，生怕外人发现娘屋里藏了个大肚子女人，更怕娘家这边的计划生育人员。娘家在山后，婆家在山前，山后发现了秘密跟山前一联系，

草生娘就鸡飞蛋打了。

老人家掐算小外孙出生的日子快到了，就准备了小衣服、小被子、小鞋子、小帽子、小尿片，随时迎接外孙出生。正当草生娘肚子隐隐作痛即将发作之时，卢二嫂像鬼打忙了一样闯进了草生娘的家："快，搞计划生育的撵过来了。"

老人家就害起怕来："他们是冲着我家姑娘来的？"

"那当然，麻雀飞过都有个影子，你家姑娘在这里躲了半年多了，未必一点风风儿都不透？"

老人家就惊慌失措："那怎么办呢？那怎么办呢？"手里提着为小外孙准备的一大包东西瑟瑟发抖。

还是卢二嫂临危不惧，从老人家手中把那一大包东西接过来，扶着草生娘从后门溜出去跑了。

卢二嫂领着草生娘刚走到后坡上的草堆旁，就看见乡里搞计划生育的李专干带着几个人从田坎边走过来。卢二嫂和草生娘急中生智，一头就钻进那个又高又大的草堆里去了，听着外面的脚步从身边走过，对对直直进了老人家的屋，草生娘吓得手脚发抖，全身冷汗直流，一急一怕身上就发作了，把娃儿生在了草堆里……

李专干确实是冲着草生娘来的，进了门只见老人家，根本没有草生娘的影子，就声色俱厉地问："老太婆，你家姑娘呢？"

"走……走了。"

"真的走了吗？"

"真……真的走……走了。"

"往哪里走的？"

"往，往大门走……走的。"

李专干看着老太婆老老实实的样子，估计她没有说谎，就移动眼光在屋里扫了几眼，一伙人就懂起了，在里屋外屋仔仔细细地寻找了一遍，确信老太婆家中没有大肚子，又恶狠狠地追问老人家："老太婆，老实说，你把你姑娘到底藏到哪里去了？"

"她确实走……走了。"

"走哪里去了？"

"她回……回她婆家屋……屋头去了。"

"真的回婆家去了吗？"

"真的回婆……婆家去了。"

李专干松了一口气："真的回婆家去了就好，告诉你吧，要生各人到外头去生，不准把娃儿生在我们山后。"

一伙人也七嘴八舌地训斥开了："老太婆，听清楚没有？要生各人回山前去生，不准你姑娘把娃儿生在我们乡的地盘上。"

老人家一个劲地鸡啄米："听清楚了，听清楚了。"一伙人这才在李专干的带领下悻悻地抽身撤退了。

再说，山前婆家这边，草生娘几个月不见踪影，就引起村吴主任的怀疑，那"女特务"的嗅觉像狗一样灵敏，路过草生家的时候总拿眼光瞟过去瞟过来地盯，没盯到草生娘就问院子里的草生爹："大兄弟，你婆娘走人户吃酒嘟个恁个久没转来哟？"

草生爹说："转来了，转来了，早就转来了。"说完就向屋里咳了一声嗽："娃儿他妈，吴主任来了哩。"

草生娘闻声就从屋里钻出来："哟，是吴主任嗦？我转来了，转来好长时间了。"

"你嘟个回娘家要恁个久哟？"

"哎呀，一言难尽哩吴主任，先是叔娘家嫁女，我吃酒去了，再就是我娘生病，一生就是几个月，脸泡皮肿的遭罪哟，我在娘家服侍我娘去了。"

"喔，原来是这样，我啥都不怕，就是担心你违背计划生育。"

"哎呀，吴主任，哪会呢？我到山后时一个空肚子，我回山前时空肚子一个。"草生娘得意地拍了拍肚子："不信你看嘛，像个瘪沙罐。"她庆幸自己生了娃儿一点都没有发胖，其实她生了草生今天才满月，今天才刚刚从山后回来。

"女特务"说："那就好，我是提醒你。"

草生娘说："谢谢吴主任，一大清早的，你这是要上哪里去哟？"

"女特务"说："听说供销社进了一批的确良料子，扯来打裤儿穿起伸抖得很，我想上街去看看。"

草生娘说："我也去，我也去，扯几尺布给哑巴女儿打件衣服，放起过年穿。”

草生娘就和“女特务”一道来到了乡场上，还没走拢供销社，就见乡政府门外围了一群人，一看才知道，乡政府门口放了一个铺盖筒筒，铺盖筒筒里包着一个婴儿，那婴儿眯着眼睛正在睡觉哩。

吴主任就说：“看来又是一个弃婴，造孽哟。这些人硬是做得出来，生了男孩当宝，生了女孩当草，肯定是个女婴。”又问一圈人：“是哪个砍脑壳的做这种可恶事？”周围的人七嘴八舌，有的说不晓得，有的说是一个中年妇女把婴儿扔到这里的，转眼就不见了。

草生娘一看，这婴儿好乖哟，睡熟了还在抿笑哩，走过去把铺盖筒筒松了，摸索了一阵就附在吴主任耳边说：“吴主任，吴主任，那婴儿还是长雀雀的。”

吴主任说：“怕是个私生子哟，现在的年轻人哪，乌七八糟的乱来，搞出祸事又不负责任。”

草生娘说：“恁乖个娃儿丢了多可惜哟，我正好没得儿子，干脆捡回去养起，省得劳神费力生二胎，还要罚几千万把块钱，这种又不淘神又不罚款的好事哪里去找哦。”

没等吴主任点头，草生娘就把铺盖筒筒抱起来：“大家给我作证，这个娃儿是我在街上捡的哟。”抱起婴儿就想溜。

“慢点，这个娃儿是我最先发现的。”一双大手拦住了草生娘的去路，一把就把铺盖筒筒夺过去了。

草生娘一看，半路杀出的程咬金原来是上场口打锄头菜刀的周铁匠。周铁匠的婆娘是个好看不好用的货，四十岁了也没给他生个一男半女，周铁匠早就想抱养一个娃儿为自己的下半生添点乐趣，遇到今天的期头哪肯放过？只是草生娘坚决不依，死死地抓住铺盖筒筒不松手。周铁匠也坚决不依，也死死地抓住铺盖筒筒不松手。

“我先看到的。”

“我先捡到的。”

“我先看到的。”

“我先捡到的。”

两人又争又拖，把铺盖筒筒里的婴儿骇得哇哇直哭，周围的群众也议论纷纷，有的说草生娘有理，有的说周铁匠有理，乌烟瘴气、乱成一团。

不可开交之时，管计划生育的吴主任说话了："两个都给我住手，一个说是捡到的，捡到的就是你的吗？计划生育有计划生育的政策。一个说是看到的，看到的就是你的吗？你一个大男人你能养活一个刚满月的婴儿吗？"

全场人都被镇住了，都说吴主任有水平，说得在理，就问吴主任："那你说这个婴儿该由谁扶养呢？总不能让他在乡政府门口冻死饿死吧？"

吴主任说："这事好办，我们院子刚好有个产妇，奶水多得如流水，养两个娃儿都吃不完，我把婴儿抱回去请她喂奶，等她喂大点我就抱到乡政府来，由乡政府来断这娃儿该由谁抚养。"

众人都说："这办法好，这办法好，还是吴主任有水平。"草生娘和周铁匠也没有再争执，吴主任就把婴儿抱回去了。

谁知当天晚上，吴主任就上了草生家的门，她把怀里的婴儿塞给草生的爹娘说："大兄弟，大妹子，这孩子你们就先养着吧，你们女儿是个哑巴，可以要个孩子的。"

草生娘把婴儿接来过，眼泪就像决了堤的水，一汪一汪地流："吴主任，你是好人，好人啊，孩子是你抱回来的，你给取个名字吧。"

吴主任看着感激不尽的草生爹："还是你取吧。"

草生爹说："娃儿是捡来的，算是捡了一条命，就叫捡儿吧。"

草生娘不干，说叫"捡儿"不好听、不顺口。

吴主任想了想："我看叫草生吧，他不是在草堆里生的吗？"一句话如五雷轰顶，把草生娘骇得目瞪口呆，未必然她知道这孩子的身世？草生爹也吓得虚汗直冒，说话都不成句数了："吴主任，你……你……你知道些……啥子？"

吴主任轻描淡写地笑笑："大兄弟，大妹子，要问我知道些啥子，告诉你们吧，我啥都知道，要不怎么叫'女特务'呢？"她看看草生的爹娘，再看看铺盖筒筒中的孩子："你看这孩子，眼睛不是像大兄弟吗？鼻子嘴巴不是像大妹子吗？他不是你们的孩子是谁的呢？你们要是不要，我就交乡政府去了。"

草生娘"咚"的一声跪在吴主任面前："吴主任哪，我坦白了吧，这孩子

就叫草生，是我偷生在娘家草堆里的，抱他到街上扔在乡政府门口的是娘家卢二嫂。你就高招贵手放他一条生路，就不要交给乡政府了吧，免得周铁匠又来抢。”

吴主任把草生娘扶起来：“你们不要紧张，算算哑巴女儿昨天就满四岁了，她不是还是个哑女吗？这个孩子是可以归你们的，上户口的问题我包了，只不过他出生早了一点，罚款还是要补交的。”

草生娘就鸡啄米似地直点头：“谢谢吴主任开恩，谢谢吴主任开恩，吴主任就是孩子的再生父母，这孩子从今以后就拜继给你了，我是草生的亲娘，吴主任你就是草生的干娘。”

草生娘说完就跪下来磕头，草生爹也跟着跪下来磕头。

买来的女人

买来的女人叫什么名字，不知道。她不说话，问也问不出来，张老大就叫她“呃”，“呃，吃饭”，她就吃饭。“呃，睡觉”，她就睡觉。

买来的女人眼光木木的，不洗脸、不梳头，不说话，只盯着窗子外面木木地看。张老大顺着她的眼光看出去，那外面除了空气之外，什么也没有，张老大就断定，这女人有点傻，是个傻子。当然，这女人聋还是不聋的，她听得见话，叫她吃饭她知道吃饭，叫她睡觉她知道睡觉，哑也是不哑的，买来的时候，她说过一句话的，只是那句话在她喉咙管里打转，张老大没听清楚。

买这个女人，张老大是花了血本的，遭了整整两千块。要在前些年，他还买不起，从早到晚背太阳过山，一天才挣十个工分，而十个工分只值八分钱，一年到头挣下来除了口粮钱，是没有什么搞头的。现在好了，搞了责任制，不用挣工分买口粮了，地里收的粮食，除了交国家的公粮，剩余的就是自己的，吃不完还可以担到街上去卖，换回油盐酱醋和零用钱。

把十年八年卖粮食的零用钱加起来，要买回一个女人还差得很远。张老大就背把斧头上山砍树，他专门盯到杉树砍，砍了扛到街上偷偷地卖，卖了仍是不够，又到后山张家老屋，借了一千二百块，好不容易才凑齐了两千块钱，才从那个龅牙齿手上买回了这个女人。

买回这个女人后，张老大就有点后悔了，只晓得吃，只晓得睡，句话不说，傻起一砣，想想，也够憋气的。但这狗日的好歹是个女人，可以和她睡觉、可以把她裤儿垮了舂糍粑，舂了糍粑就可以为张老大生儿生女。

本来，张老大是有条件正南其北讨个婆娘的，他不聋不哑，还读过四年书。但家里太穷，吃没有吃的，穿没有穿的，一间土砖瓦房，稀牙漏缝的立在半坡上，要倒不倒的像个土堆，哪家的姑娘会睁起眼睛跳岩哟。前些年，也有姑娘来看过，看了人，个个都点头，看了房子和家庭条件，个个都摇头，就连带着两个娃儿的二婚嫂也瘪着嘴吐泡口水，扬长而去了。

这几年搞责任制，张老大不饿肚子了，房子也修补了，但三晃两晃年龄就大了，再也没有姑娘愿意到山梁梁来了，张老大才凑钱买了这个傻子女人。

开始，张老大出门种地的时候，想把傻女人捆起来，把手绑在木椅子的后背上，把脚绑在木椅子的前脚上，免得张老大出门去了，她爬起来出门跑了。后沟刘疤子的婆娘就是趁家中无人跑了的，那婆娘也是龅牙齿拐来卖给刘疤子的，也是两千块钱，刘疤子把她绑在桌子脚脚上上茅房拉屎，屎拉完了回来婆娘就跑了，也不知道婆娘是怎么把绳子解开的，人跑了留一堆麻绳缠在桌子脚脚上，刘疤子就出门追找，房前屋后，坡前坡后找遍了，连根人毛都没看到。

但是，张老大买来的女人不用捆，那是个傻子婆娘，体型傻傻的，脸形傻傻的，眼神也是傻傻的。张老大问："你家住在哪里？"她眼神木木地盯着窗外不说话。

张老大问："你现在是我婆娘，晓得不？"她还是眼神木木地盯着窗外不说话。

这样一个傻女人，让她跑都不晓得往哪里出门，出了门也不晓得东南西北，你捆她做啥子。

张老大没有捆她，只把斧头找出来，把本来就钉得紧紧的窗条敲打一阵，钉得更紧了，还把门框、板壁和才修好了的那扇后门也仔仔细细检查了一遍，确信没有任何问题，才前前后后把门锁了上坡去。

张老大出门的时候，那傻子女人就那样面无表情地在椅子上坐着，眼睛木木地盯着窗外。张老大回家的时候，她还是那样面无表情地在那把椅子上坐着，眼睛木木地盯着窗外。

一天这样。

两天这样。

三天还是这样。

张老大就放心了。后来，张老大还是和傻子女人睡了觉。开始，那女人不干，把上下两个宝贵的地方死死按住。张老大想，这婆娘不傻也，脸可以不顾，头可以不顾，身上的两个包包和身下的一个孔孔却是要死死顾着呢。

张老大就开花开朵地日诀开了：

“狗日的，变了女人还怕跟男人困瞌睡？”

“狗日的，当了老子的婆娘还不准老子舂对窝？”

“狗日的，你晓不晓得，老子是花了两千块钱把你买来的？”

“狗日的，你晓不晓得，老子为买你背的债十年都还不清？”

诀完了就一屁股坐到床头上，脑壳一奁，哽咽着一口接一口地叹气。

那傻子女人就用盯着窗外那木木的眼神盯着张老大木木地看，看着看着两颗泪水就从眼眶里滚出来了，她也不管它，任它扑簌地顺着脸颊往下流，边流眼泪边解开裤带，脱掉了裤子，四仰八叉地摆在张老大的面前。

张老大也不管那么多，爬上去就开干。花两千块钱买个婆娘就是拿来干的，干了那事就是拿来生娃儿的，四十几岁了还没尝过女人的味道，四十几年了不就盼着这一口吗？

张老大干累了在女人面前趴下的时候，就感觉那女人并不是那么傻，鼻子比原来好看了、眼睛比原来好看了、脸庞比原来好看了，就连胖乎胖乎的身子也比原来好看了。张老大就想，看来这两千块钱花得值，不但满足了自己的饥渴，弄好了还能做个儿子出来，那是多么划算，多么幸福的事情哪。

想着想着又来劲了，张老大觉得下面那小兄弟像喝足了水的牛脑壳又昂起来了，一翻身爬起来又要压到女人身上去。女人却死死不干了，穿好衣服坐起，又用木木的眼光盯着窗外木木地看。

张老大就依了她，扎起裤儿上坡去了。

坡上的庄稼绿油油地长，山林里的鸟儿扑棱棱地飞，山沟的泉水“哗啦啦”地流，张老大的心情也跟着清爽爽地乐。能不乐吗？买来的女人并不傻，她听得懂他说的话，她懂得起他想的事，她为他“扑簌”流泪，她为他把裤儿脱到脚后跟，她给了他从未体验过的满足，那是一种怎样的滋味啊，从身上爽到心里去了。

心里乐着，腿脚就快，眨眼工夫上了山坡，眨眼工夫又下了山坡，坡与坡的夹缝边，就是刘疤子开的鸡毛店。鸡毛店虽小东西不少，盐巴呀、酱油呀、牙膏呀、烟呀、酒呀，什么都有。

刘疤子坐在鸡毛店里，远远就看见张老大走过来了，把纸烟叼进嘴里，吐一溜烟圈从里边飘出来，用眼睛跟张老大打招呼。

“老大，买点啥子？”

张老大没答话，用手把飘过来的烟圈圈儿扇了扇，盯着刘疤子的货柜看。

“买包烟吧，才进的，红梅。”

张老大说：“不要不要，红梅贵。”

“买块香皂吧，把你买来的婆娘洗干净点。”

张老大说：“要得，买块香皂，把那傻婆娘洗干净点。”就递给刘疤子一块二角钱，买了块“久久香”香皂，末了就摆龙门阵，把傻婆娘在张老大屋头的过场一五一十讲给刘疤子听。

刘疤子听了直摇头，提醒张老大说：“你要小心哩，谨防两千块钱买来的婆娘一眨眼就跑了。”

张老大说：“不会不会，她都跟我那个了，还会跑吗？”

刘疤子瘪瘪嘴：“那不一定，我买那婆娘还不是跟我那个了的，唧个又跑了呢？我给你说，买来的女人没感情，扯脱卵子不认人。”

这话还真引起了张老大的警觉，心里在说，还是小心点好，不要看那傻子婆娘傻乎乎的，弄得不好她是装聋卖傻，她一天到晚盯着窗外傻乎乎地看，看啥子呢？窗外除了空气啥子都没有。现在想想不对，怎么能说窗外什么都没有呢？那窗外不是有石板路吗？石板路走出去就一分为二了，左边先上坡，后下坡，下了坡就是刘疤子的鸡毛店了。右边呢？先下坡，后上坡，上了坡就走到公路上去了。傻子女人成天朝外看，是不是在选择逃跑的路线呢？是不是在研究走完石板路后，该向左还是向右逃跑呢？

张老大越想越觉得不对头，心里就有些后怕起来，看来还得在鸡毛店买根牢实的绳子回去，出门时把那傻子婆娘手脚捆了，那话怎么说的？不怕一万，就怕万一。刘疤子的婆娘还是捆了手脚的都爬起来跑了，我就这么放心大胆地出门？放心大胆地把她一个人关在屋里？

张老大就硬是买了根棕绳，连同那块香皂一起用一个塑料袋装起，转身往家里走，他要赶快回去守着那个傻子婆娘，不能让她跑了，不能让两千块钱白扔了，不能像刘疤子那样人财两空，欢喜麻雀打烂蛋。

走着走着，不觉得天就黑下来了。张老大从坡上向自己的土屋望去，那里黑得没有光亮，黑乎乎的一团，才想起出门时没给傻子婆娘交代，天黑了要把灯点起，但就是交代了她恐怕也不会点，那个句话不说，傻起一砣的东西。细想想，那婆娘又不全傻，傻子怎么知道流泪呢？傻子怎么知道流了泪就松裤带脱裤子呢？傻子怎么知道脱了裤子就让她身上的男人春对窝打糍粑呢？

这一点张老大弄不醒豁，也不需要他弄醒豁，弄那么醒豁干啥？晓得在婆娘身上犁田就行了，犁田的时候周身都通通态态、安安逸逸，犁了田还能在田里下种，下了种还能长一个娃儿出来呢。张老大觉得好笑，这跟做庄稼有什么区别呢？都是先犁田，再播种，播了种就总有收获。

就这样走拢了土屋，张老大摸索着掏出钥匙，摸索着要把钥匙插进锁孔里开锁，开了锁进屋就看得见那傻子婆娘，就可以脱她的裤子了。

张老大这一摸不要紧，马上感觉到情况不对，怎么门上没有锁呢，那把门将军怎么不在了呢？

张老大立即惊醒了，一个霹雳在心中炸开了，狗日的傻子婆娘跑了！马上冲进屋里，从床头摸出手电筒掐亮了到处查看，屋里的铺盖棉絮、锅儿罐子，一样不少，就是没有傻子婆娘的影子，细细再看，门开着，挂在门扣上的那把锁也开着，张老大就知道，是那狗日的傻子婆娘拿了钥匙，把手从糊着报纸的洞洞里伸出去，打开了门外的锁。真是大意失荆州啊，张老大这才想起，那窗子缝缝上一直藏着一把多余的大门钥匙，怪不得那傻子婆娘一天到晚盯着窗子木木地看，我还以为她傻痴痴的是在看窗外的空气哩，原来这傻子婆娘可能早就发现了窗户缝缝里的秘密。狗日的张老大，你哪个把钥匙藏在窗子缝缝里嘛，你哪个不早点把它取出来揣在身上嘛，大意呀，大意呀，大意失荆州哇。

不行，我这样不行，我得找，前前后后地找。黑灯瞎火的，她又人生地不熟，能跑多远呢？张老大就拿着手电筒床上床下、屋里屋外、前后左右地找，就是挖地三尺也要把她找出来，以后我张老大再不会这么傻，必须把那狗日的傻子婆娘绑得结结实实再锁门上坡。

张老大找呀，找呀，突然发现一团零乱的脚印，这才想起，昨天下了雨，地还没干完。对了，对了，天是干的，地是湿的，傻子婆娘不管跑到哪里都会留下蛛丝马迹。张老大就掐亮手电筒，沿着那稀泥巴路辨认着傻子婆娘留下的脚印。

那脚印乱七八糟在地坝上画了一阵葫芦，就朝石板路去了。张老大大门前是一条不长不短的石板路，石板路上光光生生的，留不下傻子婆娘的脚印。张老大也不灰心，把石板路走完了继续往前找，不找回狗日的傻子婆娘誓不收兵。

走到石板路的尽头，张老大犯难了，面前是一片草地，草地上留不下傻子婆娘的脚印。是往西走呢还是往东走呢？往西走，过一根田坎就是一堆草垛，草垛过了就上坡，一直走就到刘疤子的鸡毛店那边去了；往东走，过一根田坎就下坡，下了坡就到公路边去了，那公路一直通到县城，中途还会路过一个乡场。

张老大想，对了，那婆娘多半会走东边，多半会趁天黑走到乡场上，在哪个黑角角猫着，多半会在天亮后在乡场上搭汽车往县城方向逃跑。张老大就踏着草地往东边走。他想，踏过这一截草地就好办了，那边是泥巴路，泥巴路上总会留下那婆娘逃跑的痕迹。

果然，泥巴路上出现一条清晰的脚印，那是一双胶鞋的脚印。那脚印的尺码看下去三十五六码的样子，正是那傻子婆娘成天穿在脚上的那双胶鞋。张老大喜出望外，凭着这脚印，走到天涯海角老子都要把你逮得到。

一细看，奇怪，那脚印不是向东边乡场那边走的，明显傻子婆娘是被眼前这条河拦住了，犹豫了一阵才往西走了。再细看确实如此，一双胶鞋脚印从东往西去了，脚尖向着西边，脚跟向着东边。张老大想，狗日的傻子婆娘还狡猾，声东击西。就顺着那一行脚印由东往西找去，脚印在前面走着，张老大就在后面跟着，跟着跟着那脚印就停住了，钻进草垛堆里去了。

那是张老大亲手码起来的草垛。谷子搭了，谷草晒干了，就在草坪上栽一根树桩桩，把晒干的谷草盘拢来，围着树桩桩码起来，一层挨一层，一层压一层，码得比人还高，比屋还高。牛要吃草，就在草垛上扯；烧火需要发火柴，也在草垛上扯；席子下面的垫草受潮要换，还是在草垛上扯。东扯西扯，草垛堆就扯得松垮垮，猪钻进去拉屎，狗钻进去睡觉。

很显然，傻婆娘像猪和狗一样钻进草垛里去了。狗日的傻子婆娘还安逸呢，钻进草垛里头睡大觉。

张老大又喜又气，怒气冲天地大喊：

"呃，出来！"

"呃，出来！"

"呃，狗日的傻子婆娘，出来！"

"呃，狗日的傻子婆娘，你给老子钻出来！"

吼了一阵，没有半点声响？张老大就想，你龟儿子还藏得深呢？就像狗一样钻进草垛里找，一会儿钻进去，一会儿钻出来，围着草垛钻了一圈，也没有傻子婆娘的影子，张老大就冒火了，叮叮咚咚跑回屋，在阶沿上抽了根木棒棒，又叮叮咚咚跑回来，举起棒棒往草垛里捅，捅一下骂一句：

"我叫你躲，我叫你躲，我叫你躲！"

"出来，出来，出来，给老子出来！"

"捅死你，捅死你，捅死你，再不出来捅死你。"

张老大捅了一晚上也没把傻子婆娘从草垛里捅出来。天亮了，恰逢刘疤子不知有什么事，从草垛边路边，才跟张老大说："你捅你妈个铲铲，你那傻子婆娘早就跑球了。"

张老大问："在哪里？在哪里？老子逮到了非让她小死一道不可。"

刘疤子说："在哪里？你没听广播呀？喇叭里头说，被你买来的女人连更连夜跑到乡政府去了，在乡政府告你违法乱纪，买卖妇女。"

"她不是哑巴吗，还告得来状？"

刘疤子说："啥子哑巴哟，她是装疯卖傻，在乡政府数了你三大罪状，还把自己的姓名、住址，家有什么人都说得清清楚楚，她还是两个娃儿的母亲哩。"

张老大这才恍然大悟："这狗日的傻子婆娘，原来啥子都是装的呀，看来她狗日的面带猪相，心中嘹亮，一进门就打起主意要跑的。"

刘疤子说："是嘛，那女人聪明得很，她还跟乡政府的干部说了，她是倒穿胶鞋才逃脱虎口的。"

张老大问："啥子倒穿胶鞋哟。"

刘疤子说："张老大，你个傻舅子，这都不晓得呀？你那狗日的女人把胶鞋反穿起，鞋尖向后，鞋跟随向前，在你的草垛里扯把谷草把胶鞋捆扎实了，从草垛边一直走到乡政府去了。”

张老大这才气得又捶脑壳又跺脚，原来她狗日的计谋高啊，把胶鞋反穿起向东边跑了，老子却跟着泥巴路上的鞋印向西边追，追得到个球啊。再说，害得老子跟狗一样，在草垛里爬进爬出，像你妈个疯子，在草垛里搞了整整一个晚上。

气急败坏的张老大发了狠：“刘疤子，你看着，老子马上到乡政府去把她狗日的揪回来。”

刘疤子哈哈大笑：“张老大，有本事你娃儿去嘛，正好被乡政府逮个正着，抓起来送公安蹲鸡圈。老实跟你说吧，你那傻子女人天不亮就被乡政府用专车送到了县上，解救回贵州老家去了。”

张老大再也没话说了，看了一眼那一行声东击西的胶鞋印，一屁股坐在草垛上嘤嘤地哭起来。

画卷

水稻分蘖的时候，不知是谁家的牛没有拴牢，偷吃了杨永金责任田的秧苗，秋后算账，减产四百斤。杨永金提出，要队里弥补弥补损失。

这事难倒了村长杨成全。

要在头几年，这不是个什么事。那阵没搞责任制，田土是公家的，田土里的庄稼也是公家的，吃庄稼的牛还是公家的。公家的牛吃了公家田土里的庄稼，跟吃了河坝上的草一样，大家都睁只眼闭只眼，没人说东说西、斤斤计较。

现在不同了，搞了责任制，责任田都是自家的，栽啥种啥各人作主，收多收少各人负责，除了公粮，收的谷子、包谷、小麦、大豆等等都是自家的，田土种得不好的勉强够吃，种得好的吃不完，就挑到自由市场去卖，卖了粮食的钱就可以用来称油打盐、缝衣扯布、给娃儿交学费、逢年过节办点年货节货回家。

杨永金做庄稼是不偷懒的人，村上的人都说他庄稼做得好，地里只长庄稼不长草，收成每年都比别人高。可是今年不行了，秧苗分蘖的时候被牛啃了，大田里剩下稀稀拉拉的秧子，秋天谷子挞了一过秤，造成了大面积减产。

这事要换上别人，恐怕也就算了，可偏偏是杨永金。杨永金是生产队长，一把手，能让杨队长吃亏？要是知道当时偷吃秧子的是谁家的牛就好了，谁家的牛吃了谁家赔。

实际上现在喊杨永金为杨队长是不准确的。没搞责任制之前是挣工分吃饭，队为基础，三级所有，乡叫公社，村叫大队，最下面就是生产队。现在不同了，公社改成乡，大队改成村，生产队改成组。但大家喊顺口了，不

喊杨永金为组长，一直喊杨队长。

村长杨成全找了几个村民代表开会，说杨队长为队里的事操了不少劳，大家不能让他吃亏，大家也一致认为，杨永金的秧子被牛吃了是事实，造成歉收减产确实是件遗憾的事，又查不出谁家的牛作的孽，杨永金吃了个哑巴亏。杨成全就提议，按每家每户的田土面积分摊歉收的四百斤谷子，给杨队长弥补损失。

杨成全是老村长，原先叫大队的时候，他是大队主任，现在叫村的时候，他就是村长。老村长说话是有威信的，参加会议的村民代表也没提什么不同意见，都说我们听村长的，你说咋样就咋样。

可消息传到村里就不是那家人了，村民们议论纷纷，春生、贵强、三娃子几个“叫鸡公”吼得最凶。

“谁家的牛吃了秧苗，各人站出来噻。”

“一家人受损失，要全队人来平摊，怕是没有这本书哟。”

“队长歉收要社员来补，社员歉收哪个来补？

一时间，全村炸开了锅，都说老村长杨成全有私心，办事不公道，大干部卫护小干部、小干部拥护大干部。再说，杨成全、杨永金，一笔难写两个“杨”字，关了门他们就是一家人，虽然不是亲房，但按辈分，杨成全还是杨永金的老辈子，杨成全给杨永金说话，不就是老辈子卫顾晚辈吗？不就是要在村里搞杨家天下吗？

风言风语不仅传到了杨成全耳朵里，还传到了杨永金耳朵里。

杨永金找到杨成全说：“村长，这事你还得多给我说说话，我当个生产队长一天到晚为队上的事操心，做了多少工作呀，使了多少力气呀，村民的事我关心，我的事谁关心呀？”

杨成全说：“好吧，我再去做做工作，要不这样吧，明晚召集全体村民开会，请大家画圈。”

杨永金说：“画啥子圈？”

杨成全说：“就是无记名投票哇，你记不起了嗦，我当村长就是无记名投的票呀，你还画了我的圈哒嘛。”

杨永金想起来了，那次选村长搞无记名投票，一人发一张纸，上面印了两个人的名字，大家在上面画圈，哪个圈圈多哪个就当村长。杨永金说：

“要得，这个方法简单，同意的画圈，不同意的画叉，只要圈圈过半就该给我弥补损失。”

杨成全说：“那就这么办，不过也别大意，要想方设法做好村民的工作，一是大家都要来参加会议，二是大家都要在票上画圈。”

一个村长、一个队长，就挨家挨户做村民的思想工作了。杨永金是当事人，有些话不好说，就分的些老实巴交、听说听教的村民。春生、贵强、三娃子几个叫鸡公的思想工作就由村长杨成全负责。

杨成全首先找到春生：“春生哪，我看杨永金当个生产队长也不容易，没有功劳有苦劳嘛，你就带个头给他画个圈吧？”

春生说：“好吧，我画圈。”

杨成全又找到贵强：“贵强啊，我看杨永金当个生产队长也不容易，没有功劳有苦劳嘛，你就带个头给他画个圈吧？”

贵强说：“好吧，我画圈。”

杨成全又找到三娃子：“三娃子啊，我看杨永金当个生产队长也不容易，没有功劳有苦劳嘛，你就带个头给他画个圈吧？”

三娃子说：“好吧，我画圈。”

杨成全负责的二十多户人家，户户表态愿意画圈。杨永金私下串连的十八户人家，也是户户表态愿意画圈，杨成全和杨永金才松了一口气。

村民大会如期举行，到会者从来没有这么齐整，坐着的、站着的、蹲着的、半蹲着的，半蹲半坐在柱子边靠着，挤了满满一屋子，屋里装不下的，就在院坝里站着。

根据村长杨成全的建议，杨永金的损失就不再按田土面积进行分摊，摊起来又麻烦、又费事、又不好算细账。那四百斤谷子，按每斤五角钱的价格折合成人民币两百元，就在组里的工副业收入开支。这是大家的事情，所以得大家说了算，队委会决定，采用无记名投票的方式通过，同意的画圈，不同意的画叉。

杨村长提高嗓音问：“这个方法，大家有没有意见？”

春生说：“没有意见。”

贵强说：“没有意见。”

三娃子说：“没有意见。”

大家都说没有意见，杨成全和杨永金就吃了定心汤圆。

计票员就给大家一人发一张纸，上面写着：动用生产队工副业收入两百元，给队长杨永金补偿稻谷减产损失。村长杨成全说："这张纸就是票，大家同意的就投赞成票，在票上画一个圈圈就行了；哪个不同意就投反对票，在票上画一个叉叉就行了。好，现在投票开始。"

村民们就在自己的票上画圈，那份庄严，一点不比当年大家投票选杨成全当村长时差。票填好了，全部交给计票员和验票员统计汇总，大家就在一旁抽烟、吹牛，等待画圈结果。

一杆烟工夫，结果就出来了。验票员喜上眉梢地大声宣布："好啊，无记名投票圆满成功。"

坐在一旁的杨永金按捺不住激动，他从心里感谢乡亲们对他当生产队长的理解和支持，马上就摸出红梅牌香烟要给大伙敬烟。

验票员一把把他挡住了："别忙呀，杨队长，等公布了结果再撒烟不迟。"说完就卖了个关子："大家猜猜画圈结果如何？"

杨永金心里在说："这还用猜吗，肯定全票通过。"投票前不是给大家做工作，人人都表态同意画圈吗？"

村长杨成全却不以为然，眉头皱着一口一口地吸烟。他当村长后，经过好几次群众画圈的事，面对面尽都谈得好，村长啷个说，我就啷个画，但每次都有几个扯拐匠阳奉阴违，说是画的圈，结果画的叉，还编些不三不四的歌来唱，记得那次分配一批尿素口袋时就出了洋相。尿素口袋就是用来装化肥的包装物，都是日本进口的尿素肥料，肥料用完了，口袋更值钱，用来做成围腰、簑衣遮雨既舒适实惠，又是山里头的一种时髦。当然，社员是没有资格画圈的，画圈就是生产队以上的干部，画来画去，尿素口袋全被生产队和大队干部分完了，社员得到的很少。看着大队干部和生产队干部上坡时，背壳上和肚子上都系着尿素口袋，春生几个狗日的二杆子就编出顺口溜来唱："大干部、小干部，一人一块尼龙布，前面是日本，后面是尿素。"具体到这次画圈，恐怕也会有几个装怪的，但不碍大局，只要大多数群众画圈不画叉就成了，这一点他杨成全还是有把握的。

村民见验票员卖关子，就等不及了，一个劲儿地嚷嚷："少装怪，少装怪，快公布结果吧。"

验票员就推计票员，计票员也推验票员。没办法，二人同时跳上石凳，宣布了投票结果：“应该到会九十三人，实际到会八十七人。投票结果，画圈的十七票，画叉的七十票！”

“啊？”队长杨永金的嘴巴塑成了一个大大的“O”字，手中的红梅烟“啪”的一声掉在地上，心里面恶狠狠地骂开了：“这些狗日的扯拐匠，在涮老子的坛子！”

不知是谁带头鼓起了掌，紧接着，整个院子里响起了雷鸣般的掌声……掌声中，村长杨成全大口大口地叹着粗气，脑壳甩得像凤摆尾：“哎——如今的村民哪！如今的村民哪！”

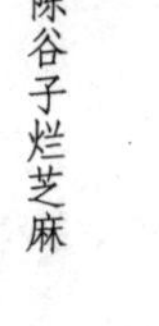

猪穿穿

其实，猪穿穿就是做猪生意，上场买下场卖、东边买西边卖、山后买山前卖，穿来穿去，投机倒把。

大家都在战天斗地学大寨，太阳出来上坡，太阳落坡收工，一年四季背太阳过山，你偏不出工、不下地，今天赶东场，明天穿西场，贱买贵卖，从中渔利，这不是投机倒把是什么？

朱四不信邪，投机倒把就投机倒把，我怕个铲铲。全村人都叫他朱穿穿，朱穿穿不贩鸡，不贩鸭，专贩猪，朱穿穿就喊成了“猪穿穿”。猪穿穿贩猪贩成了老油条，屡教不改，队长指指夺夺刮胡子，他当耳边风，牛背上打一捶，不来气。该赶场的时间赶场，该贩猪的时候贩猪，理麻日诀犹如风吹过，票儿揣进包包才是实在货。

老家的集镇三天一场，有的赶一四七，有的赶二五八，有的赶三六九，只要你喜欢跑路，天天都有场赶。猪穿穿贩猪做猪生意，最喜欢赶山后的文家场和山前的高家场。文家场离县城远，偏僻，猪儿便宜，高家场离县城近，方便，猪儿价格高，猪穿穿山前山后一穿，手上的货一出手，一把一把的票儿就挣回来了。

一个月亮光光的夜晚，鸡还没有叫头遍，猪穿穿就起了床，把那个装着五百块钱的牛皮信封往上衣口袋一揣，便深一脚浅一脚地出发了，他要到山后的文家场买猪儿，贩到山前的高家场来卖。文家场逢一四七赶场，高家场逢三六九赶场，从文家场贩回猪儿只在家隔一夜，猪穿穿的猪儿就可以在高家场脱手赚上一笔了。当然，最好的办法是不要急于脱手，买回猪儿后关到圈头喂它一月两月，等它们长了条子长了膘，油光水滑地拉到高家场的猪市上去卖，起码比立即出手要多赚一半的钱。前者叫快进快出，后者叫慢进慢出，这笔生意是快进快出，还是慢进慢出呢？猪穿穿还没想好，到时再说吧。

猪穿穿的家离文家场有三十里地，要翻一座山，可以走公路，也可以走小路，公路好走但是要绕十里路，小路翻山但要近十里路。猪穿穿选择了走小路。说是小路，其实是多年前铺成的石板路，这么亮的月光，视线好得很，为什么要绕道走呢？

猪穿穿走一程，就会下意识地伸出右手在自己的左胸上摸一下，那里揣着他的五百块钱，那是他的血汗钱，穿东场跑西场赚来的，也是他的猪头钱，投机取巧一捣鼓，它就升值下蛋了。猪穿穿那只手在左胸上摸一次，人就到了刘家沟；摸二次，人就到了大安槽；摸三次，人就翻过了乌鸦山。

翻上乌鸦山，天就亮了。猪穿穿明白，自己已走了二十里路程，还剩十里顺脚路就到文家场了。想着想着，就觉得肚子咕咕地叫，马上就看见路边店子已开了门，一股茶香从门里飘出来。猪穿穿想喝杯热茶再赶路，右手就向左胸的口袋摸去，一问一杯茶水要收一块钱，手就马上缩了回来，一块钱一杯茶水，划不来。

又走了三四里路，见路边撑起一把太阳伞，伞下一个杂货摊儿，一个半大娃儿坐在一根板凳上守着摊子。猪穿穿一问，有白糖、盐巴、酱油，还有两块钱一封的米花糖。猪穿穿那只手又伸到左胸边去了，但迟疑了半晌又缩了回来。两块钱一封米花糖，划不来。

由此断定，猪穿穿是小气鬼并不公平，该小气的时候要小气，该大方的时候还得大方。要是我猪穿穿找到一个又好看又温柔的婆娘，莫说一块两块、十块八块，把老子五百块钱的全部家当甩出去都舍得。

前年，对门院子罗大娘给猪穿穿介绍了一个娘家远房侄女，还是像眉像眼，有模有样的。见面的时候，罗家坝的罗妹搓着手，猪穿穿也搓着手。罗大娘问："猪穿穿，有没得意见？"猪穿穿说："没得。"没得就是同意处对象、耍朋友。罗大娘又问罗妹："罗妹，你有没得意见？"猪穿穿想，罗妹会说："没得。"但罗妹没说，只是慢吞吞地搓着手。罗大娘又问了几遍，罗妹还是慢吞吞地搓着手，罗妹的嫂子在侧边替她说话了，我们罗妹其实心里没有什么意见，只是不知道男方有没得存款，罗妹要跟你耍朋友，得用钱打发原来耍过的男朋友，那个男朋友现在还没板脱，因为罗妹家起房子，用了他五百块钱，不付钱是板不脱的。猪穿穿一下子明白了，这有眉有眼的罗妹要敲他一棒，猪穿穿那阵生意才起步，哪里凑得足五百呢？再说，见面就要五百块，那二天结婚办酒，还不知要多少才够，这女娃子心太雄了，要不得。猪穿穿二话没说，起身就走，罗大娘追出门，喊了好几声，猪穿穿头都没回。

从此以后，猪穿穿发誓要多做猪儿生意多赚钱，要赚五百块、五千块。果不其然，两年下来，他就有五百块钱了，用这五百块钱，去要一个像罗妹那样的女娃儿，把她哄回家做婆娘绰绰有余。

远远看见了场口边有棵黄桷树，黄桷树脚的坝子就是文家场的车站，县城开往文家场的车就会停在坝头下客上客，然后返回县城。猪穿穿在猪市上买了猪，会弄猪笼子装起来，搬到黄桷树下客车的顶棚上，搭上文家场去县城的车在离自家院子两根田坎的又一棵黄桷树边停车下货。

头一场猪穿穿是买的两头条子猪儿，在山前高家场卖了，足足赚了五十块。今天还买条子猪儿吗？猪穿穿盘算开了，猪市上的猪，不外乎奶猪儿、笼子猪儿、条子猪儿，架子猪儿四种。奶猪儿刚断奶，买回家得喂上两三个月才能出手；笼子猪儿稍大点，买回去也得喂它个把月才好变现；架子猪儿太大了，买来不好上车，只能牵着慢慢回家，那就费事了；对，还是买条子猪儿，不大不小，又好运输，买回家马上就可以上街卖钱。

不知不觉已走拢了场口，看见黄桷树下从县城开来的班车边上围了一群人，吵吵嚷嚷、叽叽喳喳。黄桷树下，坐着一个年轻女娃儿，长声吆吆地放声痛哭，侧边还坐着一个老大娘，一只眼睛闭着像快要瞎了，她没有哭声，两行眼泪汩汩地往下流。猪穿穿一看，这女娃儿比罗大娘给他介绍过的罗妹还好看，瓜子脸白生生的底色，嘴角两酒窝，两只眼睛虽然哭得红红的，但又大又水灵。恁个漂亮的女娃儿哭得恁个伤心，到底发生了什么事呢？

众人七嘴八舌，述说着刚才的惊险一幕。黄桷树下的老大娘，非要撞车自杀，看见从县城开来的班车到了，稀里轰隆从半坡上向黄桷树下驶来，老大娘像年轻人一样，一个箭步起身，扑爬跟斗向客车迎面扑去，被身边的年轻女娃儿一把拖住，在大家的拉扯下拖了回来。

猪穿穿从女娃儿抽抽泣泣的哭诉中，费了好大的气力才把事情的原委理清楚：黄桷树下痛哭的是母女俩，家住文家场文家沟，女娃儿姓文，街上的人称她文妹儿。文妹儿命孬，半年前母亲的左眼突然看不见了，到县医院作了检查，说是得了脑肿瘤，肿瘤在脑壳里越长越大，压迫了视神经，眼睛就看不到了，若不及早开刀治疗，会先瞎左眼后瞎右眼。文妹儿的父亲手中无钱，无法到县医院作手术，便请街上胡郎中把脉捡了中药进行保守医治，胡郎中的药需要青核桃做药引子才能功效卓著，药到病除，文妹儿的父亲就到穿洞岩上的核桃树上去摘青核桃，不料一脚踩虚了，从树上掉下来，滚到穿洞岩下摔死了。文妹儿思考了三天三夜，一狠心把家里的房子卖了，安埋了父亲，又把剩余的钱装进皮包里，带着母亲来到街上，要搭车到县医院去作肿瘤手术。哪知排队买票时，包包头的钱不翼而飞，文妹儿摸着皮包上那条被刀片划开的口子，哇的一声号啕大哭起来。文大娘叫天天不应，叫地地不灵，不愿意给自己的女儿造成更大的拖累，便毅然决定撞车自尽。

看着母女俩伤心欲绝的样子，猪穿穿早已动了恻隐之心："文妹儿，你说，到底遭摸了多少钱？"文妹说："五百块，那是我妈的救命钱呀！"猪穿穿说："小事情，来，把你妈扶到我的背上。"说着一把扯起地上的文大娘，三步并着两步背上了汽车，安放在司机背后的座位上，又哗的一声从上衣口袋里扯出了那个牛皮信封，一把按在文妹儿的手上："拿着，够你娘动手术！"文妹儿看着他话还没出口，猪穿穿已经一个箭步飞下车，甩脚甩手挤出人群，走得无影无踪了……

半年以后，队长神神秘秘带猪穿穿去了街上的派出所。社员们议论纷纷，投机倒把分子猪穿穿这回遭起了，躲得了初一躲不过十五，久走夜路哪有不撞鬼的？看样子，猪穿穿怕是一天两天回不来了。

谁知当天下午，猪穿穿就回来了，还从街上带回来两个女人，年轻的叫文妹儿，老的是文妹儿她妈文大娘。

橙子树

屋檐边那棵橙子树又高又大，树干比水桶还粗，树干分了叉，树叉分了枝，树枝分了丫，丫上长了叶，叶上开了花，花上结了果。果子一天天长大，开始像豌豆米米，后来像洋芋坨坨，再后来就像溜圆溜圆的大皮球了。大皮球吊在树上，晃得主人心醉，晃得路人眼馋。

橙子半熟的时候，李二娃就上树了。傍晚，他像猴子一样飞上树去，先把每枝每丫的橙子清点一遍，顺着枝丫从兜兜往树梢数过去，又顺着树梢往兜兜数转来，确信一个不少之后，才像猫头鹰一样蹲在树上，一动不动眯眼睡觉了。凌晨，李二娃睁开猫头鹰一样的眼睛，又把每枝每丫的果子再清点一遍，又像猴子一样飞下树来，神不知鬼不觉地离开了。

李二娃蹲在树上看得见别人，别人却看不见他，因为橙子树与李子树、桃子树为伍，与广柑林、水竹林为邻，密匝匝、黑压压，凉风飕飕，浓荫一片，李二娃就像电影里的狙击手一样潜伏在那棵枝繁叶茂的橙子树上。

李二娃潜伏在橙子树上，不但保护着一片橙子，更觊觎着橙子树下木屋里的女人。这茂密的橙子树、李子树、桃子树和成片的广柑林、水竹林不是他的，是树下木屋里那女人的，那女人是木屋和果树林的主人。

女人叫肖秀，是从肖家湾那边嫁过来的，长得鼻子是鼻子，眼睛是眼睛，论脸蛋，论身材，在整个李家沟都是百里挑一、数一数二的。肖秀的男人叫杨帮银，与蹲在树上的李二娃是一个部队的战友。杨帮银住在李家沟，李二娃也住在李家沟，一个村子，两个院子，中间隔个山包包，大凡小事也就一杆叶子烟的距离。杨帮银与李二娃都认识肖家湾的肖秀，都说肖秀长得漂亮，说话像唱歌一样好听，都说要是讨到肖秀做婆娘，睡着了都要笑醒。

杨帮银和李二娃入伍的第三个年头，就可以请探亲假了，杨帮银和李二娃商商量量向各自的连队写了探亲报告，邀邀约约回家探亲，邀邀约约去看望漂亮女人肖秀。可惜的是，李二娃的探亲报告没被批准，杨帮银只身一人回到了家乡。

一个月后，探亲返队的杨帮银带回一个惊人的消息，回家探亲的时候，他已经和肖秀结了婚。李二娃的第一反应是不相信，现在的人耍朋友，三年五年不结婚的大有人在，你一个月时间结什么脑壳婚？但杨帮银严肃的神态和从钱包里掏出的那张结婚照，证明了杨帮银与肖秀结婚的事实。李二娃又是高兴又是羡慕，又是嫉妒又是气愤，心里像打翻了五味瓶，说不出是什么滋味，心想："杨帮银呀杨帮银，你娃不地道，老子两兄弟共同看上的女人，你不开腔不出气，来个先下手为强，闪电般地搞到了手。"

气愤归气愤，并不影响他们的战友情、兄弟情。再说，你李二娃喜欢肖秀，人家肖秀不一定喜欢你也，不管多少人喜欢肖秀，肖秀也只能嫁给一个男人，杨帮银是自己的好战友、好弟兄，肖秀嫁给他也是不错的。

一年后，李二娃光荣退伍了，身揣退伍证回到了农村，回到了穷乡僻壤的李家沟。而同时参军的杨帮银比李二娃运气好，不但是没有退伍回乡，还转成了自愿兵，干满八年以后，就可以转业到地方安排工作。

李二娃回到李家沟后，恰逢生产队选队长，老队长年纪大了、干不动了，要选一个年轻人接班，乡亲们自然想到了李二娃，说他读了高中、又当了兵、还入了党，当个生产队长绰绰有余。但李二娃不干，他觉得当个生产队长没意思，不如外出打工，挣点钱回来修一幢新房子，讨个像肖秀那样的婆娘。那时农村的年轻人最时兴的就是出去打工，到广州、到深圳、到宁波、到上海，累是累点，关键是能挣到钱，没有钱要讨个像肖秀那样漂亮的女人就是白日做梦。就这样，李二娃义无反顾地买票去了重庆，又从重庆赶火车去了广州，凭他的本事和力气汇入了打工者的洪流。

别人在外打工，春节都要回家，大包小包的年货买回来，大把大把的票子揣回来，风风光光地过个闹热年，大年一过，又外出打工去了。李二娃不是这样，他是橙子半熟的时候回乡，橙子下树以后返城，一连三年，年年如此。

李二娃从广州回到李家沟，神不知鬼不觉，白天猫在家里睡觉，晚上

爬上了肖秀的橙子树。橙子树就是李二娃的窝,就是李二娃的床,不管天晴下雨,日晒霜打天天如此,短则个把月,长则两月有余,直到肖秀的橙子熟透了,打批发卖给了城里来的果贩子为止,李二娃才会跳下树来,返回广州打工去。

李二娃蹲在树上,把一片橙子林的橙子从半成熟守到完全成熟,其实是一举两得的事情,一是守住了橙子不被小孩摘,不被强盗偷,让肖秀一个不少地变成钱。二是守住了牵挂,独享心中女人的芳姿,让肖秀成了他揪心的惦记。

潜伏在树上的李二娃, 居高临下, 不但能把果林的一切看得清清楚楚,还能把树下木屋的一切看得清清楚楚,肖秀进屋出门,吃饭睡觉,对于李二娃来说,一切都不是秘密。择菜的时候,李二娃看着肖秀把大白菜一匹匹地剐下来,数着肖秀把拳头般大小的洋芋一片一片地切下来;煮饭的时候,李二娃看着肖秀把米淘了倒锅里,划燃火柴点燃手里的包谷杆,一根根入进灶孔里;吃饭的时候,李二娃看着肖秀刨了半碗饭,舀了半碗汤,右手举着筷子,左手在自己的奶包上揉搓着,才把半碗汤喝下肚去;睡觉的时候,李二娃看见肖秀进了厕所,“刷刷刷”弄出一阵尿响,再从厕所钻出来,脱了外衣外裤,甩着两只胖咚咚的大奶子钻进被窝里去。李二娃看在眼里,痒在心里,一次又一次热血沸腾,一次又一次心潮激荡,一次又一次差点从橙子树上栽下来。

俗话说,没有不透风的墙。李家沟的乡亲们总是纳闷,家家的橙子都被人偷过,有的还不止被偷一次两次,为什么肖秀的橙子从来没有人偷,年年熟透了才下树,年年都卖好价钱?肖秀不答,一脸幸福的微笑。肖秀的微笑有点意味深长,自然引起人们的七七八八的猜测与联想,猜来猜去,话题就集中到李二娃身上去了,一传十,十传百,传得玄乎其玄,完全变了味道,气得在部队当志愿兵的杨帮银捶胸顿足。

又是一个好年辰,肖秀的橙子树上挂满了果子,等到橙子半熟,李二娃就急急忙忙回来了,他惦记着肖秀的橙子,惦记着那棵像床一样的橙子树,惦记着橙子树下那个可心的人,像往年一样,李二娃悄悄回到了李家沟,悄悄爬上了肖秀的橙子树,悄悄的偷看着橙子树下的女人。

天气有些闷热,蹲在树上的李二娃想把上衣脱掉,凉快凉快,刚刚解开衣扣，就看见肖秀从屋外的石板路上回来了，身后还跟着她男人杨帮银，李二娃浑身一个激灵，嘿，狗日的杨帮银几时回到李家沟的哟？恐怕又是回来探亲吧？算算也是，离杨帮银第一次探亲已经三年了，三年探一次亲是部队的规定。杨帮银上次回来探亲与肖秀闪电结婚，并没有在肖秀肥沃的土地上留下种子，三年了，肖秀一人独守空房，连个娃儿都没有，结婚时杨帮银算是开了一片荒，这次又回来探亲，应该深耕播种了……看样子，杨帮银恐怕回来好几天了，今天到外边办了事，夫妻双双把家还。老战友重逢应该喜出望外，下树打个招呼，握个手，然后在橙子树下摆上两把凉椅，喝喝茶拉拉家常，但是李二娃不敢，像贼一样在树上蹲了三年，像贼一样看了人家的婆娘三年，又像贼一样从树上跳下来，算哪门子事哟。李二娃蹲在树上，头冒虚汗，手脚发凉，眼看着肖秀和杨帮银从自己屁股下面走过去，大气都不敢出一口。风姿绰约的肖秀，一头秀发一飘一飘的，像瀑布一样从头上流到肩上，真是诱人啰，杨帮银今晚上肯定要饱餐一顿，狗日的。肖秀好像下意识地朝橙子树上望了一眼，差点把李二娃吓得灵魂出窍，还好，肖秀没有发现树上的秘密，跟在她后面的杨帮银更不可能发现树上的秘密，二人旁若无人地上了台阶，推开门，拉亮电灯进了屋。

刚进屋，杨帮银就抱着肖秀啃。肖秀说："要不得，要不得，门都没关，别人看见了多不好意思。"杨帮银说："独门独院的，鬼都没得一个，哪个来看你。"说罢顺手关了门，就去脱肖秀的衣服。肖秀说："要不得，要不得，要脱到里头去脱。"杨帮银把肖秀抱进里屋，生拉活扯垮下了肖秀的上衣，肖秀一对奶子像两个胖胖的橙子一样，圆滚滚地摊在杨帮银面前，杨帮银又搓又揉，好不自得。肖秀说："要不得，要不得，要做把灯关了嘛。"杨帮银不依："各人自家的男人，关灯不关灯不是一样吗？"顺手就把肖秀的裤子垮了下来，在肖秀白生生的大腿和圆乎乎的屁股捏了两把，一下就把肖秀放到了床上。

被杨帮银折腾了一通的肖秀再也不能自持，顺势就把杨帮银抱紧了，伸手去脱他的衣服。谁知杨帮银突然一下跳下了床："别忙别忙，听说这几天野物多，专门咬鸡叼鸭，把刘家沟陈二婶家的猪都咬掉了一只耳朵，我去看看猪圈门关牢了没有。"

杨帮银出门晃了一圈，进屋就抓起床头的火药枪。肖秀问："你做啥子？”杨帮银说：“我看那橙子树上黑乎乎的一坨，恐怕有野物。”肖秀说：“野物都是从灶屋角角和猪圈旮旯进来，哪会爬到树上去嘛。”杨帮银说：“恐怕有人在偷我们的橙子，老子把他打下来。”肖秀“唬”的一下从床上爬起来，伸手去夺杨帮银手中的枪：“要不得，要不得，打死人要偿命的。”杨帮银说：“我又不是傻包，打死人干什么，老子放他一枪把脚杆穿个眼眼，把他龟儿子骇走就是。”说完提着枪就出了门。

肖秀立马穿上衣服裤子，扑爬跟斗撵了出来。哪里来得及哟，只听见“咚”的一声枪响，一片火光闪过，橙子树上的橙子“哗啦啦”地直往下掉，又听见“轰”的一声，一个重物从树上打下来，“扑”的一声掉在土坎上，愣了一下，轰隆隆滚下土坡去了。

肖秀“哇”的一声大哭起来：“杨帮银哪，出人命了，出人命了，那是你战友李二娃呀，你狗日的三年不在家，人家帮你守了三年橙子，你不但不感激还把别个当野物打了。”杨帮银一身冷汗、一脸诧异：“怪了，我没有对准目标打呀，我朝树林里放的枪嘛。”说完，丢下火药枪，一脸茫然。悲痛的肖秀，叮叮咚咚往土坡下面扑去，边哭边喊：“李二娃呀，你个大憨包，在树上蹲了三年，连口橙子都没有尝过，今天连命都除脱了……李二娃呀，你个大憨包，在树上蹲了三年，连我的门槛都没跨过，我对不起你呀……李二娃呀，你个大憨包，在树上蹲了三年，日晒雨淋受过多少罪，你有啥想法嫂子我清楚得很，你怎么三年不下树来呀……”

肖秀跑下土坡，哭喊声戛然而止，一脸惊奇挂在脸上，玉口变成一个大大的“O”字。原来，从树上掉下来的不是李二娃，是一只装满河沙的沙袋。杨帮银踉踉跄跄地跑下来，“嘿嘿嘿”的笑出声来：“肖秀呀，那沙袋是我白天挂上去的，没跟你说。肖秀呀，这下我的心全放下来了，外面那些传言全是胡说八道，你永远是忠于我的妻子。”

肖秀怒目圆睁，火冒三丈，“啪”的一记耳光，重重打在杨帮银那满是羞愧的脸上：“哼，亏你还是个当兵的！”长发一甩，跌跌撞撞向野外走去，消失在李家沟一片夜色之中。

杨帮银不相信肖秀会就此出走，一不拉，二不劝，掉转头回屋睡觉去了。可是，杨帮银并没有入睡，睁起眼睛在家等了一个晚上也没见肖秀回来。杨帮银立即感觉到事情的严重性，天一亮就外出寻找，找了李家沟，又找肖家湾，就连乡场上的餐馆、旅店都找遍了，一连几天几夜，连根人毛都没发现。后悔不及的杨帮银失去了信心，在家中焦急万分地等了七天七夜，直到假期结束，才垂头丧气地带着一脸伤感回部队去了。

肖秀到底去了哪里，杨帮银后来找到肖秀没有，李家沟的人都不清楚。有人猜想，肖秀可能早就与李二娃有勾结，跑到外地打工去了。还有人猜想，肖秀出走的下半夜，下暴雨涨了大水，可能不小心掉到水里冲进大河里去了。猜想归猜想，没有人去证实，反正杨帮银、肖秀和李二娃三人都没回来过了，肖秀那橙子树被人砍了，那茂茂盛盛的果树林已经败了，只有上了点年纪的人，还能依稀想得起肖秀的橙子树和橙子树下发生的故事。

圆滚滚的西瓜

粗粗壮壮的腿杆，直杠杠往地头一叉：头上是火辣辣的烈日，胯下是圆滚滚的西瓜，弯腰捧起来，抹了泥沙，搁在石头上，一拳下去，咔嚓嚓——脆生生裂成四块，薄薄的皮、厚厚的瓤、黑黑的籽、红红的汁。尝一口，似甘露，像蜜糖，香在口里，甜在心里。

"哦哦，熟啦——熟啦——"木根一蹦弹起来，欢呼着，奔跑着，欣喜若狂，拳头在空中挥舞，身子像要飞起来一般。能不高兴吗？恁大匹坡，遍地是瓜，黑的、白的、圆的、长的，像神仙降下的圣果，静静地躺着，比山上的石头还多。

不容易呀，辛勤的耕耘，拼命的劳作，从冬天到春天，从春天到夏天，从夏天到现在，翻地、点籽、除草、施肥……手上磨起多少层茧？身上掉了多少层皮？

好冷的风呵，刺裂了手，刺裂了脸，刺得骨头钻心痛。他蜷着身子不停地拔呀、拔呀，日出、日落……拔光了坡上的茅草，他迎着寒风不停地刨呀、刨呀，一天、两天……刨净了地里的石头。终于，狗都不屙屎的荒坡瘠壤，在他手上变了容颜，松软的泥土里冒出了西瓜的嫩芽，勾着头，躬着身，像托起水灵灵的问号……

好热的天啊，赤日炎炎似火烧，一把汗水甩八瓣。他脚上踏着草鞋，胯上挂着裤衩，光溜溜的肩膀，肩着光溜溜的扁担，一挑挑水、一挑挑粪，从山脚挑到山上，大瓢大瓢地倒进瓜窝子里。好高的坡、好陡的路，一步、两步……一挑、两挑……爬呀、爬呀，口干舌燥，七窍生烟，汗水浸湿了坡上的土。淋呀、淋呀，淋得瓜苗牵了藤，淋得藤上开了花，淋得瓜花结了果……

好长的夜呀，像他肩上的扁担，一头挑着月亮，一头挑着太阳。从西瓜有碗口大的时候起，他就夜夜守瓜，一防野物啃，二防强盗偷。一把凉椅、一把蒲扇，陪伴着他，看月亮走路，看星星眨眼，听夜莺歌唱，听山蛙鼓鸣。渴了，咕咚咚喝两捧凉水；饿了，干渣渣嚼两碗包谷粑粑。刮风下雨，蚊叮虫咬，一夜、两夜……

终于，熟了，熟了！香甜的瓜，金色的秋，还有甜蜜的爱……

起风了，山风从垭口上吹过来，青枝礼拂，竹叶沙沙。木根躺在软绵绵的草地上，任风掀动密匝匝的黑发。轻轻的秋风啊，你在诉说什么？是往日的悲辛，还是丰收的喜悦？

十五岁上，木根就殒了爹娘，哭肿了眼，流干了泪，挂条刷把裤儿，连夜走出了生他养他的木家，去过那要一顿吃一顿，饱一餐饿一餐的寒酸日子。身处异乡，茕茕孑立，走到哪里黑，就在哪里歇。

一个月明星稀的夜晚，饿得前心贴后背的木根，打喷嚏都没了气力。走投无路，便产生了一个念头：偷。多么可怕、多么羞辱的字眼，是啊，从妈肚子下地以来，还没做过这种事，可是……他爬进了人家的西瓜地。月亮看着他、星星看着他，心里咚咚响，身子像筛糠，像有莫大的不幸等着他。果然，出师未捷身被擒，刚刚摘下一个圆滚的瓜，“咚”的一声响，从坎上跳下一个人来，一把揪住了他。

那是看瓜老人。他喝令木根抱了那瓜，跟他来到一个草棚里。那草棚，几根木棒棒一架，面上搭床凉席，再铺一层麦草，白天遮太阳，晚上遮露气。老人从木根手里接过那瓜，从凉床底下抽出一把杀猪刀，几刀下去，便是几块，殷红殷红的液体直往外淌，“吃吧”，他递给木根。

两双眼睛，四目相对。一个惊异、恐惧，一个坦然、温和。“吃吧，在这里是没事的，能吃多少就吃多少。”哼，吃就吃，已为砧上肉，只有随它去了，要打要杀，先落个肚儿圆。木根双手抱起瓜就啃，狼吞虎咽，眨眼吃了个一干二净。老人又从棚外抱来两个西瓜，用刀切了，木根又吃。肚子里有了底货，才慢慢尝出了瓜的味道，呵，真甜……

“突突突突……”打断了木根的思路，一辆四轮拖拉机吐着白烟，爬上坡来了。木根一个鲤鱼打挺，抓起一块红浸浸的西瓜，叮叮咚咚，向拖拉机跑去。“熟了，熟了，你尝尝吧，阿庆嫂，哦，不不，玉梅。”

"咚——"拖拉机上跳下一个姑娘，团团的脸，圆圆的眼，嘴巴笑成了月亮弯。她叫卢玉梅，是乡农机站出色的拖拉机手，因容貌酷似洪雪飞，且性情开朗，活泼大方，众人便叫她"阿庆嫂"，她也受之乐意，喂喂地答应。久而久之，人们便不再叫她的本名。

"阿庆嫂"下得车来，一瓣瓜就伸到了她的嘴边，她咬了一口，甜津津吞进肚里，瞭一眼满坡翡翠色的瓜地，明知故问：

"都是？"

"都是。"

"熟了？"

"熟了。"

"好，收瓜！"一声令下，一场紧张的战斗开始了。她帮他摘瓜，一个、两个……眨眼就是一筐。他自己挑瓜，一挑、两挑……眨眼就是一堆。太阳在头上烤着，脚下的砂子滚烫滚烫，出汗了，汗水从额头、鬓角冒出来，带着咸味、涩味、苦味，浸进眼圈、嘴角，他全然不顾，挑着担子，脚快如飞，"叽咕叽咕噗噗噗……叽咕叽咕噗噗噗……" 叽咕叽咕——是担子在肩上唱歌，噗噗噗——是双脚有节奏的踏动，深沉、凝重、和谐，构成一种肃穆与欢悦。衣服湿透了，裤子湿透了……

大汗淋漓的木根，望着满当当一车瓜出神，那就是血汗，那就是收获！"啪——"肩上突然吃了一巴掌，"咯咯咯咯……"一串银铃响着，递过来一条毛巾，他擦了把汗，望着她那对美丽的酒窝，领会她那双大眼溢出来的笑。

"等着吧，不到一个小时，就给你换回一把'大团结'。"旋即，她跳进驾驶台，探出头，单手一挥，踩响了油门松开了刹，像一团火，像一股风，把一车西瓜"突突突"地卷走了，飘起一串袅袅的白烟。

待那白烟在对面梁上消失了，他才回转神来，伸伸腰，甩甩手，慢慢来到地头，又开始摘瓜、装筐，一挑一挑地挑到公路边堆着。一趟、两趟……公路上堆起了瓜山，他猜想足够装一车了，才一仰身躺下去，拉一个长乎乎的瓜枕在头上，四仰八叉摆伸身子，眯上眼皮，追溯那逝去的往事。

……就是那个晚上，木根吃完三个西瓜，脱下衣服算抵瓜钱，拔腿要走。老人一把拉住，硬给他披在身上，眼眶里转动着亮晶晶的东西："留下吧，孩子，我吃啥你吃啥，我活得出来，你活得出来。”木根感恩不尽，三个响头磕了，一头扑进老人怀里，伤伤心心地哭起来……

木根在瓜棚里住下来了。老人告诉他，他姓耿，早年丧偶，孤身一人。木根就亲亲贴贴地喊他耿伯。无儿无女的耿伯，身边有了做伴的，心头比吃了西瓜还快活，自然把木根当自己的亲儿子看待，白天教他干活，晚上带他照夜，渴了，划开一个西瓜，木根吃大半，老人吃小半，饿了，端出一碗包谷粑粑，木根吃两坨，老人吃一坨。木根也巴心得很，恰像老人的“尾巴根儿”，跟进跟出，跟上跟下，划燃火柴给耿伯点烟，轻脚轻手给耿伯搔痒。夜里，一老一少吃饱了包谷粑粑、红苕坨坨，多是一阵嘻哈打笑，木根就搂着老人的脖子要他教歌，老人无法，就憋着黄牛嗓子教他：

社会主义好，社会主义好，

社会主义国家不哒(得)倒，

反动派，没哒了，

帝国主义想跑也跑不了。

……

不知老人从哪里学来的，那曲儿全变了调儿，比他手中的包谷粑粑还黄，那词儿也早改得不成样子，全不是那家人了。木根不管，只顾尖起耳朵听，憋起喉咙学，翻过来，倒过去，唱得溜溜熟。那令人啼笑皆非的歌声就伴着他们寡淡的生活。秋天过去了，春天过来了，夏天过去了，黄皮寡瘦的木根硬被耿伯的西瓜瓤瓤、红苕坨坨、包谷粑粑喂成了五大三粗的小伙子，一身疙瘩肉，一副牛气力。

模模糊糊，木根睡着了。晃晃觉得，一个软绵绵的东西蒙住了他的眼睛，睁开眼皮，见是一双玉手正钳着他的鼻尖。“阿庆嫂”不知什么时候盘腿坐在他的身边，驱走了他的梦。见木根醒来，她咧开嘴笑了，送来一片撩人的深情，接着，食指点着他的额头骂他“瞌睡虫”，话未吐完，就是一个沁人肺腑的吻，“咯咯咯”地笑着跑了。木根弹起身子要去还礼，像要扯住一块飘飞的彩云。“阿庆嫂”一步跳上拖拉机，正色道：“别闹了，装车！”

于是，他在下，她在上，一个抛，一个接，圆滚滚的西瓜在空中划开了抛物线。一个、两个……西瓜起舞，笑声伴乐，地上的“山”渐渐变小，车上的“山”渐渐增高。一刻，一车西瓜就装得堆尖堆尖。“阿庆嫂”钻进驾驶台，丢给木根一个醉人的笑,“突突突……”又卷走了一团白烟……就这样,一串笑声一车瓜,一车西瓜一串笑。

“突突突突……”“阿庆嫂”从东镇回来。

“突突突突……”“阿庆嫂”从西镇回来。

“突突突突……”“阿庆嫂”从南镇回来。

“突突突突……”“阿庆嫂”从北镇回来。

……跑了多少趟,拉了多少车,他已数不清了,只是一个劲地摘瓜、装车、装车、摘瓜,一天、两天、三天……他干得太猛了,脚炬手软,腰酸背痛,肩膀在扁担下压出了一砣一砣的死肉,脚杆在茅草上划出了一道一道的血口子。能歇歇吗?不能,熟透了的西瓜、突突突的响声,催他一个劲干呀、干呀。他好像看见“阿庆嫂”丰腴的手飞快地点着“大团结”,哗哗哗——一百……哗哗哗——两百……哗哗哗——三百……对了,国庆节结婚的时候,一定要好好打扮打扮他的新娘子,料子裤儿、翻领罩衣、棕色皮鞋……

瓜收完了,人也瘦了,四肢无力,像散了骨头一般。“阿庆嫂”来了,脚没进门,先是一串咯咯咯的信息。她提来一篮鸡蛋,要木根每天早上吞下两个,好好补补身子。接着,将卖西瓜的存单点给了木根:

“初七,一千一。”

“初八,一千二。”

“初九,一千三。”

……

天哪,整整一万三千元!木根傻了眼,张着惊奇的嘴合不拢来……发财了么?发财了么?他哭了,仿佛手中捏着的不是存款单,而是一眼涌不尽的泉。

那天早上,木根醒来,见身边没了耿伯,心里感到不安。半月前,木根得了一场重病,内吃药,外打针,几天就把耿伯的钱包抠了个底朝天。别无他法,耿伯就天天顶着月亮出门,到大山里挖草药,内服外敷,总算拣了条命。大病初愈,十分虚弱,耿伯几次要摘挑西瓜卖了给木根抓药,只是木根不答应。队上的瓜,敢吗?事情穿了,还不背个强盗皮皮?

木根起了床,到梁子上呼吸新鲜空气,看袅袅炊烟升腾,心里想着老人的恩泽,嘴里哼起了那首歌:“……反动派,没哒了,帝国主义想跑也跑不了。……”即刻,天边来了风,吹来了黑沉沉的云,泼下一阵暴雨。木根回到瓜棚,里面已坐着一高一矮两个陌生人。

“你小子,歌唱得不错呀。”高个子向着木根说。

“嘿嘿,不行。”

“跟谁学的?”

“耿伯教的呗。”

“再唱一遍咱们听听。”

木根唱了,词儿才吐一半,就“啪啪”吃了两耳光,接着是对方阴阳怪气的狞笑:“好哇,反动派没哒了,这不是阶级斗争熄灭论吗?捆起再说。”木根还没醒过神来,就被反剪了手,绑在瓜棚外的桐子树上被雨淋着,两个家伙动手捣毁瓜棚。木根义愤填膺,厉声质问:“你们,凭什么……”

矮胖子一挥筋暴暴的拳头:“嘿嘿,就凭这个。”

“等耿伯回来,要找你们算账的。”

“哈哈,别做梦了,你那干老汉就要跪上公社的批斗台,低头认罪了。”

“他有什么罪?”

“你小子不是比我们更清楚吗?纂改革命歌曲,宣传阶级斗争熄灭论,盗窃集体西瓜。”

“胡说!”木根怒目圆睁,破口大骂,换来的是一阵拳打脚踢,他觉得一股热血上涌,头昏目眩,身子像只进了水的破轮船,一个劲儿地往下沉、沉、沉……

醒转过来,已是晚饭时分。睁开眼睛:黑漆漆的板壁、黑漆漆的檀檩条、黑漆漆的瓦沟……接着,是一双慈祥的目光。呵,他躺在耿伯久未卧宿的那间小屋里。耿伯扶着他撑起身子,伸手摸了摸他的额头:“唉,总算退烧了,整整睡了一天啊。这些填炮眼的,一个病坨坨,哪经得起收拾?木根哪,吃药吧。”老人把药水喂进了木根嘴里。

木根紧紧拉着老人的手,泪珠在眼角闪动:“耿伯,你……吃苦了。”

“没什么”,耿伯看似若无其事,“不就三条罪状嘛,三十条又咋个?黄泥巴脚杆,只怕饿肚子,不怕戴帽子。”说罢,又端来热气腾腾的鸡汤,“喝吧,要不是在场上我眼快手快,把两张票子塞进鞋底板里,只怕这药汤和鸡汤……”

木根接过碗，疲惫的目光凝视着老人手肘上紫一块青一块的肌肤，他一阵心悸，看见了双双拳头向老人挥动，一只只穿着塑料凉鞋的大脚照老人踢蹬……再也忍不住，噙在眼角的泪珠滚了出来，刷刷刷地落进手中的鸡汤里……

是呵，拼死拼活地干，风风火火地忙，辛勤的劳动换来了应有的报偿。忙完了整整一个年头，总算落下了几天空闲。可是，捏惯了锄把的手空不得，压惯了担子的肩歇不得，心里空落落的，站坐都不自在，总像欠缺什么。木根斜在床上，浏览着眼前的家什：铁壳水瓶上那只小花猫一点也不可爱了，往日的笑脸变成了凶相，张牙舞爪扑过来，像要吞食一只待毙的老鼠。墙上那位美人一扫往日的妩媚，目光冷峻得叫人惧怕，像要透视你的五脏六腑。高柜镜片里的小伙子，愁眉苦脸，郁郁闷闷，似有无限的惆怅又无可言状……他下意识闭上眼睛，更觉头昏脑涨，周身都不舒服。真是人一闷，生百病啰。

"耿伯，还是让我走吧。"木根看着清瘦的老人，痛惜着自己一墩疙瘩肉，有力无处使。瓜棚毁了，饭碗也就被轮起了，再留在这里，不知还要给老人增添多少麻烦和贫困啊。

耿伯把一挑篾丝炭篼和一根青杠扁担交到木根手里："这就是饭碗，有了它，就饿不死人……"

从此，木根肩上压上了沉甸甸的煤担子，天不亮上山，半下午回村，出门一挑空担，进屋一挑煤炭，从东头到西头，挨家挨户送货上门，不图活路钱，只要肚儿圆。晚上，就与耿伯厮守在一起，听"张飞杀岳飞"、"周瑜打黄盖"，倒也乐在其中。

这村子刚好十五户人家，户户姓耿。木根挨家挨户送一担煤，咬三顿冒儿头。一圈完毕就是半月，转上二十四周，就挨边过年了。年关前夕，木根就挑夹码担子，给每家人多送一挑煤。村上的人重感情，他们免除了二十里外挑煤的苦力，忘不了木根的好处，每遇逢年过节，就要排着轮子拉耿伯和木根吃饭，待如贵宾。

……转眼，历史篇章上留下了闪光的记号：农村搞起了责任制。耿伯劝木根："回家包份田地吧。"可木根不愿意，耿伯老了，一年一年梭下坡，能甩掉他自奔前程吗？老人劝慰他说："不要紧的，就听耿伯一句话，回去吧！只要你挣出个样子，把婆娘讨进门，大伯就心满了……”

就这样，木根回到了木家。田土已划下去了，只剩下那一坡无人承包的荒地。木根二话没说，接了过来，种粮食不行，就不能种经济作物吗？木根首先想到的是西瓜，抱着侥幸心理，在坡上挖了两百个坑点上瓜种，到秋天，摆下了一地翡翠色的“地雷”。第二年，大起胆子，遍坡点上瓜种，然后，便是西瓜丰收，无尽的忙碌、满心的喜悦。

可眼下……木根认定自己病了，什么病，不知道。说不出哪里痛哪里痒，只觉得心里烦躁，嘴里苦涩，脑壳沉甸甸的，像戴了紧箍咒。也许是苦的，累的，找医生看看吧，他这样想。可是，那起什么作用？那些医生，问病拿药，能看出这种症候？病，在头上还是脚上，在肝脏还是心脏，自己都说不出个子丑寅卯，医生能诊查出来？

对了，国庆节——婚期步步逼近，可自己这副样子……“阿庆嫂”带信来说，明天就到公社办手续，顺便把拖拉机开进城逛两天，立柜平柜那些，该买的买了，顺脚拉回来，不就都妥帖了，可这……

一个月前，耿伯托人打信来说，他一切都很好，可那地方还是那个字：穷。村上的人只是填饱了肚子，与富字还没沾边。上山担煤炭，上街买化肥，爬坡上坎，还是靠一副肩膀两只脚。那么出西瓜的土，却没人种瓜卖，七弯八拐，爬十里坡路才能望见公路，瓜熟了，你靠两只脚担出山？一句话，交通条件限制了他们致富的路。好不容易从别村接通一条机耕道，一拢村头，又让响水河给拦住了，要治服它，得花一万块钱修座拱桥……木根重把那封信找出来，一字一句地看了一遍，心里泛起深深的内疚和浓烈的不安，离开耿伯两年了，也从没回去看看，他还亮着那黄牛嗓子唱歌吗？他还把叶子烟杆吸吮得嗤嗤地响吗？那阵，一条铺盖里裹两条光棍，心与心贴在一起。可现在，却隔得这么远，山高路遥，靠鸿雁传递相思，呵，那深沉的情愫啊。

蝉声听不见了，蛙声听不见了……朦朦胧胧的世界，飘着朦朦胧胧的雨，一个黑点，由小变大，在雨里蠕动、蠕动……哦，那是一位老人，挑着沉重的担子拾级而上，多么沉重，多么吃力，他的背压成了一道没有弦的弓……看清楚了，那正是耿伯，那正是两年前压在自己身上那根青杠扁担和那挑篾丝炭篼……他追上去，追上去，执意要接过老人的担子，老人却推开了他，竟自走了，越走越远，越走越远，他焦急地大喊起来：等着我——等着我——

一个冷颤，他醒了。想着刚才的梦，再也无法成眠，想呀、想呀……鸡叫了……天亮了……家家户户的炊烟升起来了……“好，就这样！”一个跳跃下了床。他觉得自己像一位运筹帷幄的将军，找到了克敌制胜的妙法！

水顾不及烧，饭顾不及煮，胡乱抹了帕冷水脸，木根急匆匆出了家门。他要去见“阿庆嫂”，去见他心上的人……他一切都想好了，他要告诉她：第一，把她的拖拉机开到南山，他要去看看那里的山，那里的水，看看昔日架瓜棚的坡上还是否存有他的脚印；第二，他要拿出一万块钱，借给那里的乡亲们，让他们早日在响水河上架一道虹，送走贫困和忧愁，把富字牵进山窝；第三，他要作耿伯的儿子，把老人接过来，和自己住在一起。这三条缺一不可，他想，她一定会答应的。不然，就不忙跟她扯结婚证！

秋风吹得竹叶沙沙作响，绿荫里，一对雀儿在偷笑。他高兴了，拾砣泥丸掷过去，它们扑闪着翅膀，“羞——羞——”地叫着飞开了。木根极目望去，一弯弯田畴的尽处，是一幅多层次的图画，田的紫红、水的深绿、山的青黛、云的洁白……多么使人心旷神怡呀，他真想登上高处，放开嗓子歌唱。他感到浑身是劲，头也不痛了，心也不闷了，那莫名其妙的毛病，已经好了一大半……

大嘴巴女人

叫她大嘴巴女人，好像有点名不符实，她嘴巴并不比别人大。大嘴巴女人的嘴巴与别的女人的嘴巴相比没什么特别之处，大嘴巴女人的嘴巴甚至与所有人的嘴巴相比都没有什么特别之处。但大家约定俗成，都叫她大嘴巴女人，院子上的人这么叫，村上的人这么叫，连乡上的干部也这么叫，甚至外村的人根本不知道她叫什么名字，只知道她叫大嘴巴女人。日怪得很，哪家哪屋的细娃儿哭闹耍横，大人眼睛一鼓："哭嘛，大嘴巴女人来了！"那哭闹声便戛然而止。

几乎所有人的嘴巴都具有两大功能，吃饭和说话，大嘴巴女人的嘴巴也是用来吃饭和说话的。但人与人不同，花有多样红，大嘴巴女人说的话是哑语，咿咿呀呀叫着，形象十分怪异，像大晴天突然一个雷公火闪，把小孩子吓得哇哇直哭。这还不算，她咿咿呀呀说话时，还要附上好多手势和形体动作，嘴的形状、身体的形状极度夸张，像卓别林在你面前一蹦一蹦地表演，把你弄得目瞪口呆，还只是个半懂。

其实，这也不是叫她大嘴巴女人的唯一理由，最充分的理由可能是她那张嘴巴特别能吃。一家人的口粮让她一个人半年吃完最多是个软饱，要是真让她敞开肚皮吃，恐怕一个月吃完还要收早工。

我跟一个作家讲过大嘴巴女人的故事，那个作家一愣一愣的，他说："能吃的女人应该叫大肚子女人，怎么叫她大嘴巴女人呢？"我说："亲爱的作家你不晓得，我的老家在农村，那阵农村头叫大肚子女人是专指超计划怀胎，女人的肚子鼓圆了，就把村干部、乡干部、特别是计划生育干部的眼睛鼓圆了，千方百计给你整下去，你就不是大肚子女人了。在乡下，特别能吃的女人叫大嘴巴女人比叫大肚子女人好，绝不会与超计划怀孕产生混淆，所以，最早叫她大嘴巴女人的人在我的老家应该算一位天才。”

谁都知道大嘴巴女人能吃，但到底怎么能吃，也是其说不一。有的说，她一顿吃过一甑子干饭；有的说，她一股劲吃四斤面条还要把汤都喝干净；还有的说，那年全村过年供应的白糖她二十分钟吃完水都没喝一口。

其实，大嘴巴女人的肚量没个准数，它能大能小，能伸能缩。如果让大嘴巴女人挺起肋巴胀，一家人还吃不吃饭，所以她只能节衣缩食，平时抠得牙齿缝缝发痒，一有机会就大胀一顿，她最喜欢跟人打赌，赌一回赢一回，像吞口一样把赌赢的食物吞进大嘴巴里，伸颈伸颈回到家，管它个十天半月。

王家湾的人都姓王，有个叫王妹儿的女娃儿嫁到十里外的殷家坝。王妹儿没嫁之前是院子上的一朵花，所有女娃儿脸庞没有她乖，身材没有她好，嘴巴又甜，看到叔叔孃孃隔着一根田坎远就开始打招呼。谁知嫁到殷家坝，却受尽了殷家的嫌弃，殷家说王妹儿好看不好用，七八年了肚子里泡都没冒一个，是个让殷家断子绝孙的丧门星。王妹儿在殷家吃不饱、穿不暖、挨饿受冻、挨打挨骂，活得人不像人、鬼不像鬼，经常回到娘家来哭诉。

王家湾的人听说王妹儿在殷家坝受苦受难，个个义愤填膺。有的说，把王家屋头的人邀过去，扫平殷家坝；有的说，找条麻布口袋，把王妹儿那个姓殷的男人脑壳笼了，拖出去暴打一顿。

说归说，王家屋头的人并没有行动，殷家有钱有势，随随便便是对付不了的。殷家屋头县上有人当官，乡上有人说话，王妹儿的男人又是乡农机站的站长，一天到晚开个拖拉机“突突突”地跑，不晓得杀了多少野鸭子，挣了多少沱沱钱，县城的大馆子想进就进、想出就出，灯红酒绿是家常便饭。

王妹儿说，男人早就跟县城东口门一个姓廖的女娃儿绞起了，那叫廖妹的女娃儿在县轴承厂当工人，是个国家饭碗。男人绞上廖妹儿后要跟王妹儿离婚，王妹儿不离，说自己生是殷家的人，死是殷家的鬼，男人就抓着她的头发，把王妹儿从灶房拖到猪圈房，几耳光掸过去：“从今以后，你就跟猪睡一起！”可怜的王妹儿，再也受不了非人的折磨和侮辱，一根缠头的白布帕子套在猪圈上方的横梁上，站在猪背上把自己挂了上去，脚一蹬就断了气。

王家湾的人惹毛了,黑压压一群人开过去,大有炸平庐山之势。但殷家的人有理有利有节,好言好语说出话来:王妹儿是我们殷家的媳妇,她寻短见我们痛心,现在人死不能复生,我们殷家给她穿得衣姿时姿埋了就是,大家既然来了,共同节哀顺变,我们还做亲戚,如果真要闹事,相信殷家输不到哪里去,但我们不会那样做,头破血流对谁都没有好处。

一席话,说得王家湾的人无言以对,闹哄哄嚷成一团,七嘴八舌端不上正席。这时,不知谁吼了一声,大嘴巴女人来了,王家湾的人为之一振,蔫了的皮球又鼓起气来。

大嘴巴女人牛高马大,排山倒海冲上前来,咿咿呀呀、又吼又叫,嘴巴直顾张、脸皮直顾扯,两手直顾比,双脚直顾跳,得殷家人的节节后退,不知如何应对。王二娃子翻译过来:大嘴巴女人要王妹儿的男人披麻戴孝,要给王妹儿买副棺材,要吹吹打打为王妹儿下葬!殷家只得一一答应,还主动提出请来端公跳神开路,打起死人锣鼓把王妹儿送上山。

大嘴巴女人还没完,继续一阵咿咿呀呀又吼又叫,殷家的人提着心子把把看她表演,不知如何是好。王二娃子又翻译过来:我们肚子饿了,大嘴巴女人要你们烧火煮饭!殷家屋头马上应承:好好好,好好好,我们马上煮饭,殷家有的是米,有的是粮。

大半小时后,真有好饭好菜端上桌来,王家大人细娃儿蜂拥而上,整整围了八桌。说是好饭好菜,也是相对而言,农村人不讲精细讲堆头,只要味道好,堆头多,肚子岿得圆就好。大嘴巴女人一口气吃了五碗饭,还把一桌剩菜剩汤全部赶下肚去,算是心满意足了。

话也说了,饭也吃了,三个条件殷家答应了,按理说,闹剧就该平息了,可王家湾的人赖着不走,要住下来为王妹儿守灵,要看着殷家把王妹儿的丧事办完。殷家屋头的人这下着急了,王家湾的人不走,一直这样吃下去,要不了几天就会整得盐干米尽烟煞角,就找了几个会说话的跟王家的人商量,劝大家回去,这边殷家屋头一定能把丧事办好。

王家虽然人多,但七嘴八舌说不出几句压秤的话。这时,又是大嘴巴女人出台了,咿咿呀呀吼了一阵,殷家坝的人你看着我,我看着你,断断续续、逗逗磨磨将就弄懂了大嘴巴女人的意思:王家湾的人不能走,走了会给王妹儿买棺材吗?走了会给王妹儿披麻戴孝吗?走了会吹吹打打把王妹儿送山上吗?你们殷家不是富得流油吗?你们不是有的是米有的是粮吗?到现在也尽是些三亲四戚打干帮,王妹儿男人面都不见,你们的承诺能兑现吗?

殷家坝的人说,现在春耕大忙,王妹儿男人正开着拖拉机给社员犁田嘍,已经找人带信去了,他跟着就回来。

王家湾的人说,莫扯那些东洋靶子,把铺盖棉絮统统抱出来打地铺,今天我们就住在这里了,家里田都犁完了,等到栽秧子的时候才回去。

殷家坝的人算是看清楚了,只要大嘴巴女人不走,这王妹儿的丧事就得认认真真办,喝喝哄哄是不得行的。大家心里明白,王妹儿确实是被男人嫌死的,死者为大,王妹儿在生时辛辛苦苦地做,死了买副棺材还是应该的,就是那样找几块木板钉个木匣子埋了还是要不得,不要说王家湾的人不答应,就是殷家坝有良心的人也会说闲话。

殷家的人嘀咕了一阵,才在院子里腾出几间空房,又把生产队的会议室全部打开,还在院坝上用塑料薄膜扯起临时窝棚,抱来一床又一床铺盖棉絮,才把王家几十口人安顿下来。

第二天刚麻麻亮,乡政府就传下话来,叫王家湾的人赶紧撤兵,不要赖在殷家坝了,一是影响不好,二是破坏安定团结,正是春耕大忙时节,大家赶快回家搞春耕生产。

王家湾的人知道是殷家坝的人捣了鬼,就吵吵嚷嚷找殷家的人说理。

大嘴巴女人又比又划:“人死了该不该埋?”

殷家的人答:“该埋该埋。”

大嘴巴女人又比又划:“棺材该买不该买?”

殷家的人答:“该买该买。”

大嘴巴女人又比又划:“王妹儿男人该不该回家奔丧?”

殷家的人答:“应该应该,已找人通知去了。”答完,就反问大嘴巴女人:“王妹儿死了,我们知道安埋,你们在这里又吃又喝、又吵又闹,应不应该?”

大嘴巴女人又比又划:“应该应该。”

殷家的人说:“乡政府叫你们回家搞春耕生产,你就该把人撤回去。”

大嘴巴女人又比又划:“坚决不撤。”

殷家的人说:“从今天起,没有人给你们煮饭炒菜了。”

大嘴巴女人又比又划:“没有人煮王家湾的人各人煮,你的米在哪里,粮在哪里,我们晓得;你的锅在哪里,灶在哪里,我们也晓得;你的地在哪里,菜在哪里,我们都晓得。”

殷家的人火冒三丈:“你就不怕乡政府收拾你?”

大嘴巴女人又比又划:“乡政府啷个?乡政府会不会打碗水把我泡了?老子哑巴女人一个,还怕他把我整成聋子不成?”

殷家的人威胁说:“再这样闹下去,谨防乡政府派人来把你捆了。”

大嘴巴女人哈哈大笑:“老娘是古坟上的麻雀,早已大了胆的,我就不信,乡政府不是讲理的地方,今天老娘就到乡政府去,送给他捆。”

说完,咿咿呀呀作了布置,“叮叮咚咚”就往乡政府赶。殷家的人一下子傻眼了,这狗日的大嘴巴女人硬是不怕事,到乡政府一闹,恐怕事情还会更糟,立忙找人去劝,要把大嘴巴女人喊转来。但哪里喊得转来,大嘴巴女人气冲霄汉,像小跑一样,风风火火早就翻上了山梁。

大嘴巴女人来到乡政府,天已大亮。她钻进院子,在底楼走了圈,底楼是乡政府的办公室,每一扇门都紧紧关着。她爬上二楼,二楼猜想是乡干部的寝室,每一间寝室的门也紧紧关着。她又爬上三楼,听说三楼就是书记、乡长的住室,但三楼的每一间门也紧紧地关着。

大嘴巴女人心里憋着气,从三楼跑下二楼,又从二楼跑下底楼,拐过弯来到礼堂,恰恰礼堂侧边的食堂开着灯,师傅老范和徒弟小刘正在忙碌,馒头蒸好了,尖耸耸一大筲箕,稀饭也煮好了,满当当一大盆,小刘在案板上切泡菜,老范把围腰撈起来,在衣服荷包里捣纸烟。

大嘴巴女人冲进食堂,把师徒二人吓了一跳。大嘴巴女人老范是认识的,前年为了计划生育的事,她到乡政府大闹了一场,说计划生育手术她该做,但乡里不该牵她的猪,现在她已做了计划生育手术,乡里就该还她猪,死的不要,赔钱不要,她要活生生的原物。那次闹得满城风雨,乡里的干部没人不认识她,个个都怕她。

今天大嘴巴女人又来了,肯定为了殷家坝王妹儿死亡的事。老范一边招呼大嘴巴女人坐下休息,一边问她到乡政府有什么事。大嘴巴女人咿咿

呀呀一阵比画，老范明白她要找乡长。老范说："大嘴巴女人你坐下休息一会儿，乡长起了床，洗了脸，会到这里来吃早饭，那阵你就把事情给他反映。"

坐了一阵，乡政府的人都陆陆续续起来了。吃饭时间到了，一个人都没有来吃饭，特别是乡长，每天吃早饭都是他最早，今天却没有他的影儿。老范看了看案板上的座钟，开饭时间已过五分钟了，乡长怎么还没有来呢？老范诧异，忙使眼色叫小刘去看看是怎么回事。

小刘急急忙忙出去，又急急忙忙转来了，他告诉师傅说：乡长昨晚上就没回来。范师傅对大嘴巴女人说："你回去吧，乡长昨晚上没回来，你找不到他的。"

大嘴巴女人不干，比画着，那意思是：找不到乡长找书记，书记说话还关火些。她又坐在食堂里等了一阵，仍然不见一个人来吃饭，老范就又使眼色叫小刘去看看。

小刘又是急急忙忙出去，急急忙忙转来，他告诉师傅说：书记家里没人，听说已经走了，可能是上县里开会去了。老范师傅对大嘴巴女人说："你回去吧，书记已经走了，恐怕一时半会回不来的。"

大嘴巴女人不相信，亲自跑到院子里观看，她看见乡长的门关着，书记的门也关着，一楼、二楼、三楼的门都关着。大嘴巴女人就感到奇怪，刚才还听见有人起床和走动，这会怎么一个人都没有了呢？老范就给小刘使眼色。小刘说，可能政府的干部都赶到山后去了，山后昨天垮了一座桥，虽然没有造成人员伤亡，但学生过不了河，过不了河就上不了学，不少学生家长已经反映到乡里来了，乡里正在组织人员抢修。

老范端来一碗稀饭，一碟泡菜，又捡了两个馒头，叫大嘴巴女人吃了早饭各人回去。大嘴巴女人也不客气，稀里呼噜的，几口就把老范端来的稀饭馒头消灭了。稀饭馒头下肚，大嘴巴女人比画着感谢了老范和小刘，悻悻离开了乡政府。

师徒二人不知是计，长长吁了一口气，等待乡政府的人来吃早饭。哪知狡猾的大嘴巴女人没有走，她在乡政府食堂山墙的阴影里观看里面的动静。大嘴巴女人的视线看不到一楼，也看不到三楼，唯独能把二楼看得清清楚楚。她看见二楼一扇门开了，又一扇门开了，原来乡政府的人并没有出去，他们在跟我躲猫猫，连伙食团的老范和小刘都在跟我躲猫猫，恐怕连乡长、书记都在跟我躲猫猫。

大嘴巴女人心想好呀，你们要躲猫猫就躲吧，我还不信猫猫永远躲在圈里不出来。大嘴巴女人从山墙的阴影处拱出来，示威性地在院子里咿咿哇哇大叫了一通，三步并作两步冲进了伙食团。

老范和小刘看到大嘴巴女人杀了回马枪，傻傻地笑着不知如何是好。大嘴巴女人也不责怪师徒二人，咿咿呀呀比画着。

师徒二人似懂非懂，问大嘴巴女人："乡上的人是不是没有走？"

大嘴巴女人摇着头。

师徒二人问："乡上的人是不是都走了？"

大嘴巴女人点着头。

师徒二人问："乡长、书记是不是也走了？"

大嘴巴女人点着头。

师徒二人问大嘴巴女人："到底还要做什么？"

大嘴巴女人咿咿呀呀就来了一通比画，见师徒二人似懂非懂，就指着自己的嘴巴，指了嘴巴又指馒头，指了馒头又指稀饭，指了稀饭又指泡菜，还用手和嘴比画着吃饭的动作。师徒二人终于懂了，乡上的人全部走了，人走了这些东西就没人吃了，没人吃了就浪费了，浪费了不如给大嘴巴女人吃了，大嘴巴女人还没有吃饱哩。

老范师傅马上示意，叫小刘给大嘴巴女人端馒头去。小刘立即取了个大盘子，尖堆堆捡了一大盘馒头端上桌来。大嘴巴女人盯了老范一眼，又盯了小刘一眼，然后把目光落在了那盘馒头上，伸出手去抓起一个馒头，塞进嘴里，一口就咬了一大半，眨眼工夫，一大盘馒头就吞进肚子里了。

馒头没了，大嘴巴女人就把目光从空盘子上移到了伙食团的筲箕上。老范会意，又叫小刘捡来尖堆堆一大盘馒头。这回大嘴巴女人毫无迟疑的眼神，一口一个，三下五除二又把一大盘馒头吃了个精光。

侧边的师徒二人看得眼睛发直。小刘急了："这是乡政府全体人员的早饭，你吃完了大家吃什么呢？"大嘴巴女人马上惊愕："乡政府的人不是都走了吗?"老范意识到小刘失口，立马应对："是是是，都走了，都走了，你尽管吃饱吃好吧。"就叫小刘又去取馒头，大嘴巴女人一把拦住小刘——

别麻烦了，自己动手，丰衣足食。几步冲过去，把一筲箕馒头端了过来，坐在条凳上架势大吃起来，开始一口一个，继而两口三口一个，然后五口六口一个，吃得颈子一伸一伸的时候，大嘴巴女人像是有了饱意，可一筲箕馒头早已干干净净，被一扫而光了。

师徒二人早已看得目瞪口呆，只听说大嘴巴女人能吃能胀，没想到有今天这般阵仗，一个伙食团的馒头全部进了她一个人的大肚皮。大嘴巴女人吃饱了，嘴上打着嗝，又极度夸张地咿咿呀呀叫起来，老范这会听懂了，大嘴巴女人是说，饭也吃了，肚子也不饿了，我就坐在这里慢慢等乡长回来，殷家坝王妹儿的问题不解决她是不会走的。

天啊，老范和小刘叫苦不迭，只想用一筲箕馒头把她打发走了，求个安静，谁知这大嘴巴女人想在乡政府安营扎寨了。一筹莫展之时，伙食团又撞进一个人来。小刘认识他，是王家湾王家院子的王二娃子，王二娃子在乡场的馆子头与小刘喝过酒，王二娃子的拳划得臭，不是小刘的下饭菜。王二娃子和大嘴巴女人都是王家湾的人，他来了就好了，可把大嘴巴女人劝回去，让乡政府有个安静。

馒头没有了，小刘端来两碗稀饭，一碟泡菜，招待王二娃子吃早饭。大嘴巴女人也不打断，示意王二娃子快吃，王二娃子一边吃着，一边与大嘴巴女人说话。

大嘴巴女人一到乡政府，就把殷家坝的人吓嘘了，他们正逐项落实王家湾人的要求，王二娃子是专门来报信的。一听乡政府发生的情况，王二娃子就笑了，就对大嘴巴女人说了殷家坝丧事的进展情况。

大嘴巴女人问："王妹儿男人回去没有，有没有给王妹儿披麻戴孝？"

王二娃子说："回去了，今天一早就回去了，那男人怕你把乡政府的人搬去脏他班子，老老实实穿了孝衣，箍了黑纱，披了孝帕，硬是给王妹儿披麻戴孝了。"

大嘴巴女人问："给王妹儿的棺材买了没有？"

王二娃子说："没买，现做现买哪来得及呢？王妹儿男人把他老娘的棺材献出来了，现现成成的，我走时正在装棺哩。"

大嘴巴女人问："请吹手没有？"

王二娃子说："请了，请了，请的是邓家楼那拨人马，我出门时，已经吹吹打打的响起来了。”

大嘴巴女人脸上洋起了笑，那笑，既诡谲又夸张，笑完就问王二娃子吃饱没有。王二娃子说：“吃饱了。我们走吧。”大嘴巴女人说：“别忙，我吃了一筲箕馒头，嘴巴发干得很。”大嘴巴女人一看伙食团的温水瓶空空如也，只是个摆设，就把伙食团煮的一大钵稀饭端过来，把小刘盛在瓷盆里的泡菜“哗”的一声倒进稀饭钵里，取了双筷子搅了几搅，端起钵钵稀里轰隆喝起来，几分钟工夫，伙食团全体成员的稀饭就装进了大嘴巴女人的肚皮。

大嘴巴女人这回算是痛痛快快胀满了沿，满意得拍了几下圆滚滚的大肚子，嘴巴一抹，双手一挥，领着王二娃子朝殷家坝方向扬长而去了。

愣了半天的老范回过神来：“狗日的大嘴巴女人，名不虚传，名不虚传啊。”

小刘收拾着大嘴巴女人和王二娃子用过的餐具，请教师傅：“大嘴巴女人这回真的走了，乡政府的人该出头露面了？”

老范有些冒火：“恁大一个乡政府，恁个多乡长、书记，还怕一个哑巴。”

小刘说：“就是，大家都怕大嘴巴女人，要我们师徒二人扯谎日白去堵机枪眼，我们又不是黄继光。”

老范越说越气大：“乡政府不仅不站出来支持别个，连面都不敢见，大嘴巴女人又不是魔鬼，有什么可怕的？她嘴巴再大，也只吃稀饭馒头，又不吃人！”

这时，小刘已将一桌碗筷盘碟收拾完毕，请示老范：“是不是请政府的人下楼吃饭，稀饭馒头没有了，只能给大家煮面条。”

老范火冒三丈：“煮个铲铲！”命令小刘解了围腰，关了打饭的窗口，“砰”的一声关上了伙食团的大门，向乡政府大院愠怒地瞄了两眼，师徒二人一道，优哉游哉逛乡场去了。

第二辑

小镇烂芝麻

老鸭子

乡场上的人都说，别看万英是个妇道人家，说话做事能干得很，几锤子买卖就把杀鸭子的本事学会了。女人家开老鸭子加工店，乡场上还是第一家。

说是加工店，其实就是杀鸭子。鸭子肉好吃，滋阴壮阳，清热润肺，难就难在杀鸭子，一是不容易杀死，你就是在鸭颈子上割了长长一条口子，那鸭子也能在地上扑腾几圈，把鲜红鲜红的鸭血喷得路人一身一脸；二是鸭毛拔不干净，烫嫩了不脱毛，烫老了扯脱皮，半天工夫也只能弄个大概，桩桩毛、绒绒毛通身都是，费事得很。

万英有那本事，一刀把鸭子杀了，把脑壳往翅膀下一别，命再长的鸭子也只能蹬两下脚就断了气，再把老鸭子往热腾腾的水里一烫，摆三下翻三下旋三下，提溜出来，三刨两爪就把一身鸭毛蜕得干干净净，光光生生的老鸭子就打整出来了。

万英说，她的本事是在重庆观音桥农贸市场上看会的。大城市就是不一样，市场开放得早，卖鸡卖鸭卖鱼卖肉，什么生意都可以做，城里人就是好吃，那观音桥农贸市场上，杀鸭子的、划黄鳝的、烧腊肉的，一个摊摊儿接着一个摊摊儿，生意兴隆得很。

万英只在观音桥看了两个半天，杀鸭子的技术就学过来了，回到乡场开起了“老鸭店”，三块钱一斤的活鸭子从农民手上收过来，三块五一斤杀了卖出去，一斤赚五角钱，一只鸭子就可赚两块钱。开始生意有些疲软，一天只能杀四五只老鸭子，慢慢慢慢生意就好起来了，赶场天杀鸭子的人还兴排队站轮子。万英心里盘算过了，一只鸭子赚两块钱，一天杀 10 只鸭子，就能赚 20 块钱，一月下来，600 块钱就装进包包头了，这还是保守的

估计，要是天天都像赶场天那么好的生意，一个月的收入就要翻番了，只怕比自己的男人在砖瓦厂烧砖还划得来哩，要是生意做大了，就把男人从砖瓦厂喊回来，专搞这杀鸭子的买卖，辛是辛苦点儿，比做什么都强。

生意虽然做起来了，但“万英老鸭店”的牌子不敢挂出去，因为，没有拿到营业本本儿，没有本本儿就像女人怀上娃儿没有准生证，娃儿是不敢出世的。那阵乡场上还没建起工商所，给“万英老鸭店”发准生证的权力就在市管会。万英去市管会跑了两次都没有效果，市管会张主任眉头皱成一团：“不是我不同意你杀鸭子，是政策不允许。”张主任告诉万英，现在只允许城镇居民开店做生意，农村居民能不能做没有看到规定，“你万英只要拿得出城镇户口的本本儿，我马上就给你办杀鸭子的本本儿。”

万英心里明白，说是上面没有规定，其实就是香没烧到位，再说，一个杀鸭子的棚棚，能算正规商店吗？心里这么想着，嘴里就给张主任嘀咕过去了：“重庆观音桥为什么可以呢？哪个说杀只老鸭子找点汗水钱，都要分城市户口和农村户口哟。”

张主任说：“重庆是重庆，乡场是乡场，没有规定我也无能为力，你回去各人把店门关了，不要等市管会来抓你个反面典型就划不来了。”

好朋友周二妹来帮万英分析情况：“狗日张主任，十足一个福喜脸嘴，啥子规定不规定，明明是没吃到福喜。还要抓啥子反面典型，横街上的人是古坟上的麻雀，吓大了胆的。要我说，管它本本儿不本本儿，各自悄悄整，凭手艺挣钱，怕他个铲铲。”

万英认为不妥：“不是哪个怕哪个，而是做生意应该合理合法。再说，人在屋檐下，不能不低头，说齐天杵齐地，本本儿还得从张主任手头办出来，只要我们嘴巴甜点，话说软点，上门送点礼信，我就不信过不了这道关。”

周二妹说：“那好，万英姐是见过世面的人，你说咋办就咋办。”两姐妹如此这般商量了半天，最后决定送老鸭子，杀鸭子的人送鸭子，顺理成章，不遭嫌疑。早就听说张主任是福喜脸嘴，只要他敢收老鸭子，万英老鸭店的事就有门儿。

主意一定，万英就开始行动了，她在鸭圈头挑了只又肥又大的老鸭子，用谷草不紧不松绑了鸭子的翅膀、双脚和嘴壳，免得它在路上乱扳乱

叫招人眼光。

收拾归一，天就黑下来了，乡场上一家一户的电灯也就亮起来了，万英拍了拍那只油光水滑的老鸭子，就把它往塑料口袋里一装，向张主任家里走。

万英没走街上，那条在城里人眼里窄得像巷子一样的石板街，眼睛多，嘴巴杂，犯不着为老鸭店的事给人留下话柄。万英走的石板街背后的土路。住家户家里的灯光，从窗户和板壁缝里泻出来，照得土路明晃晃的。路边野草里，蛐蛐一个劲地叫着。天上的星星，也从桉树、桐子树和黄桷树树梢里闪出来，一明一暗地眨着眼睛。万英觉得，那灯光在为她照明，那叫声在为她助威，那眨着的眼睛在给她鼓劲，她毫不犹豫地敲开了张主任家的门。

一进张主任的家门，万英一脸的笑就生动起来，张大哥长张大哥短地喊得亲热，说了一大堆请求张主任开恩的话，把张主任哄了个晕晕乎乎，云里雾里，心里的政策防线就开始崩溃了："好吧，都是街坊邻居，你的事明天市管会研究研究。"

万英感激不尽，把老鸭子往张主任桌子底下一塞，就要道谢告辞。谁知张主任一把就拉住万英的手："万英，事情该咋办就咋办，老鸭子我不收。"嘴里这么说着，双手就抓住万英白嫩得像莲藕一样的手臂，一个劲地摸捏着，一个劲地叫万英把鸭子提走，说老鸭子是毛货，不好打整，只要你万英有这份心意就行。

万英不愠不火地拿开了张主任的手："好吧，张大哥，打整鸭子是我的拿手好戏，我把老鸭子提回去杀了，打整干净了明晚给你提来，你明天可得给我个明确答复哟。"说完，扬起银铃般的笑声，闪起轻盈盈的腰肢，提起老鸭子就出了家门，给待在屋中央的张主任留下酸溜溜的遐想。

第二天，万英果然就把昨晚上从张主任那里提回来的那只老鸭子一刀儿杀了，把桩桩毛一根一根拔了，又扯把谷草点燃，把一身绒绒毛烧得干干净净，一只白白生生的老鸭子就打整出来了。万英草草吃了晚饭，把老鸭子像头天一样往塑料口袋里一装，沿着街背后那条长满野草的土路往张主任家走。

初夏的风凉爽宜人，从原野的尽头吹过来，头上的树叶哗哗作响，像给万英轻快的脚步打着节拍。街上的灯光泻出来，照着万英脚下的路。蛙鸣声声，把土路上的万英送到了张主任的家。

张主任一开门，万英就熟门熟路地进去了，站在张主任面前，又是一脸动人的笑，满嘴好听的话，一头秀发甩得惹眼，一枝细腰摆得诱人，一边说话，一边就把那只干干净净的老鸭子挂在了墙头上："张大哥，老鸭子我给打整干净了，请你笑纳。"

张主任把楚楚动人的万英瞟了一眼又一眼，眼珠子就在她的瓜子脸上定住了："哎呀，哎呀，让你掏神费力的，不好意思。"说着就把万英按在一张长凳子上坐了，自己也顺势坐在了那根凳子上，两眼就借着灯光，从万英空空荡荡的领口处，瞧见了那条白生生的乳沟，又顺着白生生的乳沟瞧见了那两包泡松松的乳房。

张主任的话是从满脸的笑里挤出来的："万英哪，老鸭店的事我们研究了，同意给你办理，但什么事情都得讲个程序，必须请示县里同意才能正式办手续。"

万英自然又是一番感动，好看的脸笑得更好看，好看的眼闪得更动人，她拜托张主任多美言，多担待，早点把手续办下来，她必有重谢。说完了道谢的话就要离开，却被张主任又一把拉住了，他叫万英把老鸭子提回去，说自己一个单身汉，天天在市管会吃饭，家里油盐酱醋都不齐整，也没时间生火炖鸭子。万英当然懂得起："好吧，张主任，我给你炖好了再提过来。"抿嘴一笑，挣脱张主任的手就出了大门，把张主任晾在那里，心里像蚂蚁爬行一样难受。

第二天晚上，万英从酸菜坛子里抓出泡姜泡海椒，先用大火煮，后用文火煨，精心炖好了老鸭子，又到街上花了6块8角钱买了瓶尖装大曲，直奔张主任的家。万英明白，是否拿得到营业本本儿是得县里批准，但县里能不能批准，还不是靠张主任一句话，他若帮真忙，到县里方的方点，圆的圆点，事就成了，他若帮假忙，随随便便敷衍一下，说不定事情就黄了。

万英走着想着，觉得天气突然闷热起来，星星早已躲起来了，野草里的蛙鼓声停了，蛐蛐的欢叫也停了，天上黑沉沉的没有光亮，远处好像有沉闷的雷声。看来，一场暴风雨即将来临。手中瓦罐里的老鸭汤热腾腾地捂着，偶尔飘出扑鼻的香气。那瓶尖装大曲是乡场柜台上最好的酒了。万英不信，福喜脸嘴张主任能抵得过老鸭汤和尖装酒的诱惑。拿人手短，吃人口软，只要他张主任吃了我的鸭子，喝了我的酒，老鸭店的事也就成了。

张主任家门是虚掩着的，轻轻一推就开了，万英熟门熟路进了屋，脸上喜盈盈地笑着，甜丝丝地给张主任打了声招呼，麻利地把一罐老鸭子蹾在桌子上，麻利地舀出一碗清香扑鼻的老鸭汤，麻利地打开了那瓶52度的尖装大曲，反客为主地热情起来，半娇半嗔半命令地缠住张主任："张大哥，你为万英老鸭店的事辛苦了，今晚，万英给你敬酒来了。"

张主任假心假意地推辞了一番，便半推半就坐下了。万英倒上酒递了过去："张主任，来，万英敬你一杯。"张主任再没有推辞，脖子一仰，满满一杯尖装大曲就倒进肚子里去了。万英给张主任夹了一块鸭肉，又倒上满满一杯酒："张主任，我再敬你一杯。"张主任啃了一口鸭腿，脖子一仰，第二杯酒倒下去了。万英又夹了一块鸭肉，又倒上满满一杯酒："张主任，来，我还敬你一杯。"张主任又啃了口鸭肉，脖子一仰，第三杯酒倒下去了。

三杯酒下肚，张主任就有些二麻二麻的了，看着万英漂亮的脸蛋、轻盈的身材、高耸的酥胸，听着万英张大哥长张大哥短的话语，他的心就稣了，一股热血荡漾起来，趁着酒兴，大起胆子就在万英柔柔软软的腰上摸了一把，看万英没有生气，又大起胆子在她挺挺拔拔的胸上摸了一把。

万英躲闪着，继续劝酒劝菜。张主任又是满满三杯酒下肚，嘴上的话就不成句数了："万英，我不光喜欢吃……老鸭子，我更喜欢吃……嫩鸭子……"说着，就一把抱住了万英，一张喷着酒气的嘴就向万英白生生的脸贴过来。

万英不敢发怒，不敢垮脸，一个劲地推让着，挣扎着："张大哥，你正事都没办成，还想做这些。"万英的话不但没浇熄张主任的欲火，反而像给那暗涌着的火苗加了一瓢助燃剂，使他那团暗火燃成了明火。张主任晃晃糊糊从墙上取下公文包，摸摸索索掏出一个红本本儿，哗啦一声抖出营业证："万英，本主任早就给你办好了，等会儿各人拿去。"啪的一声把营业证拍在桌子上，顺势拉熄了灯，一身蛮肉就借着酒力死死压着了万英的身子，一双手就迫不及待向万英的下面摸去……

突然，天上一声炸雷响起，酝酿多时的雨点哗啦拉地泻落下来。炸雷轰隆隆的尾声还没有结束，张主任家所有的电灯都齐刷刷地亮了，墙外人声鼎沸,乌虚呐喊,吵吵嚷嚷要进屋来。

张主任燃起来的那团欲火突然熄了,手下的动作戛然而止,浑身的酒劲醒了大半,他高呼一声:“遭了。”迅速弹起身子,把沙发上的女人扯了起来:“万英,快走!”万英迟疑着:“张主任,本本儿咋办?”“狗日的,拿起快走。”一把抓过营业证递在万英手上,迅雷不及掩耳般将万英推出了家门。

事情很快就过去了,从此风平浪静。

万英老鸭店的招牌顺理成章地挂起来了。招牌一挂,生意就异常火爆起来,杀鸭子的人络绎不绝。生意忙不过来,万英就请周二妹来打下手,每月付300块钱工资,又把男人从砖瓦厂喊了回来,两口子盘下了侧边一间铺面开起了餐馆,一边杀鸭子,一边炖鸭子,还卖些香烟、草纸、啤酒、饮料之类。慢慢地,万英就发了,把盘来的杀鸭摊和餐馆都买了下来,成了自己的房产。

整个乡场上,没有人不知道万英老鸭店,都喜欢去那里杀鸭子,从县城来出差、办事的人,也没有人不知道万英老鸭店,都喜欢去那里吃鸭子。但有一个秘密是大家都不知道的。当年,智取营业本本儿,是万英自导自演的一出好戏,市管会张主任把万英压在沙发上的时候,是周二妹从窗户边哗啦一声拉亮了电灯,并在窗外摁叫了事先准备好的录音机,录音机的乌虚呐喊的吵闹声吓破了张主任的胆,救了万英的驾。

这是万英和周二妹共同的秘密,街上的人不知道,万英的男人也不知道,市管会的张主任是否估摸出这个秘密不得而知,反正从那以后,他再也没有打过万英和老鸭店的歪主意了。

烂芝麻

烂芝麻是蔡妹儿的诨名。叫她蔡妹儿，是烂芝麻得名之前。蔡妹儿年轻漂亮，爱说爱笑，不但村上的人喜欢，全乡场的人都喜欢，多远就有人打招呼："蔡妹儿，赶场呀？""赶场！""蔡妹儿，买什么？""买个哦荷……"后来就出了艳事，坏了名声，红卫兵头头张天棒叫她"烂芝麻"，大家便都叫烂芝麻了。

其实，村上的人都说不出她到底烂在哪里，张天棒说她喜欢偷人，是根据几个半大娃儿的检举得出的结论。蔡妹儿为什么偷人呢，是因为耐不住寂寞。蔡妹儿很年轻，才结婚半年就守了寡。

蔡妹儿的男人叫什么名字，有的人知道，有的人不知道；有的人认识，有的人不认识。大家都晓得的，她男人的罪行就是一字之差。蔡妹儿的男人在公社学校当民办教师，既教小学，又教初中，据说他写得一手好字，全乡第一。其实说他字写得好，就是指美术字，不是书法家写的楷书、行书、草书、魏碑和隶书之类。

蔡妹儿男人会写美术字，自然得到上头器重，公社书记说，全公社要立108块语录碑，上面要写毛主席语录和林副主席语录。语录碑做起了，点名叫蔡妹儿男人去写。蔡妹儿男人在一块块碑上写了些毛主席语录，又写了一段林副主席语录："……当今世界上没有哪一个人比得上毛主席的水平……"大功告竣，正坐下来歇口气，欣赏欣赏自己的劳动成果，就有一群红卫兵围拢来，说蔡妹儿男人是现行反革命，非要他指出"那一个人"是谁。蔡妹儿男人抬头去看自己的杰作，不觉目瞪口呆、汗水湿背：哪一个的"哪"字写成了"那"字，意味着除了那一个人，人人都比得上毛主席的水平。那一个人是谁呢？蔡妹儿男人当然指不出来，便被红卫兵扭走了，不久就成了牛鬼蛇神，进了山上的劳改农场。

蔡妹儿在家守寡，光彩照人的脸蛋好像不再光彩，水灵水灵的眼睛好像不再水灵，能说会道的嘴巴好像也不再能说会道了。蔡妹儿终于耐不住春心潮涌，偷偷摸摸养起了野男人。

那天晚上，有叫狗儿的半大娃儿从蔡妹儿吊脚楼的壁缝里，看见蔡妹儿的床上四条白生生的腿在绞动，有两条是男人的，有两条是女人的。叫狗儿的半大娃儿便屏住气，在黑暗中守株待兔，要看那男人到底是谁。谁知那有两条白生生大腿的男人极其狡猾，没让叫狗儿的半大娃儿目的得逞，便偷偷从后门溜走了。

根据狗儿的描述，红卫兵头头张天棒下了结论：那男人是住在蔡妹儿隔壁的四清工作组伍组长，那女人就是蔡妹儿。隔里隔壁的，偷起人来方便，狗日的蔡妹儿，原来是粒烂芝麻！

从此，蔡妹儿臭名远扬，烂芝麻的名字人人皆知。

时值红卫兵越闹越烈，以张天棒为首的打狗战斗队，总部设在乡场上的钟鼓楼，脚脚爪爪遍及每村每队。打狗战斗队要把工作组伍组长拉去游街示众，向全乡人民肃清流毒。却被乡里的工作团团长锁进工作团的会议室里，硬说钥匙不在手上，红卫兵在门外闹了整整一天，工作团长与他们周旋了整整一天，终归没有打开会议室那扇门。红卫兵散了，伍组长才从会议室出来，狼吞虎咽吃了三碗面条，随工作团的同志一道偷偷摸摸逃回了县城。

遭殃的是烂芝麻，她被剃光了头发，涂上了墨汁，押在乡场的批斗台上，一阵批斗声，一阵口号声，围观者人山人海。打狗战斗队队长张天棒威风凛凛：“烂芝麻，你为什么偷人？”

烂芝麻涂满墨汁的脑袋向上一扬：“身体需要！”竟没有半点羞辱感。台上台下爆发出一阵哄堂大笑。

马上，一双破鞋挂上了烂芝麻的脖子，在胸前一甩一甩的，煞是好笑。张天棒举起双手向下按了按，示意大家安静下来，又斜眼瞟了瞟台上的烂芝麻，声色俱厉地喝问：“以后还偷不偷？”

“偷！”烂芝麻只说了一个字，响当当、硬邦邦，又惹得台下一阵哄堂大笑。

张天棒也差点笑出声来，他又用手向台下按了按，没等大家静下来，又声色俱厉地向烂芝麻吼道："你偷哪个？老实交代！"

烂芝麻抬起头，两眼向台下横扫，扫完了紧盯着张天棒，嗓门老高："就偷你！"再一次惹起一片哄堂大笑。

"老子看不起，你各人爬！"张天棒手一挥，领着打狗战斗队的人马走了，批斗会在乌烟瘴气中收了场。

……没几天，张天棒在乡场口拦住了烂芝麻，一双色迷迷的眼睛盯着她白生生的脸和白生生的脖子，一只手就伸过去，在烂芝麻柔柔软软的乳房上捏了一把。

烂芝麻没有气、没有恼，只是浅浅地抿嘴一笑。张天棒从烂芝麻那张好看的脸上看到了好看的笑容，读出了好读的味道，就有点心旌荡漾起来，又一只手伸过去，在烂芝麻柔柔软软的大腿上捏了一把，烂芝麻又是浅浅地抿嘴一笑，甜丝丝的声音便从嘴角飘了出来："青光白日的，你……晚上来吧。"说完，扭着那好看的身材和好看的屁股走了。

晚上，张天棒果然就去了，烂芝麻屋里亮着灯，她的身影不时在灯光里晃一下，又晃一下。张天棒就想起烂芝麻白天说的话，嘿，这狗日烂芝麻，名字不好听，人长得好看，批斗会上说话凶巴巴的，下来说话又那么温柔，看来，这婆娘骚得很哩，也算我张天棒艳福不浅，这红卫兵头头没白当哟。想着想着，就进了烂芝麻的门，那门半开半闭，是虚掩着的，是那骚婆娘给张天棒留着的。

张天棒轻轻进了屋，又轻轻把门掩上去，门是不用闩的，等会出门方便。烂芝麻用那双会说话的眼睛把张天棒迎进了门，又用那双会说话的眼睛对他会意地笑，示意他入座。张天棒并没入座，一把抱住烂芝麻，在她脸上又亲又啃，在她身上又捏又搓。烂芝麻也不反抗，也不说话，温温存存地微笑着，柔柔软软地配合着。

没有几个回合，烂芝麻就把张天棒烤了个火烧火燎，欲火冲天。张天棒半刻也不能等待，迫不及待地把烂芝麻往里屋的木床上拥，烂芝麻半推半就进了屋，被张天棒按在了床上。张天棒一手抱着烂芝麻，一手就去松烂芝麻的裤带。烂芝麻却不干，双手用力护着，羞羞涩涩地向张天棒噜了噜嘴，张天棒会意，三下五除二脱光了自己的衣服，就伸手去解烂芝麻的扣子。

说时迟,那时快,烂芝麻一个鲤鱼打挺翻了起来,一把扯过张天棒的衣服裤子抱在怀里,一步跳出了里屋,一步冲出了门外,反手关上木门,大声呜气地吼叫起来:“抓强盗呀,抓强盗呀,我家进了强盗!”

院子是个大院子,住了三四十家人,烂芝麻的吼声惊动了所有的邻居。院子上的人最恨的就是强盗,男男女女、老老少少,提锄把的、扁担的、举木棒的,呜嘘呐喊冲了出来,把烂芝麻家的前门后门围了个里三层外三层,又在整个院子前后左右布满了岗哨,任何强盗偷儿贼也休想从村民们的包围圈中逃出去。

张天棒知道自己上了大当,在烂芝麻的屋里原地打转,房前屋后的一片喊叫,把他的三魂吓脱了二魂,无奈自己全身一丝不挂,哪里出得门去?就是出得门去,哪里逃得出一村人的棍棍棒棒?万般无奈,才在灶头边抓起一条围腰,往腰上一围,胡乱在后背系了个疙瘩,算是遮住了前面的丑,可后面部分却白生生的光着。

这时,房门已被咣的一声推开,男男女女扑了进来,棍棍棒棒响了进来,拉亮电灯一看,哪是什么强盗,是张天棒一条围腰裹身,在屋角角瑟瑟发抖。

……没过几年,烂芝麻的男人平反昭雪了,说是又要回到公社小学教书,还说要从民办教师转成公办教师。那天,烂芝麻约了两个姐妹去劳改农场接丈夫回家,烂芝麻给丈夫提行李,两个姐妹就在农场大门放了长长一挂鞭炮。出了农场,一行人没有回村,开了手扶拖拉机直奔县城,东拐西弯,在一条窄窄的街上找到当年四清工作组伍组长的家,在伍组长的门前又放了长长一挂鞭炮。

当年的伍组长已是县卫生局的医政股长,不知门外发生了什么事,迷迷惑惑地从门里迎出来,见是当年搞四清时住村的蔡妹儿和她已平反的男人,那两个放鞭炮的姐妹不认识。原来的伍组长现在的伍股长一头雾水。

却见烂芝麻两口子端端地站在伍股长面前,毕恭毕敬地行了三个大礼。烂芝麻说:“伍股长,你是好人,那年你在村上当工作组长,我男人在农场劳改,靠了你的暗中庇护,我们两口子才能暗中团聚。不料我男人进屋,被人误认为是你，坏了你这么多年名声……今日我男人昭雪复职，专门来给你请罪，请受我们一拜。”说着就要下跪。

伍股长便释然，清晰地想起了当年的事情，看了看泪流满面的蔡妹儿两口子，伸手把他们扶起来，无言无语，泪水在眼里包不住，顺着两颊滚滚地流。

落汤鸡

王树贵在学校的墙根下撒尿的时候，被一盆脏水淋成了落汤鸡。

本来，王树贵是不应站在墙根下撒尿的，顺那条墙根走过一条阶沿，再上几步土坎，穿过学校操场就是厕所。但王树贵实在是坚持不住了，那泡尿早在一个小时前就要撒的，之所以夹到一小时后才撒，是因为王树贵被一本小说深深吸引。那是大家非常熟悉的一部小说，小说的名字叫《红岩》，重庆地下党与国民党反动派作斗争的英雄故事把王树贵看得心惊肉跳，翻了一页又一页，看了一章又一章，王树贵完全被女地下党员江姐的大无畏精神所感动，当看到江姐被竹签子钉得死去活来的时候，王树贵对国民党反动派恨得咬牙切齿，一口气看到江姐受刑后被拖进牢房，他才松了一口气，在那页书的右下面折了个角角，掩上书跑出学生寝室撒尿去了。

出了学生寝室，外面一团漆黑，王树贵猜想四下肯定空无一人，便不想走过那一条阶沿，再上几步土坎，然后穿过操场到厕所撒尿去了，那泡坚持了一个小时的尿水再不释放就会流到裤裆里了。

王树贵在墙根下掏出雀雀的时候，脑壳里想的还是红岩故事，他对江姐的命运提心吊胆，不知她被拖进女牢后是死是活。直到那泡尿开始向外喷射的时候，他才回到现实中来，他猛然想到在墙根下撒尿是不对的，一个三好学生应该有起码的卫生习惯和品行修养，怎么能随随便便在墙根下撒尿呢？再说，一墙之隔住的就是况老师，那个王树贵最喜欢的年轻女老师，王树贵进过况老师的寝室，况老师的床就挨着窗户放着，那个年纪轻轻、漂漂亮亮，要脸蛋有脸蛋，要身段有身段的况老师现在就在窗户里面睡觉，自己却在她的窗外——不，更准确地说就在她的床头刷刷刷地撒尿，这太不像话了，太缺德了，对自己特别喜爱的况老师太不尊重了，刚刚还在接受《红岩》的熏陶，自己比起《红岩》中那些英雄人物差得太远了。

但是没有办法，王树贵的武器已经掏出来，扳机已经扣响了，子弹打不完是收不了兵的，不是说开弓没有回头箭吗？

就在王树贵撒得很欢快很惬意的时候，意想不到的情景发生了。

王树贵听见“咔嚓”一声，况老师寝室的电灯亮如白昼，亮光从窗户射出来，刹那间十分刺眼，王树贵心想遭了，况老师肯定发现自己在墙根下撒尿了，他下身一激灵，浑身紧张得毛骨悚然，立马感觉到自己的雀雀一股疼痛直钻骨髓，撒了一半的尿水就被吓回去了。

足有两三秒的时间，王树贵眯缝着的眼睛才艰难地睁开了，他开始觉得眼前一片模糊，继而才慢慢清晰了视线，这一看不要紧，王树贵顷刻之间被窗户里面的情景惊呆了。况老师屋里不是一个人而是两个人，那个人不是同况老师一样的女人而是一个男人，那个男人不是别人，而是学校的副校长马玉文。

马玉文名义上是副校长，实际上是学校的一把手，因为一把手校长一年前就调走了，整个镇中学就只有马玉文一个副校长，校长走了当然就是副校长主持全面工作，马玉文就成了整个学校的最高领导。王树贵觉得马玉文能说会道，不仅校长当得好，政治课也教得好。王树贵从心里佩服和尊重自己的马校长。而况老师就是校长调走了马玉文主持全面工作的时候，从县师范学校毕业分来的。那天全校师生正在操场上集合，马玉文把况老师从办公室带出来介绍给大家，说这是新来的况老师，况老师是学音乐专业的，我们学校从此就有专职音乐老师了，全校师生就使劲鼓掌，对况老师表示热烈的欢迎。

况老师当了音乐老师后教同学们唱会了很多歌，有《八月桂花遍地开》、《歌唱二小放牛郎》，还有毛主席语录歌《什么叫工作》和“下定决心，不怕牺牲，排除万难，去争取胜利”。王树贵最喜欢唱的是革命样板戏，什么《朝霞映在阳澄湖上》、《我们是工农子弟兵》、《都有一颗红亮的心》等等，这都是况老师教的。

王树贵觉得况老师是全校最漂亮的女老师，她剪一头齐耳短发，既好看又大方，圆圆的脸上有一双会说话的眼睛，她教音乐课的时候，那眼睛

像在翻译歌词。王树贵觉得况老师就像《红岩》中的江姐和《红灯记》中的李铁梅那样，都有一颗红亮的心，江姐和李铁梅与敌人坚决斗争，她们都有一颗红亮的心，况老师教我们唱那么多的革命歌曲，虽不是和敌人作斗争，但是是向落后和愚昧作斗争，她也有一颗红亮的心。

但万万没有想到的是，自己最尊敬的马校长和最喜爱的有一颗红亮的心的况老师却在一起干见不得人的事情。王树贵看见马玉文的时候，他正睡在况老师的床上。他看见马校长赤身裸体地从况老师身上爬下来，一只手拉着床头电灯开关线，一只手捂着自己的下身从床上坐起来，站起身朝自己走过来了。王树贵吓得浑身发抖，双腿一软就蹲下去了，王树贵蹲下身子的时候，听见头上的玻璃窗“哐”一声被推开了，他紧缩在墙根下，不敢抬头去看那推开窗子的手是马校长的手还是况老师的手，就听见又是“哐”一声，头上那扇开了的窗户又关回去了。

王树贵松了一口气，把还没有撒完尿的雀雀兜进裤裆里，悄无声息地拉上了裤裆的拉链。这时王树贵的神经才清醒过来，断定刚才推开窗户的那只手和伸出窗户的那个头肯定是马校长的，因为况老师还在床上没有爬起来，王树贵虽然没有看见况老师的丑相，比如高高的乳峰呀、白白的肚皮呀、长长的大腿呀什么的，但完全可以断定况老师既没有穿衣服，也没有穿裤子，就那样光胴胴地仰在床上任由马校长折腾。狗日的况老师，看来你那颗心不是红亮的心，狗日的马校长，你就像给江姐钉竹签子的特务一样可恶。

要在平时，王树贵肯定会大喊抓贼，因为况老师家里进了一个偷人的贼，但今天他不能喊，他也像做贼一样在况老师的床外边撒了尿，如果一喊，那不是贼喊捉贼？众人抓到的不是一个贼而是两个贼，不，加上况老师应该算是三个贼了。

王树贵正要离开现场时，听见里面一阵悉悉索索的声音，王树贵就判断况老师起床了，况老师穿上衣服了，况老师从床上爬下来了。马上又听见两人的脚步声和拧开水龙头放水的叮咚声，接着是小心翼翼的、轻轻微微的水响声，屋里的人既像在洗脸，又像在洗手，还像在洗其他什么地方，好像还夹杂着只有屋里的人才能听清楚的悄悄话，唧唧咕咕，像煮稀饭。

王树贵决定马上撤离现场，要嘛回到寝室睡觉，要嘛回去拉亮灯继续

读他的《红岩》，只有《红岩》中那样的共产党人才有一颗红亮的心。就在王树贵悄悄撑起身子的时候，头上的那扇玻璃窗子又一次“哐”的一声打开了。这回王树贵看得真真切切，推开窗户的那只手是马校长的手，那只手并不是刚才赤身裸体的模样，上面穿了短袖衬衣，还戴一块金光闪闪的手表，那手表王树贵认得，马校长伸出手臂与其他老师作过对比，比来比去大家都公认马校长的手表是全校最贵最好的手表。

马校长推开窗户时，王树贵弓起来的身体又马上缩了下去，他大气都不敢喘，只有等马校长伸出窗户的那只手伸进去以后，才能神不知鬼不觉地离开。王树贵瞅准马校长的手缩了回去，正要以迅雷不及掩耳之势逃离现场，又一个意想不到的情景发生了，那窗户上拱出了一只硕大的洗脸盆，一盆水端端正正从王树贵头上劈头盖脸地淋了下来，王树贵彻头彻尾地成了落汤鸡……

后来王树贵怎么离开墙根的，自己也记不清楚了，他回到寝室没有钻进被窝睡觉，也没有拉开电灯读《红岩》，而是找个角角要撒完那半泡还没撒完的尿水，但王树贵的雀雀不争气了，它一股接着一股地发胀发痛，硬得像一根竹棍，一滴尿水也撒不出来。

好不容易熬到了天亮，王树贵觉得尿泡胀得厉害才跑到厕所去解手，但那不争气的雀雀仍然撒不出尿来，慢慢觉得小肚子下面也发起胀来，王树贵有些着急了，才回到寝室查看昨天晚上被淋湿了的衣服，衣服虽然干了，但有大股骚臭味，王树贵就觉得马校长倒出来的不是尿水就是他与况老师洗身子的脏水，心里就发起呕来，边发呕边一个劲咒骂校长马玉文：“马玉文，我日死你先人，不但把老子一身泼得臭熏熏的，还把老子雀雀吓坏了，马玉文，我日死你先人，要不是觉得老子在墙根撒尿不光彩，老子非把你的丑事捅出去不可。”

骂着骂着，王树贵觉得肚子痛得厉害了，就用手按着又往厕所里跑，刚出学生寝室就碰上了况老师。况老师还和原来一样，齐耳短发，既好看又精神，圆圆的脸上闪着一双又大又圆的大眼睛，从她脸上看不出昨天晚上发生了任何事情。况老师看见王树贵捂着肚子，就问王树贵是怎么回事，王树贵说：“肚子又痛又胀，难以忍受。”况老师关切地问：“是不是吃了什么不干净的东西？”王树贵说：“不晓得不晓得，反正痛得厉害。”况老师就同意王树贵上午的音乐课不上了，让他到镇卫生院去看医生，还安慰王树贵说：“没关系，只要不拉肚子，吃点藿香正气水就好了。”

王树贵好不容易走到了镇卫生院，坐到医生面前就支持不住了。张医生问王树贵哪里痛，王树贵就用手指了自己的下面。张医生就把王树贵的裤子垮了下来，看见王树贵的雀雀除了又硬又肿之外，并没有什么异样，张医生就用听诊器在王树贵雀雀上敲了两下，痛得王树贵“哎哟哎哟”直叫。

张医生询问王树贵生病的原因和疼痛的过程，王树贵只摇头不说话，张医生就认定王树贵的雀雀干了坏事，他把王树贵盯了老半天，就问王树贵：“仔鸡公是不是提前开叫了？”王树贵直摇头：“没有没有。”张医生又问王树贵：“是不是昨天晚上次数干多了？”王树贵又是直摇头：“没有没有。”张医生又问王树贵：“是不是你舂糍粑的对窝不干净？”树贵还是直摇头：“没有没有。”

张医生脸上就有些挂不住了：“一个十五六岁的娃儿这样不诚实，你不老老实实地说出病因，我怎么能医好你的病？”王树贵痛得实在没有办法，才把昨天晚上的事情一五一十告诉了张医生。张医生边听边给王树贵重新作检查，他发现王树贵不仅雀雀有些红肿，下腹部也胀得溜圆，就断定王树贵患的是尿滞留，医学名词叫尿潴留。

张医生告诉王树贵，他当时撒尿的时候受到了突如其来的惊吓，引起强刺激条件下的神经痉挛，造成了尿道的闭塞，尿道闭塞后膀胱内积蓄的水份排不出去，由此造成了雀雀梆硬和小腹肿胀，要是不及时止痛导尿，把尿泡胀破了就会出大麻烦。张医生还对王树贵说：“你要不把真实情况告诉我就很容易造成误诊，要是把你当成性病来医治那就坏事了。”

张医生分析完毕，就给王树贵打了止痛针，又把一根很细很细的胶管插进王树贵的雀雀里头导尿。开始插管的时候，王树贵痛得哇哇直叫，双泪长流，尿水一导出来王树贵主立马就轻松了，等一泡尿导完，王树贵圆溜溜的肚皮就瘪了下去，小腹和雀雀的疼痛感也就慢慢消失了。

王树贵非常感激，一个劲地对张医生致谢。张医生说：“没事了，没事了，你可以回学校上课去了。”

王树贵仍是不走，他从荷包里掏了半天，掏出一包劳动牌香烟，硬塞进张医生手里:“谢谢你张医生,马校长和况老师的事非同小可,我只给你一个人讲了,此事保密,仅限你一个知道,千万不能乱讲。”

张医生脸上一副令人信任的微笑,他叫王树贵放心,他张医生一定保密,保证不会乱讲。王树贵得到了张医生的保证,高高兴兴回学校上课去了。

但是,张医生一下来就把王树贵说的事绘声绘色地对老婆鹦鹉学舌了一遍,他认为自己并没有失言,给自己的老婆讲不属乱讲,末了还一再诈唬:“此事保密,仅限你一个人知道,千万不能乱讲。”

“那是那是,这种事情非同小可,传出去多丢人。”但张医生的老婆是个嘴里扎不住话的女人,第二天就在街上买菜的路上给铁匠铺的周铁匠讲了,末了也一再诈唬:“此事保密,仅限你一个人知道,千万不能乱讲。”

周铁匠转过背又给刘老三说了,刘老三转过背又给曾歪嘴说了,曾歪嘴转过背又给孙大炮说了……人人后头都是那句千叮咛万嘱咐的话:“此事保密,仅限你一个人知道,千万不能乱讲。”

结果可想而知,马玉文与况老师的风流韵事成了全镇茶余饭后的谈资,你谈过去,我谈过来,就传出了若干个情节各异的不同版本。

不管哪一个版本,都只是传闻而已,不可能成为什么证据确凿的依据。况老师还是一头短发圆圆的脸,站在台上用她动听的声音教同学们唱歌。马玉文不但没有颜面扫地,连副校长的“副”字也去掉了,他成了学校名正言顺的一把手。付出代价的只有王树贵,初中毕业推荐升高中的时候,王树贵名落孙山,回家跟老汉学石匠去了。

大家都对王树贵感到惋惜,说一个三好学生连高中都没读成。只有他老汉感到无所谓:“读那个卵书有屁用,只要娃儿雀雀没坏就是我王家的福!”

手巾

“见鬼，我的手巾不见了！”

汪镇长先用手摸了一把裤包，发现那里面空空如也，赶紧把左手伸进左裤包掏了一遍，又赶紧把右手伸进右裤包掏了一遍，接着又把屁股荷包也掏了一遍。没有，确实没有，他大声惊叫道：“见鬼，我的手巾不见了。”

那手巾是不能丢的，那是汪镇长一行五人旅游丰都鬼城的纪念品。汪镇长是最喜欢购买纪念品的，他游过青城山、峨眉山、乐山大佛和忠县石宝寨。每到一处，汪镇长都要购买一件两件纪念品，回家以后还要用笔或小刀留下记号，比如“青城山纪念”、“峨眉山纪念”、“乐山大佛纪念”、“石宝寨纪念”等等。汪镇长说，他要游遍祖国的三山五岳，要把每一次的旅游纪念品挂满书房的四壁，退休后慢慢回味一次又一次旅游的滋味，那是多么幸福的事情。

可是，汪镇长这次游览鬼城的纪念品却不见了。

现在看来，汪镇长一行五人的旅游有点名不副实。现在这些人一提起旅游，一下子想到的就是周庄、乌镇、香格里拉、天涯海角，抑或夏威夷、下龙湾、富士山和埃菲尔铁塔等等。那几年不一样，计划经济年代，包包不鼓，眼界不开，从这个村到那个村，从这个镇到那个镇，从这个县到那个县都叫旅游。

汪镇长一行到丰都旅游，是临时的决定。镇政府的人有春游秋游的习惯，有时候公家组织集体出游，有时候三五成群邀邀约约外出踏青。那天，汪镇长把手叉在腰杆上：“见鬼，好久没有出门透气了。”

“见鬼”是汪镇长的口头禅，讲一次话要见好几次鬼，照着稿子念的时候，不能“见鬼”，念完了还要补充一句“见鬼，眼睛都看花了。”

汪镇长把手叉在腰杆上说“见鬼”的时候，陈兵正好从楼梯上爬上来，陈兵插话说：“汪镇长，现在春暖花开，连雀儿都晓得飞出窗外去耍了，你带我们春游去吧。”

汪镇长问：“到哪里？”

陈兵说：“垭口村桃花开了，我们到垭口村看桃花吧。”

汪镇长说：“见鬼，桃花有什么看头。”

陈兵说：“那我们到人和水库划船。”

汪镇长说：“见鬼，去年秋天才去划了船，今年又去，你娃硬是没得耍事。”

二人在过道上讨论了一阵，一时想不出到哪里春游为好。办公室主任杨素正在院子里的花台边看花，专心致志看了一阵，才把头抬起来，素面朝天地说：“汪镇长，就去你说的那里。”

“见鬼，我说了哪里？”

素面朝天的杨素一脸动人的笑：“汪镇长你不是说见鬼吗，我们就到鬼城见鬼去吧。”

汪镇长和陈兵先是恍然大悟，继而拍手叫好：“哎呀要得，我们到丰都鬼城一游。”

于是，邀约大家上路，直奔丰都鬼城，一行人除了汪镇长、陈兵、杨素之外，还有董德云和小姜。

门票提价了，每人 20 元。杨素学着汪镇长的口气：“见鬼，前不久曾晓红她们来耍，才 15 元，今天就涨了 5 元。”

汪镇长说：“20 元就 20 元，人家每张门票还配发了一张纪念手巾，游山时可以揩汗水，游完了就带回去做纪念品。你自己去买纪念品，五块钱都不花吗？”

展开手巾一看，真是不错，材料、质地、花纹都受众人称赞，特别重要的是，那上面印有“鬼城纪念”字样，还有一张鬼城导游图：大鬼山、小鬼山、名山、奈何桥、阎王殿、十八层地狱，清清楚楚。汪镇长每游一个景点，都要把手巾展开对照欣赏一番，然后小心翼翼地对折起来，揣进裤包里。

谁知那手巾现在却不见了，就在汪镇长一行五人游完丰都，在码头等船准备打道回府的时候，它却眼睁睁地不见了。

汪镇长一声“见鬼，我的手巾不见了”的时候，一行五人皆慌，山远水远而来，连个纪念品都没有留下，岂不枉此一游？何况汪镇长那么喜欢购买收藏纪念品，每到一个地方出差、旅游，必添一件两件纪念品，带回家布置在书房的墙上。

大家猜想，汪镇长的手巾可能是在什么地方放失了手，细细找找也许就找到了，你一言我一语，真把汪镇长给说迷糊了，他想未必然我硬是把它丢在什么地方了？但是能丢在什么地方呢？迷迷糊糊的汪镇长想不出眉目来。

陈兵建议道：“现在时间还早，离开船还有足足一个小时，我建议要嘛到趸船上坐下来休息，要嘛就在这街边茶馆里泡杯茶慢慢喝，慢慢找汪镇长的手巾。”

大家表示赞同。陈兵带头跨进了街侧边的春来早茶馆，其余的人也就跟了进去，把所有行李聚集在一起，选了一张临窗的茶座坐下。座位很好，屋里清清净净，举目可以望见码头的梯坎、趸船和梯坎与趸船之间上上下下的人群，再远一点，就是长江，长江的水在那里平平静静的流着，江面上有不少的船，上水船、下水船、大船、小船、货船、客船、旅游船，一派繁忙景象。

大家坐定以后，小姜要去喊茶。陈兵说：“你们几位陪着汪镇长慢慢品尝，我回刚才退房的旅馆里去找一下，弄得不好那张手巾就丢在汪镇长住的205房间里了。”说罢，挥挥手，做了一个拜拜的动作，就急匆匆跨出了春来早茶馆，身子一拐，向名山旅馆方向去了。

汪镇长说：“见鬼，出门杨素提醒我再检查一下房间，不要丢下什么东西了，我把205房间的床上床下都搜索了一遍，没发现有什么东西呀。”

杨素说：“我怀疑汪镇长昨晚是不是搓洗了手巾，然后晾在什么地方没收。我们房间外面不是有条走道吗？那走道上有一根铁丝，从走道这一头牵到走道那一头，上面就晾了很多东西，有背心、毛巾和一条花花哨哨的连衣裙，还有什么东西我没看清楚，弄不好就有汪镇长的手巾。”

汪镇长说：“见鬼，我是洗了背心的，晾在过道的铁丝上，但离开的时候收了的呀，我觉得昨晚上没有洗晾手巾哩。”

杨素说：“还是回去找一找，这样吧，汪镇长，你们慢慢喝茶，我回旅馆走道边去检查一下，好像那手巾硬是在铁丝上晾着。”

杨素是镇办公室主任，做事历来细心，井井有条，又会说话，又会喝酒，给镇政府长了不少脸，只是文字能力弱点，但大面上还过得去，不伤大雅，汪镇长对她十分欣赏。杨素提出再回去找一下，汪镇长虽不抱希望，但也不反对，点了点头算是同意。杨素交代小姜去买茶，自己转身出了门，向旅馆方向走去。

杨素刚刚出门，董德云尖叫一声："有了！"

汪镇长说："董德云，你惊风活扯叫啥子，什么有了？"

董德云问汪镇长："汪镇长，结账的时候，你是不是在大堂的木椅上坐了一会儿？"

汪镇长说："是呀。"

董德云说："这就对了，结账时我仿佛看到一眼，你那手巾肯定是顺手丢在沙发上了。"

汪镇长说："见鬼，这倒真有可能，我怎么没想起来呢？"

董德云一脸的微笑："汪镇长不要着急，小董去去就来，保证把你的纪念手巾找回来。"说罢，从茶座上站起来，匆匆走了。

小姜给汪镇长泡上茶，又从吧台边找来一摞报纸，递到汪镇长手中。汪镇长揭开茶碗的盖碗闻了闻，向里面吹了口气，见茶叶尚未泡开，便把盖碗盖上了。顺手把一摞报纸接过来，从中选了张《参考消息》，饶有兴致地翻看起来。边翻边问小姜："小姜，你说我的手巾找得回来吗？"

小姜说："找得回来找不回来都没关系，不就一条手巾吗?淘神费力的做啥子。"

汪镇长说："不找回来丰都不就白来了吗?那手巾好啊，看见它就可以把鬼城走过的景点复习一遍，找回去贴在墙上，表明汪某到此一游。更重要的是，它将成为我收藏的第100件旅游纪念品。"

小姜面带难色："返回旅游点去再买一张手巾不就行了？"

汪镇长说："见鬼，虽然都在鬼城，我们现在的位置离旅游地有十余公里，来回跑一趟，船都赶掉了。再说，买张手巾必须再买旅游门票哩。"

小姜极不情愿地说："既然如此，我也去找找吧。"

汪镇长想，小姜留在这里与自己又没有龙门阵摆，他人年轻，腿脚快，一眨眼工夫就跑个来回，就没有反对，由小姜径直去了。

汪镇长喝着茶，一边看报纸，还一边回味这次鬼城之行的收获。他印象最深的是十八层地狱：拔舌地域、剪刀地域、铁树地域、铜柱地域、刀山地域、冰山地域、舂臼地域、血池地域、枉死地域、磔刑地域、火山地域、石磨地域、刀锯地域，层层地狱阴森恐怕、鲜血淋漓……

回味之间，陈兵已返回茶馆，喜出望外地递过来一条手巾：“汪镇长，找到了，果然在你住的 205 房间里，你猜你丢在什么地方？枕头下面！”

汪镇长想，恐怕是哩，出门时床上床下都检查了，怎么就搞忘了看一看枕头下面？一边连声道谢，一边招呼看茶。

陈兵说：“不喝了，不喝了，刚才过路看到街头商店里有电动玩具，我去选一件给儿子带回去。”说罢，急急忙忙出门买玩具去了。

陈兵前脚走，杨素后脚就跟了进来：“汪镇长，找到了找到了，你的手巾果然在旅馆过道那根铁丝上晾着。”说着，递给汪镇长一条手巾。

汪镇长连说谢谢谢谢，一边在想：“见鬼，陈兵说手巾在 205 房间的枕头下压着，杨素说手巾在过道的铁丝上晾着，那它到底是压着还是晾着？”心里这么问着，口里却连声谢谢，言不由衷地招呼服务员看茶。

杨素说：“不喝了，不喝了，我上个卫生间，等会上了船，解手不方便。”说完，把外衣往茶桌边的椅子上一搁，径直上卫生间去了。

杨素钻进了卫生间，董德云又风尘仆仆地返回来了，他一步跨进春来早茶馆的大门，把一条新崭崭的手巾递给了汪镇长：“汪镇长，该是让我说准了嘛，你这手巾硬是丢在旅馆登记室的沙发上了。”

汪镇长接过董德云手中的手巾，又想到刚才放进行李箱里的两条手巾，心里叫了起来：“见鬼，真是见鬼，陈兵说手巾在枕头下，杨素说手巾在铁丝上，董德云说手巾在沙发上，那手巾它到底在什么地方，未必它撞了鬼城的鬼，可以施展飞身术？”嘴里的话却是：“董德云辛苦了，喝杯茶吧。”

董德云说：“不喝了，不喝了，我到门外擦一下皮鞋。”说完擦皮鞋去了

这时，小姜也气喘吁吁地回来了，他跑得满头大汗，直喘粗气，上气不接下气地站在汪镇长面前：“汪镇长，你住的 205 房间里、房间外边的过道上、一楼大堂的登记室，我都找遍了，连手巾的影子都没看到。”

汪镇长看着满头大汗的小姜，心头特别感动，一边给小姜看茶，一边劝他道：“算了算了，找得到就找，找不到也不算蚀财，一张手巾嘛，值几个

铜钱？”

小姜说：“那怎么行，汪镇长那么喜欢鬼城的纪念手巾，不能枉此一游。这样吧，我这一条送给你，我又不收藏纪念品，纯粹用来揩汗水，揩两天就甩掉了。”

汪镇长摆手谢绝：“小姜，不行不行，不行不行。”小姜不容分说，把手巾对折起来，一把塞进汪镇长行李箱头去了。

这时，买玩具的陈兵、上卫生间的杨素、擦皮鞋的董德云陆续回到了春来早茶馆。汪镇长正要开口说话，杨素叫道：“上水船来了，咱们收拾行李上船吧。”众人张望，果然是他们要赶的船到了，那庞然大物已经停进了码头，赶上水船的旅客成群结队地向趸船涌去。汪镇长一行五人不再讨论手巾的问题，纷纷提上行李，出了茶馆，下了梯坎，上了趸船，喜笑颜开地打道回府了。

一路上，汪镇长的脑子没有歇过气，不是丰都的旖旎风光，不是鬼城的阴森恐怖，在汪镇长脑海里闪烁的始终是那张印有导游图的鬼城旅游纪念手巾。陈兵、杨素、董德云、小姜各送给汪镇长一张手巾，四张手巾像四条横板顺跳的蛇，在他心里拱得七上八下。小姜那张不说了，那是他心甘情愿送给他汪镇长的。而陈兵、杨素、董德云找回的手巾就令人费解了，甲说在枕头下找到的，乙说在铁丝上找到的，丙说在登记室找到的，到底哪张手巾才是他汪镇长丢失的，哪张手巾才姓汪？

百思不得其解的时候，奇迹发生了，那条手巾竟然从汪镇长的眼镜盒子中钻了出来。汪镇长立马想起来，就在走出旅馆的时候，他还摸出手巾擦了一把眼镜，顺手把手巾当成眼镜布装进他那硕大的眼镜盒，而眼镜盒中原有的擦镜布已丢失半个月了。

手巾找到了，汪镇长自然高兴，便把多余的四张手巾一一归还给四位部下。陈兵、杨素、董德云机灵过人，一句话都没说，手疾眼快地把手巾揣进了荷包，没让别人看到半点影子。只有小姜不识时务，连连摆手推辞：“汪镇长这张手巾就送你了，送你了。”

汪镇长一把把手巾塞进小姜手上：“拿着，每人都只有一条。”

见小姜还要推辞，脸色一垮：“见鬼，纪念品嘛，我要那么多干啥？一张足矣！”

打　药

曾书记的老婆突然杀到镇政府来了。

曾书记的老婆大家是认得的，都对她印象很好，说她人长得漂亮，很有气质，说话做事又谦和又有水平，镇政府的家属恐怕没人敢比。

认识曾书记的老婆是在曾书记到回龙镇上任的时候，那次从县城来了一辆小车，车上下来三个人：一个是县委组织部的副部长，一个是曾书记，还有一个女司机。副部长带着曾书记到会议室开会，宣布曾书记到回龙镇任职，女司机就在坝子里忙乎，把一件一件的行李搬到曾书记的寝室里。副部长开完会就回县城去了，女司机却没走，直到晚上她住进了曾书记寝室的时候，大家才知道她是曾书记的老婆，叫祝晓娟。

一晃两三年了，祝晓娟一直没到回龙镇来过，平时都是曾书记每个星期赶回县城，与祝晓娟同床共枕，同唱"每周一歌"。有时候曾书记到县上出差，开会或参加培训学习，也有小住十天八天的时候，当然，就不用祝晓娟辛辛苦苦往乡下跑了。这下安逸，祝晓娟突然杀到镇政府来了，镇政府里头恐怕会有好戏看了。

其实，好戏早就开演了，曾书记和贾小妹分别为男女主角。要说贾小妹那婊子，一个黄花闺女，怎么那么不自重，生拉活扯地就与有妇之夫的曾书记搞到一起了呢？

祝晓娟在过道的水槽边洗菜，洗得心不在焉，总拿眼光朝站在坝子里的贾小妹看。她看见贾小妹并没有什么过人之处，中等身体，相貌平平，虽然说不上丑陋，也绝不在漂亮女人之列，怎么就和自己的丈夫搞在一起了呢？

祝晓娟甚至在为自己的丈夫开脱，他就处在这怎么一个封闭的环境中，做出傻事也是情有可原的。在乡下工作不比城里，有歌唱，有舞跳，晚上有连绵不断的电视连续剧打发时光。乡里有什么呢？没一个歌厅，没一个舞厅，没一个卡拉 O K，电视机是个黑白的，揿到按钮扭了一圈也只有四个台，再扭就是满屏幕的雪花和铁道线了。

当然，丈夫爱喝酒，白酒啤酒不论，好酒孬酒不论，只要有那个氛围，半斤八两不在话下。听说贾小妹也喝酒，耿直，有量，一大杯白酒往嘴皮上面一碰，吱的一声就下去了。听说贾小妹喝酒是自己的丈夫培养的，县上来了头头脑脑，都带贾小妹去陪酒，枪口一直对外，打得来宾片甲不留。还听说外面没来人时贾小妹也和丈夫一起喝酒，三喝两喝就喝到一个被窝里去了，还把平平顺顺的肚皮喝鼓起来了。

祝晓娟在心里检讨自己，两三年了也没到乡里来过，对自己的丈夫关怀得少，体贴得少，给贾小妹那个狐狸精钻了空子。最根本的还是自己的肚子不争气，与丈夫结婚八年了，使了多少劲、流了多少汗，肚子里泡都没冒一个，八年抗战颗粒无收，祝晓娟原以为是丈夫不中用，一检查才知道是自己的土地有问题，她根本没有生育能力。

无需讳言，祝晓娟这次休假进驻回龙镇，就是冲丈夫与贾小妹的传闻而来的。祝晓娟深爱自己的丈夫，相信丈夫与贾小妹搞在一起只是逢场作戏，犯了错误改正错误也是好同志好丈夫。祝晓娟也相信自己，凭自己的相貌与气质，远在贾小妹之上，虽然土地上只能播种不能收获，但让自己心爱的丈夫尽情挥洒和发挥还是绰绰有余的。丈夫也多次说过，能不能生育不要紧，有没有娃儿也无所谓，实在不行，今后到县医院挑一个长得乖的弃婴抱回来不就得了。

一个星期过去了，镇政府平平静静，连一点响声都没有，想看笑事的人就感到有些失望了。更奇怪的是，祝晓娟与贾小妹客客气气，有说有笑，在各种场合以姐妹相称，大有相见恨晚的味道。这就有点让人搞不懂了，未必然，一场好戏就这样偃旗息鼓了吗？

其实，树欲静而风不止，祝晓娟唱的是文戏而非武戏。后来的事实证明，和风细雨和大智若愚，才是真正的聪明绝顶和深谋远虑。贾小妹只能在循序渐进的过程中，按祝晓娟的思路和节拍跳舞，就连堂堂正正的曾书记也只能按祝晓娟的思路和节拍跳舞。

如果说,前一段时间贾小妹与祝晓娟姐妹相称,多少有些言不由衷的话,现在就慢慢变得心悦诚服了。一直担心的尴尬困窘,一直害怕的暴风骤雨,一直畏惧的文场武戏并没有发生。想想人家娟姐,多有气质,多有风度,多么宽宏大量和仁慈包容,而自己却那么自私、狭隘、偷鸡摸狗和丑陋无比。贾小妹越想越感到自责,越想越感到内疚,越想越觉得对不起娟姐,她暗暗下定决心,一定要痛改前非,与曾书记一刀两断,再不干那种伤风败俗的事了。要贾小妹在娟姐面前低头认罪她是不干的,但要真正解决问题又不能不过娟姐那道关,现在镇政府的人,个个对她敬而远之,除了娟姐没人和她搭白说话,贾小妹更不能回家把丑事告诉自己的父母,让父母伤心难堪,更不能让父母成为乡亲们指指夺夺的对象。

贾小妹思索再三,终于打好了腹稿,鼓足勇气向祝晓娟讨经验:“娟姐,我有个姐妹还没结婚就有了小孩,她经济条件差,不想要这个孩子,该怎么办呢? 娟姐给出个主意吧。”

祝晓娟脸上掠过一丝不易察觉的微笑,心里却像吃冰糕一样爽快:“好办好办,到县医院做个人流手术不就完了。”

贾小妹说:“不行哩,娟姐,她还没结婚,就去做人流手术,多丢人,再说,一做人流手术不是就穿帮了吗?”

祝晓娟说:“那是那是。”略一踌躇,办法冲口而出:“要不到镇卫生院抓两服打药吃了,把娃儿打掉不就行了?”

贾小妹说:“还是不行哩,娟姐,一个未婚姑娘哪敢到卫生院去抓打药呢?”

祝晓娟嗔怪地说:“这还不好办? 你不是她亲密无间的姐妹吗?”

贾小妹说:“是的。”

祝晓娟说:“那你就该帮人家一个忙,亲自跑一趟卫生院,帮她把药抓回去。”

贾小妹说:“是哩是哩,听说镇卫生院张医生就是打药专家,娟姐经验丰富,陪我去找张医生吧。”

祝晓娟说:“我就不去了,这么简单的事情,你自己去吧。”

贾小妹就说要得要得,顺手在办公室的墙壁上抓了一把雨伞,带上门到镇卫生院找张医生去了。

对于贾小妹,张医生是认识的,一个镇政府就那个几个人,就那么几副面孔,还能不认识?特别是贾小妹出了那样的风流韵事,不管怎么隐瞒,也没有不透风的墙。贾小妹一跨进卫生院的门,张医生就知道她来的目的,就用眼睛去瞟了瞟她的身子,贾小妹衣服穿得宽大,不经意是看不出破绽的,但不管怎样瞒,瞒得过别人瞒不过张医生,行了几十年的医,这点本事都没有还算什么打药专家?

张医生招呼贾小妹坐下,问她哪里不舒服,要看什么病。贾小妹就直截了当的告诉张医生,自己不看病,是来求张医生帮忙抓打药的,说着就把一个信封塞进了张医生的手里。张医生先是不收,恰好又有病人登门进屋,张医生就再没有推迟,一把将信封塞进了半开半闭的抽屉里。

贾小妹见张医生收了信封,知道事情就成了,她告诉张医生说,自己有个特别要好的姐妹,未婚先孕怀了孩子,而那个姐妹还没作好准备,不想要这个孩子,委托自己帮忙来抓打药,要把孩子打掉。

张医生问:“不知孩子有几个月了?”

贾小妹答:“这个没有细问,大概三四个月了吧。”

张医生就说:“三四个月没有问题,再过一两个月就不行了,孩子大了不敢用药,药用轻了不解决问题,药用重了有生命危险。”

贾小妹就为自己的姐妹感到庆幸,还对张医生表示感谢。

张医生就问:“是武打还是文打?”

贾小妹问:“何为武打?何为文打?”

张医生说:“武打就是一次到位,一服药成功,但特别疼痛,需要卧床休息,起码一个星期不能上班。文打就是多吃几服药,循序渐进,自然流产,不用卧床休息,不会出现意外。”

贾小妹就说:“那就文打吧,我就给她做主了,慢慢来,既解决了问题,又不耽误上班。”

张医生说:“好吧,那就文打。我先拣三服药你帮忙带回去,每个星期吃一服,三个星期后没有异常反应再来找我。这三服药只是个序曲,为正式用药垫底,如果没有异常反应,我再开三服药,吃了保证解决问题。”说完就离开诊室到药房照处方抓药,回来时递给贾小妹三服打药,收了她36块钱的医药费。

可是三服药连服了三个星期,没有半点动静,贾小妹反而觉得成天捞肠刮肚饿得心慌,只有加大饭量来满足饥渴。

侧边的祝晓娟看在眼里,痛在心里,她炖了鸡汤、鸭汤,还买了些价格不菲的营养品,隔三差五给贾小妹送去。贾小妹就敞开肚皮享用,吃得身体越来越胖了,肚子也越来越胖了,宽宽大大的的确良衣服有些遮不住丑了。

贾小妹心里着起急来,这样下去非现洋相不可。贾小妹又在墙壁上抓了一把伞,遮着火辣辣的烈日到卫生院找张医生了。张医生正在给几个病人看病,来不及招呼她,贾小妹就顺手抓起一本药书心不在焉读起来,等诊室里病人走完了,才凑过来问张医生:“张医生呢,我那姐妹按你的要求服了三个星期的药,怎么一点动静都没有呢?”

张医生脸上就掠过一丝只有他自己才感觉得到的微笑,他问贾小妹:“关键是有不适的感觉没有?”

贾小妹回答道:“没有没有,一点没有。”

张医生就说:“那就正常,非常正常。这样吧,我再开三服药,你帮忙带回去,三服药服完,保证圆满成功。”

贾小妹就说:“多谢多谢,多谢张医生劳神费力。”

张医生又到药房去提回来三服打药,又收了贾小妹 36 块钱,还给贾小妹交代了一些注意事项,就目送贾小妹离开了卫生院。

又是三个星期过去了,不,三个星期零四天了,卫生院的张医生这两天有点坐不住了,这个打药专家一辈子没做过亏心事,现在却觉得心里憋得难受,他明明知道贾小妹帮姐妹抓药是假,为自己抓药是真,却煞有其事,装疯卖傻,给贾小妹抓了六服打药。现在算来,快五十天了,猜想贾小妹的后三服药已经服完了,也不知道贾小妹服了药效果如何,估计她这两天就该上卫生院来了。贾小妹如果不来也就算了,要是来了该怎么应付呢?也不知道曾书记那婆娘肚子里到底卖的什么药,硬要逼着自己做不该做的事情。张医生觉得这像是一个圈套,设套的是曾书记的婆娘,钻套的是乡政府那个被人议论纷纷的贾小妹,而自己呢?就是一个凶手,一个借一个女人的圈套来坑害另一个女人的凶手。但这有什么办法呢?那个贾小妹确实可恨,趁人家老婆不在身边,把一个好端端的镇党委书记拉下了

水。那是多好的一个领导啊，党委政府的人，学校医院的人，乡办企业的人，还有村社干部和平头百姓，没有不夸奖、不表扬、不翘大指拇的。这么好的一个书记，却栽在贾小妹的石榴裙下了。

想着想着就接到一个电话，电话里头喊了一声张医生就不说话了，接着就传出“嗡嗡”的哭声。张医生听出来了，那哭声不是别人，正是大家称为狐狸精的贾小妹，张医生觉得自己有点可怜起贾小妹来了，年纪轻轻一个黄花闺女，就这样自己把自己作贱了，包袱拿掉了还能瞒天过海，找个人户把自己嫁了就完了，包袱拿不下来该怎么收场呢？而贾小妹那肚子里的包袱是不可能拿掉的，这是他张医生作的孽。

电话那头还在“嗡嗡”地哭，边哭边数落：“张医生你拿的是真药还是假药？嗡嗡嗡……害得人家现在羞于见人，连班也不敢上了，嗡嗡嗡……”

张医生连忙道歉：“对不起对不起，贾小妹对不起。事到如今，我也只有实话实说了，你提回去的六服药都不是什么打药，而是货真价实的保胎药。”

贾小妹骂道：“你骗人骗钱，丧失良心。”

张医生对着话筒点头哈腰：“是是是，我骗人骗钱，丧失良心，我向你赔罪。不过我也没有办法，实话告诉你吧，那是曾书记的婆娘祝晓娟交代的，只准成功，不准失败，我有什么办法。”

电话那头的贾小妹终于不哭了，她求张医生开开恩，立即抓服真正的打药帮她一把。张医生说：“不行了贾小妹，真的不行了，事到如今已经来不及了，现在用药不但解决不了问题，你还会有生命危险，弄得不好就会性命不保……这事都是我的错，事后我登门请罪……贾小妹你听我一句劝吧，看在自己亲生骨肉的份上，你就把他生下来吧。”

电话那头的贾小妹终于明白，自己根本不是祝晓娟的对手，自己一口一个娟姐的女人，早就运筹帷幄，设好套等自己钻，更可恨的是曾书记，把人家糟蹋了，连看都不看一眼，问候的话都没有一句，没有良心的东西。贾小妹放下电话，关着门想了一天一夜，还是无可奈何地敲开了祝晓娟的门。

贾小妹进门的时候，祝晓娟两口子正在吃饭。那门是虚掩着的。贾小妹敲了门，没等里面答应，轻轻一推就进去了。来开门的是曾书记，看见贾

小妹哭过的样子，心里很痛。迟疑着想扶她一把，贾小妹也不理他，看都没正眼看他一眼，就从身边擦过去了，径直往祝晓娟面前走。

祝晓娟抬起头来，见是贾小妹进了屋，立即放下饭碗，招呼贾小妹在沙发上坐了，又去倒水，一副温暖体贴的样子。曾书记站也不是，坐也不是，他不知接下来将会出现什么，两个女人之间，或者一个男人和两个女人之间将会发生一场怎样的战争。

他听见祝晓娟说："这里没你什么事，各人忙你的去吧，我和小妹之间有话要说。"就转过身子，知趣地出门去了。寝室的门是隙了一条缝的，上面糊上了报纸，曾书记本想留在门外听听动静，又怕有人路过弄得不尴不尬，便径直下了楼梯，去了政府大院，下乡抓工作去了。

屋里的战争以奇特的方式进行着。贾小妹喊了一声娟姐，眼泪就扑簌簌往下掉。祝晓娟连忙安慰道："别难过，小妹别难过，有事慢慢说。"

贾小妹"咚"的一声就跪下去了："娟姐，我错了……"流着眼泪就把她和曾书记之间的事坦白了，还请求祝晓娟不要为难曾书记，她说曾书记是好人，千错万错都是贾小妹的错，再大的风浪都由自己承担，不能毁了曾书记名誉，耽误了他的前程。

祝晓娟也"咚"的一声跪下了："小妹，我也错了……"流着眼泪就把打药换补药的事给贾小妹坦白了，她也请求贾小妹不要记曾书记的仇，说这是她祝晓娟一个干的，要打要诀都由她一人承担。

两姐妹再也不能自已，抱在一起，嗡嗡嗡地哭成一团。

……

后来，贾小妹就生病了，一病就是半年。乡政府收到了她寄来的请假条，宣布同意她请假治病，工资照发，扣发三个月奖金。镇政府本来就人浮于事，多一个人少一个人没什么关系，不但工作照样进行，还为政府节约了一笔小小的开支。

再后来，贾小妹又回来了，她还是原来的样子，合身的的确良衬衣套在身上，精精神神，干干净净，高高兴兴地上班，高高兴兴地下班，只是街上得少了，酒喝得少了。贾小妹从不提及自己生了什么病，又是怎么把病治好的，镇上的人也不去打听，各有各的事情，管别人的盐咸醋酸干啥？

再再后来，曾书记就调走了，到县粮食局当了局长。听说曾书记很有水平，把一个全市粮食系统幺鸭子的单位搞得生机勃勃，一跃成为先进集体。还听说曾书记有了一个可爱的女儿，长得又白又胖，可爱极了，曾书记的老婆祝晓娟爱女如命，视为掌上明珠，抱着女儿又亲又啃，一脸的笑容与幸福。嫉妒的女人看着直瘪嘴：“臭美什么？又不是自己亲生的！要不是男人到回龙镇当几年书记，你抱得成个铲铲。”

红嘴鱼

小顺跟大龙学跑车那阵，傻戳戳的，什么都不懂。他们在路边店吃了鱼，吧嗒吧嗒嘴皮，都说好吃好吃。

大龙问小顺："那是什么鱼？"

小顺说："沙湾鱼。"

大龙说："我问你那是什么鱼？"

小顺说："沙湾鱼。"

大龙说："你再说一遍，那是什么鱼？"

小顺说："沙湾鱼。"

大龙哈哈大笑，捧着肚子前仰后合，如果再加把劲，非笑破肚皮不可，回过气来对小顺说："你个灾舅子，傻到底了，连吃的啥子鱼都不晓得，你不要看到路边店门坊上写着'沙湾鱼'几个字，就说你吃的沙湾鱼。"

见小顺一脸茫然，又是一阵笑，大龙对小顺说："告诉你吧，沙湾鱼是那个路边店的名称，不是鱼的品种。哎，这么跟你说吧，我们是在沙湾鱼幺店子吃的鱼，吃的什么鱼呢？吃的鲢鱼，就是沙湾鲢鱼。"

小顺木了半天才回过神来："大龙哥，是不是说，我们吃鱼的地方叫沙湾，我们吃鱼的馆子叫沙湾鱼，我们吃的鱼呢，叫鲢鱼？"

大龙说："对了嘛，小顺你个灾舅子、方脑壳，够得你娃儿学哟。"说完就看着小顺傻戳戳地笑。

时间久了，小顺慢慢就学滑了，那灾舅子一点不傻，精灵得很，技术一天天长进，人也一天天聪明，他不但吃过沙湾鱼，还吃过白渡鱼、大河鱼、邮亭鲫鱼、球溪河鲢鱼……

只有一样鱼，小顺没吃过，那就是红嘴鱼。小顺做梦都想吃一次红嘴鱼。小顺知道，大龙哥是吃过红嘴鱼的，但大龙哥不带小顺吃红嘴鱼，小顺就暗暗发狠，等技术学到手，出师了，自己开车上路，专拣半路上有红嘴鱼的幺店子停车，安安逸逸把红嘴鱼吃个够。

开始，小顺并不知道什么是红嘴鱼，还是云雾山煤矿那些拖煤娃儿把他点醒了，那些拖煤娃儿出了煤窑，脸一洗，就是伸伸抖抖的小伙子，他们跟小顺开玩笑净拣荤的说，说完了就讨好小顺。

“小顺师傅，我们搭你的顺脚车进城要不要得？”

“要是要得，但你们不能白搭。”

“半路上，我们请你吃饭。”

“我喜欢吃鱼，大龙哥也喜欢吃鱼。”

“吃什么鱼？”

“沙湾鱼。”

拖煤娃儿异口同声地说：“请得起，请得起，除了红嘴鱼，什么鱼都请得起。”

小顺不解地问：“红嘴鱼是什么鱼哟？”

拖煤娃儿轰的一声都笑了：“小顺你个灾舅子，红嘴鱼都不晓得？你师傅大龙，不知道吃过多少红嘴鱼。”见小顺仍是一头雾水，就补充道：“红嘴鱼嘛，就是路边店那些花枝招展的女娃儿噻，脸庞抹得白生生的、嘴巴涂得红嘟嘟的，不是红嘴鱼是啥子嘛。”

小顺一下子豁然开朗：“哦，红嘴鱼就是路边店那些拦车招手的女娃儿嗦，难怪不得她们在马路边一招手，那些拉煤、拉菜、拉油、拉盐的车夫都停下车来，跟着她们进路边店吃鱼去了。原来，除了吃草鱼、鲢鱼、鲫鱼、鲤鱼外，还兴掏贵价钱去吃红嘴鱼。”

想当初，小顺看着大龙多神气呀，趾高气扬地坐在大货车的驾驶台上，晴天不晒太阳，雨天不淋雨水，抽的是红梅烟，吃的是沙湾鱼，穿的是的确良，而自己呢，一天到晚在广阔天地里，锄头担粪桶扶犁耙扛挞斗，手粗得像一根扁担，脸黑得像一块煤炭，吃的尽是汤汤水水，穿的尽是筋筋片片。小顺就扭到大龙要学开车，小顺说：“大龙哥，开车好安逸哟，上车有烟抽，下车有鱼吃，手一伸，金手表，脚一踢，华哒呢。”

大龙问：“小顺，你想学开车？”

小顺答:“想。”

大龙说:“学开车要先学会揩车,不是在驾驶台开,而是在车脑壳外头揩。”

小顺木了一下,马上就懂起了:“就是擦车嘛,晓得晓得。”提了塑料桶在河沟里打了水来就给大龙嘿哧嘿哧地擦起车来。

车擦完了,大龙围着大货车检查起来,他抄起手来回走了两圈,满意地点了点头,然后从衣袋里摸出半包红梅烟在左手捏着,用右手的拇指和食指拈出一根烟来叼在嘴上:“小顺,开车要先学会点火。”

小顺说:“当然,就像大龙哥那样,钥匙一扭,油门一踩,一打马达就点火了噻。”

大龙就把小顺盯着,把那根烟从左嘴角移到右嘴角,又从右嘴角移到左嘴角,看着小顺笑。

小顺眼尖心也尖,一下子又搞醒豁了:“哦,懂起了,懂起了,”急忙从大龙的衣袋里掏出打火机,“咔嚓”一声打燃了,将火苗凑到大龙嘴角边:“大龙哥,抽烟,抽烟。”

大龙斜了小顺一眼,吸燃了烟,把烟苗子吐成一根长长的线儿,拍了拍小顺的肩膀:“小顺,从明天起,跟哥学开车。”

就这样,小顺成了司机,大龙那大卡车的驾驶台上就由一个司机变成了两个司机。虽然小顺是大龙的徒弟,但是从云雾山到县城一路上那些幺店子的厨馆师傅和姑娘大嫂都叫他们师傅,有的叫大龙为大师傅,叫小顺为小师傅。

上了车小顺才知道,当车夫也不是想象的那么安逸。他们开的啥子车呢? 是货车,不是那种勾着脑壳钻进去的小轿车,也不是那种平常在乡场上看到装满乘客的大客车,更不是那种窗明几净招摇过市的旅行车。装的货呢,是黑货,不是从城里运到乡里的盐巴布匹、日用百货,也不是从乡下运到城里的山鸡野兔和蔬菜瓜果, 更不是从那些半开半闭的后门拉出来的尾巴翘得上天的钢材呀水泥呀木材呀什么的, 他们拉的货是从云雾山煤矿挖出来的黑漆漆的煤炭,车夫们都叫它黑货。跑的路呢,是山路,不是那种从这个县城走到那个县城的大公路,宽宽绰绰、光光生生的,也不是那种市里省里大城市里的水泥路柏油路,车在上面像赛跑一样“嗤”的一声就飚过去了。大龙和小顺有时候也跑宽宽绰绰的大公路和油光水滑的柏油路，但大部分时间都是跑的高低不平、坑坑洼洼的山路，热天晴得久，车屁股后头飞起一股沙尘暴，冬天下凝雨，四个轮子在稀泥巴里像滚沙泥鳅一样，糊得鼻子眼睛都看不见。

大龙和小顺不分天晴下雨，打霜落雪，奔波在那条从云雾山到县城的公路上，累呀，热天热得裤裆里都拧得出水来，冬天冷得手上长满了冰口。这个时候小顺才知道锅儿是铁铸的，一天的车跑下来，站着就想坐着，坐着就想躺着。但小顺还是高兴，因为他再也不用锄头担粪桶背太阳过山了，口袋里还有了红梅烟和零用钱，特别快活的是还可以经常去吃沙湾鱼。

从云雾山到县城虽说只有七八十公里路程，但路不好走，往往还要两头摸黑。大龙和小顺一早起床，先把车从山脚开到云雾山上，装满煤炭就是半上午了，再从云雾山煤矿出发，把黑货拉到县城里去，有时候下到城北的炼铁厂，有时候下到城西的轧钢厂，有时候又拉到东门的县中学和师范学校，或者拉到南门的粮食局、卫生局。反正，每天一车黑货，哪里需要就拉到哪里去。

大龙和小顺拉黑货进城一般都不在城头吃饭，城头的饭分量不足，价钱又贵。大龙和小顺跟所有拉黑货的车夫一样，都在半路上的路边店吃饭，路边店的饭，分量汪实，价格便宜，划得来。

从云雾山到县城的公路上，虽然坑坑包包，但路边店不少，他们吃过“三妹烧鸡公”、“胖子火锅”、“白渡鱼”、“邮亭鲫鱼”、“球溪河鲢鱼”……最后固定在“沙湾鱼”吃饭。时间久了，就成了沙湾鱼的常客，沙湾鱼的周二嫂，厨馆师傅和那两个花枝招展的服务员都对大龙和小顺异常熟悉，热情有加。

慢慢地，小顺就看出一些蹊跷，为什么那么多的路边店大龙哥都不去，只喜欢吃沙湾鱼？为什么吃了沙湾鱼，大龙哥总要隔三岔五地上楼去“休息一会儿”？为什么大龙哥“休息一会儿”的时候，都叫小顺在下面喝老荫茶等着，从来不带小顺上去“休息一会儿”？

大龙哥在沙湾鱼楼上休息一会儿，肯定有点名堂，这是小顺不能问的，这个疑问是云雾山煤矿那些油嘴滑舌的拖煤娃儿给点醒的：嘿，红嘴

鱼，肯定是红嘴鱼，大龙哥“休息一会儿”就是去吃红嘴鱼。

后来的事情不折不扣地证明了拖煤娃儿和小顺的判断。那是一大晴天，天气热得透不过气，大龙和小顺的煤车吭哧吭哧喘着粗气，像蚂蚁一样爬了一个垭口又一个垭口，刚刚拐进沙湾鱼的视线，两位花枝招展的小姐涂脂抹粉地冲了出来，又是招手，又是微笑，翘首弄姿要拦下他们的煤车。

红嘴鱼，两条红嘴鱼，小顺看着两位小姐的模样，从心里冒出了这个令他向往又令他愤恨，还令他有点莫名躁动的词，握着方向盘的手就犹豫起来，他问师傅：“大龙哥，沙湾鱼到了，吃饭不？”

正像鸡啄米一样打着瞌睡的大龙精神一振，瞌睡虫早跑到九霄云外去了：“问啥子嘛，停车噻。”

小顺刚把车刹住，还没停靠归一，周二嫂就拍着围腰迎出来了，笑盈盈拉开车门，拉大龙和小顺在两把凉椅上坐了，端来两碗清凉可口的老荫茶，一碗递给大龙，一碗递给小顺：“大师傅小师傅些慢慢喝着，歇口气，我去监厨，饭菜一会就好。”

果然，只有一杆烟工夫，半盆鲢鱼，一盘炒菜，两碗尖耸耸的帽儿头干饭就端上桌了。大龙和小顺也不多话，端起碗就狼吞虎咽地吃起来，看着师徒俩津津有味的样子，周二嫂就在桌边挤眉弄眼地笑，笑完了，周二嫂就对大龙说：“大龙师傅，等会儿上楼去休息一会儿？”

大龙说：“不了，不了，还要赶路呢。”

周二嫂又是挤眉弄眼地笑：“忙啥子嘛，不慌不忙，才是老行。”

说着话，饭就吃完了，周二嫂就笑盈盈地招呼大龙上楼，又拍了拍小顺的肩膀：“小顺师傅也上楼休息一会儿？”小顺站着不动，心里咚咚咚地跳个不停。小顺知道，休息一会儿就是吃红嘴鱼，那是多么叫人害怕，又多么叫人期盼的事呀，小顺偷偷用眼睛瞟了瞟大龙，心想自己能去不能去，就听大龙哥一句话了。

大龙半推半就地跟周二嫂往楼上走，头也不回地扔下一句话：“细娃崽崽，休息啥子。”这本是说给周二嫂听的，但小顺真真切切地听见了。小顺心想，我还小吗，都二十岁了，我老汉说，我爷爷二十岁时都是两个娃儿的爹了，不去就不去，就在这里喝老荫茶等大龙哥吧。

周二嫂把大龙带上楼后，马上返回来给小顺续了老荫茶，心情内疚地对小顺说："多喝口茶，一会儿就完了，你大龙哥吃红嘴鱼快得很。"末了，又神神秘秘地凑近小顺耳边说悄悄话："小顺老弟，我知道你还是个童子鸡，还没有尝过红嘴鱼的味道。这样吧，你哪天单独来，童子鸡也该开叫了。"一席话把小顺说得满脸通红，像做贼一样难受。

过后呢，仍是天天拉煤，天天路过沙湾鱼庄，天天一菜一汤外加一条沙湾鲢鱼，吃得大龙和小顺口舌生津，心满意足。周二嫂呢，也有好长时间没有把大龙连说带劝地往楼上引，没有挤眉弄眼地怂恿大龙"上楼休息一会儿"。大龙好像还没有什么异样，倒是小顺心头像猫抓一样憋屈和难受，他记着周二嫂的话呢：童子鸡也该开叫了。

机会终于来了，那是一个夏天刚过秋天刚到暑热还没完全消退的日子，师徒二人吃完沙湾鱼，正要登车上路，周二嫂就笑扯扯地拦住了大龙的卡车："大龙师傅，游来了一条新鲜鱼儿，上楼休息一会儿嘛。"

大龙说："算了，下班前要把黑货拉拢进修校。"

周二嫂说："不碍事，不碍事，一会儿就休息完了。"

末了身子凑拢来，给大龙耳语了几句，大龙就乖乖地下了车，向小顺交代道："小顺，就在车上把车照到起，我屙泡尿就下来。"说完"砰"地一声关上车门，就跟周二嫂上楼去了。

大龙走后，在马路上拦车那位涂脂抹粉的红嘴小妹立马就来到小顺的车门前，要请小师傅下来"耍一下"，小顺不敢下车，大龙哥走时有交代，就在车上守着。

小顺不下车，红嘴小妹却爬上车来了："小师傅，我陪你坐一会儿，摆摆龙门阵。"说完，就身挨身，腿挨腿地坐在小顺身边了。坐了一会儿，红嘴小妹见小顺腼腼腆腆的样子，"嗤"的一声就笑了，无话找话地说："小师傅，我也学了几天车，半生不熟的，你教我学挂挡嘛。"

小顺这才低声应了，当起红嘴小妹的教练来了。小顺脚蹬离合器，手握换挡柄，一板一眼地教着，嘴巴就跟着挡位的移动读出声来："一挡、二挡、三挡、四挡、五挡、倒挡。"

红嘴小妹原是使的美人计，学着学着就把涂了红指甲的玉手按在小顺的手背上，跟着小顺读出声来："一挡、二挡、三挡……"

小顺怪不好意思，扭扭捏捏要把手缩回去，红嘴小妹哪肯放过，紧握着小顺的手不放："小师傅，换挡的砣砣在这里。"边说边把小顺的手拉过去，按在自己的大腿上，见小顺没有反抗，又得寸进尺地重复了一句："小师傅，砣砣在这里。"就拉放在大腿的手按到自己两条玉腿中间了。小顺已经二十岁了，哪遇到过这种阵仗，腾的一下，一腔热血就汹涌澎湃起来。

正要进行下一个动作时，车外响起了敲门声，大龙黑起块脸拍打着车门："小顺，开门！"小顺和红嘴小妹的动作戛然而止，急忙打开车门，怔怔地看着车下的大龙师傅发愣。大龙黑着脸看了小顺一眼，又看了红嘴小妹一眼，突然大吼一声："下来。"

小顺和红嘴小妹吓得一激灵，连大气都不敢出一口，乖乖地从左右两边归理服法地下车来了。大龙也不说话，一个箭步撑上了驾驶台，手握方向盘，脚踏离合器，马上就响起了马达声，大龙把手刹一松，大卡车脑壳向前一拱，稀里轰隆就开走了。

这时，周二嫂急急忙忙从楼上追下来，还没来得及开口说话，就看着大龙气冲冲地把车开走了。周二嫂先看看小顺，又看看红嘴小妹，就丈二的和尚摸不着头脑了。

三个人傻戳戳地在公路边站了片刻，还是小顺先醒豁过来，望了望大龙哥开着大卡车在对面垭口上扬起的泥柱，二话没说，哚哚哚就往楼上跑。刚才周二嫂叫大龙哥"上楼休息一会儿"的时候，大龙哥还是高高兴兴的，上了楼屙泡尿的时间都不到怎么又下来了，一张脸比煤炭还黑。小顺猜想，要嘛是自己跟红嘴小妹不规矩让大龙哥看见了，要嘛是楼上房间里有什么秘密，他要到楼上去找答案，看到底是哪河水发了，惹大龙哥生那么大的气，发那么大的火。

小顺上得楼来，一把推开了二楼楼梯边第二间房子的大门，正要开口叫骂，一张大嘴就塑成一个特大的"O"字，木木地愣在那里了。床头上坐着一位小妹，也像爬上小顺驾驶台的红嘴小妹一样，红红的脸庞、红红的嘴唇、红红的指甲。那小妹抬起头来，也一下子惊得目瞪口呆，木了片刻，才笨嘴笨舌地叫一声"小顺哥哥"。

小顺立马热血沸腾，怒气冲天，筋暴暴地把牙关一咬，一步冲上前去，"啪——"的一声，实脚实手地扇了小妹一个耳光。小妹的脸立即起了几条红白相间的猪儿梗梗，由红变白，由白变青，双手捂着火瞟火辣的脸，呜呜呜地哭起来了。

小顺的心软下来，仍然声色俱厉地吼道："说，大龙哥把你怎么了？"

小妹呜呜呜的哭声变成了啜泣，慢慢松开捂脸的手，抬头对小顺说："他……他什么也没做……黑起一双眼睛盯了我半天，头也不回地带上门，气冲冲地下楼去了……真的，小顺哥哥，我昨天才出来打工，什么也没做……你，你听我说……"

"说，说说，说你个傻脑壳，说你妈个头！"小顺两眼充血，口喘粗气，一把举起一张条凳，"轰"的一声砸在茶几上，又"轰"的一声砸在床头柜上，接着"轰、轰、轰"一阵乱舞，把屋里的茶杯、茶盘、水瓶、花瓶、壁灯、台灯砸了个乌烟瘴气、稀里哗啦。砸完了，又从荷包里摸出两张百元大钞，"哗"的一声甩在桌子上，拉着小妹的手，叮叮咚咚下了楼，冲向公路扬长而去了。

……

半月后，大龙的煤车又"吱"的一声刹住，停在沙湾鱼的院坝上，从车上跳下来的，只有大龙师傅一人，再也没有小顺的影子。

周二嫂照样是笑盈盈地迎出来，一碗老荫茶递在了大龙的手上："大龙师傅，小顺兄弟没来？"

"他再也不会来了。"

"大龙师傅，今天还是吃鱼？"

"吃鱼。"

"大龙师傅，半月前那条新游来的红嘴鱼，你一嘴都没有吃？"

大龙怪眉怪眼地把周二嫂盯得发毛："莫球乱说，那女娃儿我是看着长大的。"

周二嫂就一脸奸笑："哟，鸡脚神戴眼镜，充起正神儿来了嗦？你不吃那条红嘴鱼，却被小顺兄弟吃了，还把她拐跑球了。"

"啪——"大龙使劲把一碗老荫茶砸在地上："放你妈的狗屁，那女娃儿不是红嘴鱼，她是小顺的亲妹妹！"

水鬼复仇

水鬼铁了心，一定要刘兵死得难看。刘兵不死，天理难容。

水鬼没有带那支上山打鸟的火药枪，也没有带那把从屠宰场捡来的杀猪刀，更没有带那根可以一棒致刘兵于死地的铁棒。

但水鬼无论如何要刘兵死，是的，他不会用那支火药枪打他，也不会用那把杀猪刀杀他，他更不会用那根铁棒敲他。他要用自己的方式收拾他，那叫以眼还眼，以牙还牙。

水鬼名叫王强，从小命苦，三岁死了父亲，靠母亲拉扯成人。时兴承包经营的时候，村里的人有的承包鱼塘，有的承包瓦厂，有的承包山林，乡亲们照顾王强母子，让王强承包了过河船。

王强承包了过河船，不仅练就了划船的本领，还习就了一副好水性，一会儿在船头跳上跳下，一会儿在河里钻进钻出，会浮水、会游泳、会钻迷斗，在一条大河的水上水下横冲直撞，如履平地，过路人就给他取了个诨名叫“水鬼”，久而久之，大家都叫他水鬼，倒把真名忘了。

过河船拴在渡口边，河这边的人要过河，就喊：“水鬼，把我送过去。”水鬼就把人送过去，每人收两角钱。河那边的人要过河，就喊：“水鬼，把船划过来。”水鬼就把船划过去，把对岸的人装过来，每人同样收两角钱。赶场天人多，过河的人也多，水鬼的过河船就一船一船地装得满满当当，不但过河的人要交钱，过河的货也要交钱。别小看一人两角钱，长年累月下来，还有些个账算哩。

慢慢地，水鬼家的日子就好起来了，水鬼有孝心，三天两头打酒割肉，决心让老母享享清福。哪知天有不测风云，三年前的一场特大洪水，夺去了水鬼老母亲的生命。

那天晚上，特大洪水神不知鬼不觉地袭击了水鬼的村子，水鬼被风声雨声呼喊声惊醒的时候，屋外面已是一片汪洋，洪水已经包围了水鬼的房子。水鬼连衣服都没有穿周正，就把母亲从床上抱起来，背起就往外边逃命。

恰在这时，已被洪水淹没的柳树丛中传来声嘶力竭的哭叫声，母亲听出来了，那是邻居杀猪匠刘兵娃儿的哭声，马上叫儿子把自己放下来："强儿，先救娃儿吧。"

"妈，你怎么办？"

"快，救起娃儿，再救妈不迟。"

水鬼再没有犹豫，"扑通"一声跳进水里，几把游过去抓住柳树枝上的孩子，谁知一个大浪打来，一下子把水鬼卷进了旋涡，水凶浪急，整整冲了十里路水鬼才上了岸。当水鬼抱着孩子赶回村子时，他的家没有了，母亲早被洪水卷走了。

过后，水鬼也离开了那个叫马家沱的村子，到下游三十里外的石龙渡口边摆了个小摊摊儿，靠卖香烟、啤酒、盐巴、酱油和针头线脑为生。一晃就是三年。三年里，不时有人路过水鬼的烟酒摊摊儿吹聊斋，都怀疑三年前水鬼娘死得冤枉，都说老人家的死与杀猪匠刘兵有关，都说刘兵那小子不是人，但说归说，终归没有任何证据，姑妄言之，姑妄听之。

三年后的一个下午，石龙渡口的过河船上有人落水，船上的人齐声呼喊："救人啊，救人啊，有人落水了。"只见一位老人在水里挣扎，一下子沉下去，一下子冲上来，但是，一船人除了几个旱鸭子之外，尽是些放学回家的儿童，谁也不敢下水。

这时，奇迹出现了，只见河中心突然伸出一只手来，托着老人向岸边移动，有的人醒豁过来："水鬼，是水鬼。"果然是水鬼，他从烟酒摊边一个猛子扎下去，从水下神不知鬼不觉地游到老人身后，把老人托到了岸边。

得救的老人拉着水鬼的手说："小伙子，感谢救命之恩，感谢救命之恩哪！"

水鬼说："感谢什么，举手之劳。"

老人马上就回忆起了自己三年前的落水经历，不禁感慨万端，三年前涨大水，老人也落水了，他是在这条河的上游掉进河里去的，他抱着一块木板，顺水漂到了马家沱。眼看木板就要断裂的时候，一眼看到一个划着一条小木船的年轻人，老人拼命呼喊救命，那年轻人却只顾捡，对老人的喊叫充耳不闻，老人万般无奈，才抓住一根树枝，顺着树枝爬到了一棵黄桷树上，留下了一条性命。

水鬼说：“马家沱就是我的老家呀，那年轻人也太不像话了。”

老人说：“不像话的还在后头呢。”接着就讲了他爬上黄桷树后看见的情景：在大水的冲击下，岸边一座吊脚楼“轰隆”一声垮了，一位老太婆掉进了水里。还好，那老太婆抱住了一张大木桌子，连声喊到：“王强我儿，快救妈呀，王强我儿，快救妈呀。”

听到这里，水鬼心中一阵战栗，那掉水里的老太婆不正是自己的娘吗？自己却抱着刘兵的孩子被洪水卷走了，没能救自己的母亲于水火之中，儿有罪呀，儿有罪呀。

只听老人继续讲道，恰在这时，那只小木船出现了，小木船上的年轻人眼尖，看见了随水翻滚的老太婆，小木船奋力划过去。谁知一个巨浪打来，老太婆被推出老远，年轻人本可以抓住老太婆拖她上船，可是年轻人没有抓她，而是抓住那只大木桌子往船上拖。那木桌子很大很沉，半天才拖上船来，而那可怜的老太婆，早已被洪水卷得无影无踪了。

听到这里，水鬼早已明白，是那划小木船的年轻人见财眼开，害死了自己的母亲，义愤填膺地问老人家：“看清楚没有？那年轻人是谁？”

老人家说：“年轻人我不认识，只看清楚了他脸上有一块黑疤子。”

“啊，原来是他，那个杀猪匠刘兵。”水鬼一腔怒火在心中翻滚，原来老娘是这么死的：“刘兵啊，你个狗日的牛马畜生，老子要杀死你。”

从此，水鬼就铁了心，一定要给娘报仇，一定要亲手杀了刘兵。水鬼想好了，他不用枪、不用刀、不用棍、不用棒，娘怎样死的，刘兵就得怎样死，刘兵不死，水鬼就不是水鬼。

水鬼一直等待一个机会的来临。

机会终于来了，天上下起了瓢泼大雨，天气预报也说，近期有特大洪灾。老天爷呀，机会终于来了。

水鬼潜回马家沱的时候，在渡口边与外出杀猪归来的刘兵狭路相逢。那是晚上十点多钟光景，刘兵手打电筒，头戴斗笠，正要登上过河船，堤坝

上"唬"的一声钻出了水鬼，直杠杠拦在了刘兵面前。

刘兵用手电筒一照，认出了面前的水鬼："水鬼老弟，这几年在哪里发财呀？"

水鬼干笑两声："发财？老子今天找你发财来了。"

刘兵一听水鬼话中有话，又是一脸铁青、两眼鼓得溜圆，不禁倒抽了一口凉气："水鬼，你——你要干什么？"

"干什么，找你算账。"

刘兵做贼心虚，周身发抖："你……要算什么账？"

"我问你，三年前你儿子落水，是不是我漂流十里，救了上来？"

"是，是呀。"

"而我母亲落水，你为什么见死不救？"

"你母亲是自己落水的，又不是我推下水的。"

"是一条生命重要，还是一张桌子重要？"

"这……"

"这什么这？我问你，这是不是事实？"水鬼说完，一把抓住刘兵的衣领。

刘兵一看再也无法抵赖，只有战战兢兢认了账："这事就算我做下了，你说怎么办吧？"

"等会洪水来了，老子请你下河吃水。"

刘兵"咚"的一声跪下了："水鬼兄弟，我罪该万死，你就看在我还要养婆娘娃儿的份上，饶我一条命吧。"

"我一不打你，二不杀你，我娘在哪里落水的，你也得在哪里落水，至于饶命不饶命，就看老天爷了，该死的卵子朝天，不该死的留起过年。"

生在河边，这一河大水的脾气，刘兵再清楚不过了，洪峰一来，坎子水、筒子水，排山倒海，凭自己这几把狗刨骚，哪敢与水鬼较量？狡猾的刘兵鼓足勇气，"嗖"的一声站了起来，一把把水鬼推下了堤坝，飞也似的消失在大雨滂沱的夜幕之中。

水鬼从堤坝下的水中爬起来，见刘兵早已逃之夭夭了，气得七窍生烟，双脚直跺："狗日的刘兵、牛日的刘兵、马日的刘兵。"心想跑得了和尚跑不了庙，拳头一捏，气急败坏地去了刘兵的家。

水鬼翻墙而入的时候，刘兵的婆娘玉梅正在床上睡觉。忽听房门"嘎"

的一声，晃眼看见有人进屋，以为是自己男人回来了，躺在床上没有动身：“饭在锅里温着，你自己吃吧。”

“吃个卵。”水鬼一声大吼。

玉梅一个激灵，爬了起来，“咔嚓”拉了一下电灯开关，可能是大雨冲断了电线，电灯没亮。玉梅借着窗户外透进来的一丝亮光，看见一个大汉立在屋头，马上觉得屋里来了强盗，麻起胆子问了一声：“你是哪个？”

“老子行不改名，坐不改姓，我是三年前救你儿子的水鬼。”

玉梅脑海里立即闪过三年前水鬼拼死救起自己儿子的情景，一股感恩之心涌上心头。可只有一秒钟的时间，她又马上警觉起来，半夜入室，肯定来者不善，善者不来，战战兢兢地说：“水鬼兄弟，要什么东西，你自己拿吧。”

“老子不要东西。”水鬼又是一声大吼，“唬”的一声撕破了自己的衣襟，把一身水湿流的衣服裤子脱了下来。

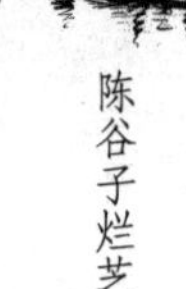

玉梅更加惊慌，本能地抓起被子裹住自己的身子：“水鬼兄弟，你，你不能这样。”

水鬼说：“我一不要你的东西，二不要你的身子，老子要你男人的命，父债子还，夫债妻还，你男人跑了，你说咋办？”接着就讲了三年前刘兵的罪过。

恰在这时，只听外边有人高喊：“涨大水啦，快逃命哪！”

水鬼一惊，推开窗子一看，大河上游的洪水像垮岩一样，翻卷着、怒吼着铺天盖地而来。眨眼工夫，窗外一片汪洋，院子外面洪水已经穿巷，玉梅家的吊脚楼已被洪水包围，吊脚楼的楼板离水不足三尺。水鬼一看这阵仗，料想有更大的洪峰马上就要到来，他来不及多想，也来不及处置用被子掩着身子的玉梅，拉开门就往外逃命。

这时，玉梅也三刨两爪地穿上衣服，火烧眉毛的朝外一看，立即吓得目瞪口呆，一股筒子水咆哮而来，巨大的浪头打断了吊脚楼的木柱，木屋摇晃着，顷刻就要垮塌，玉梅无助地发出了求救呼喊：“水鬼兄弟……水鬼兄弟……”

水鬼迟疑地停下脚步，心里冷笑起来：“哼，当年我娘落水，你男人见死不救，现在轮到你了，真是恶有恶报，善有善报。也算老天爷开眼，老天爷开眼哪，男人作孽，婆娘填债，也算帮我水鬼出了这口气了。”水鬼心肠一硬，转身就往外边去了。

刚刚出得屋门，背后“轰隆”一声巨响，吊脚楼楼板被洪水冲垮了，玉梅已经掉入水中，扑腾着拼命地呼唤：“救命哪——救命哪——”千钧一发之时，对刘兵恨之入骨的水鬼却本能地停住了脚步，朝着水中扑腾的玉梅一个猛子，“扑通”一声跳入水中，一把捉住了玉梅的一支膀子。

玉梅连喝了几口黄汤，像抓住救命稻草一样，紧紧抱住水鬼不放，水鬼从小在大河边长大，再熟悉大河的脾气不过，水中救人也不是一次两次。他知道，如果不从玉梅怀里拱出来，只能同归于尽。于是鼓足力气，把玉梅的手腕向后一撇，从她的抱箍子中钻出来，左手从背后抓住玉梅的手臂向上托起，右手变换着姿势划水，两脚在水中拼命蹬划，终于救起了玉梅。

玉梅一上岸，想起自己的小儿子还在孤岛的土屋里，便呼天喊地大哭起来，水鬼顾不得坐下来喘息一会，重新振作精神，再次跳入水中，朝孤岛游去，不一会儿，游上了孤岛，爬进了土屋，抱起哭得哇哇响的孩子放进一只木脚盆里，就要出门下水，谁知一个巨大的浪头打来，土屋晃了几下，便轰隆隆倒进了洪水之中。

说时迟，那时快，水鬼使出了全身的气力，将脚盆向岸边推出去一丈多远，脚盆中的孩子被岸上赶来的群众救了起来。可水鬼却没有露出水面，几位会水的见势不妙，跳进水中，费了好大的劲才从土墙的泥堆里拖出了水鬼。

这时，刘兵带了一帮难兄难弟，手举杀猪刀从坡上返回，走拢一看，眼前一河大水，家没有了，老婆娃儿也没有了，顿时“哇”的一声大哭起来。忽然听见有人呼喊水鬼的名字，像着了魔一样弹起身子，气势汹汹举刀跑过来。边跑边喊：“千刀万剐的水鬼，你干的好事，我刘屠户跟你拼命来了。”谁知走拢一看，自己的老婆好好的，孩子好好的，一问才知道，是水鬼救了他的全家，而水鬼却双眼紧闭，直挺挺躺在地上。刘兵见状，“咚”的一声跪在水鬼面前：“水鬼兄弟，我有罪呀，我不是人啊，你睁开眼睛，用这把杀猪刀宰了我吧。”

水鬼的眼睛却永远也没有睁开，就那样急急忙忙离开了人世，但他的故事，却在大河两岸流传开来。

高二·三班

徐眼镜是高二·三班的班主任，当着面同学们叫他徐老师，背着面同学们叫他徐眼镜。

徐眼镜尽管是老师，其实大不了学生多少，他也就二十五六的样子。徐眼镜最显著的特征是戴着一副深度近视眼镜，多少度大家不知道，那阵同学们都没有眼睛近视程度的知识，只觉得他的眼镜镜片很厚，那里面一个圈圈套着一个圈圈。徐眼镜在黑板上写字的时候要用左手把眼镜架子向上一抽，使眼睛正对镜片对准黑板。徐眼镜看人的时候眼镜在鼻梁上向下一滑，眼光从眼镜架上端瞄出去，大家都担心那眼镜会从他的鼻梁上掉下来，可它一会儿被抽上去，一会儿又滑下来，从来没有掉过。

徐眼镜是教语文的。同学们都很佩服他，觉得他知识渊博。徐眼镜说，语文课程很简单，高中叫语文，大学叫现代汉语，语文也好，现代汉语也好，五个字就解决问题：字、词、句、篇、章。同学们看着徐眼镜在讲台上朗诵高尔基的《海燕》时摇头晃脑的样子时，佩服得五体投地，后来同学们朗诵《海燕》时跟他一样地拿腔拿调，一样地摇头晃脑，不同的是，学生们鼻梁上没有那副一个圈圈套着一个圈圈的眼镜。

徐眼镜作为班主任老师，要经常组织召开班委会，还要经常找学生谈话，做学生的思想政治工作。徐眼镜做思想政治工作很有方法，谁有什么缺点错误，他会严肃地批评，毫不留情，但是在班委会和全班大会上从来都是只说现象不点名，提醒大家有则改之，无则加勉。

高中学生是不允许谈恋爱的，因为谈恋爱既影响学习，也败坏风气，被校方发现了轻则批评教育，重则开除学籍。但是学生谈恋爱，野火吹不尽，春风吹又生，这是徐眼镜最头痛的事情。学校有规定，哪个班级发现学生谈恋爱，将取消年度五好班级的评选资格。

徐眼镜把全班同学集中起来，传达校方指示，给每一位同学打预防针。徐眼镜的眼光从眼镜上沿射出来，从左到右扫描了三个来回，目光极其严肃。徐眼镜说，最近，学生谈恋爱的现象死灰复燃，影响很坏。同学们要把精力放在学习上，不能有邪想杂念，谈恋爱的情况绝不允许在我们班上存在，一旦发现将严肃处理。

徐眼镜的预防针很有作用，提高了同学们的警惕性，一有风吹草动，情况就会汇集到徐眼镜那里。就在风平浪静之时，班长万能突然发现了“敌情”，他看见晚自习后有一对同学牵着手到“碗碗香”餐馆吃面，亲热无比。

徐眼镜一听，如临大敌，询问万能，看清楚没有？万能说，看清楚一半。徐眼镜问，男同学是谁？万能说，没看清。徐眼镜问，女同学是谁。万能说，是尹三妹。徐眼镜问，你看见他们做了什么？万能说，他们一晃就进馆子去了，肯定吃了面。徐眼镜问，你听见他们说什么？万能说，什么也没有听到。徐眼镜轻松下来：“万能，你是班长，工作认真负责值得表扬，但证据不足不能乱说，要对同学负责，要对班级负责，此事到此为止，没有确凿证据，不能给班上、给年级、给学校任何人说。”万能说：“好，我听徐老师的。”徐眼镜说：“你要继续提高警惕，有新情况及时向我报告。”万能说：“好，我听徐老师的。”

没过多久，万能果然发现了新情况。那天语文课一结束，万能给徐眼镜一封信，说是信，其实是一首诗。徐眼镜接过来，看了一眼那张平平整整的纸，眼镜往下一滑，眼睛里就露出严肃：“万能，你到我办公室来吧。”

徐眼镜把万能领到办公室坐定，才慢慢阅读那封信：“你的脸蛋，像白茹一样漂亮；你的身材，像白茹一样苗条；来吧来吧，我就是 203 首长；来吧来吧，永远做我的新娘。”万能说，这是翻版的爱情诗，白茹和 203 首长都是小说《林海雪原》里的人物，尹三妹肯定在耍朋友。徐眼镜问，你怀疑对象是谁？万能说，没有任何蛛丝马迹，那种正楷字，也认不出笔迹。徐眼镜说，有两种可能，一种是尹三妹确实在谈恋爱，一经查实，必须严肃处理；另一种可能是尹三妹在练习写诗，那就不能小题大做。总之，万能你做得及时，作为班长，思想觉悟高，工作认真负责，积极肯干，应该得到表扬；

但为了全班的荣誉，没有确切证据，此事暂不敞阳，但警惕不能减，工作不能松，有更新的情况继续向我报告。万能说：“好，我听徐老师的。”

得到徐眼镜的表扬，万能心里非常高兴，学习更加努力，工作更加主动。万能觉得自己作为班长，德智体各个方面都是出色的，唯独没有把尹三妹的秘密挖出来，对不起徐眼镜的信任。于是抓紧了对尹三妹的侦察工作，他必须不折不扣地完成徐眼镜布置的任务。徐眼镜那眼镜后面的一双眼睛是智慧的眼睛，洞察一切的眼睛，那双眼睛看着他的学习天天进步，看着他把一件又一件工作做得很好。这样下去，说不定就能加入共青团，说不定就能挤进推荐名额，保送进大学。万能心里充满希冀和期待，工作更加努力了。

高中学生分为走读和住读两种，走读生离校近，天天都可以回家，住读生离校远，只有周末才能回家，星期日晚上必须返校，星期日晚上的晚自习各个班都要点名。

万能是住校生，尹三妹也是住校生。他们有时候周末星期六回家，星期天下午返校，有时候又没有回家，留在学校看书、打球、闲逛、睡懒觉。

又是星期六到了，放学后，同学们都纷纷回家耍周末。万能看见尹三妹收拾得规规矩矩、风姿绰约、洋洋歪歪地出了校门，知道她回家去了。万能的家与尹三妹的家在一个大方向，可以与她同一段路，但尹三妹已先走了，万能就有一种隐隐约约的失落感，尹三妹出校门的时候，好像还有意无意地看了万能一眼，那意思像说，我先走了，你慢慢来吧。万能就把两本书装进了手提包里，那包包实际上是个公文包，既可以手提，又可以肩挎。万能把书装进手提包里，感觉自己就是一个国家干部而不是一个高中学生了，万能就挎着那个包像干部一样离开了学校，离校时还跟徐眼镜打了照面。徐眼镜的眼睛从那厚厚的镜片后面斜出来，像是点了一下头，又像没有点头，目送万能出了校门。

谁知万能天黑时鬼使神差地又回来了，其实万能这个周末可回去可不回去，身上的伙食费还有，回家就住一晚吃两顿饭，绕天绕地来回走 20 里路，没多大意义，但留在学校也没多大意思，也就是心不在焉地翻几页书，在街上逛两圈，或窝在被窝里睡个懒觉。所以万能走到场口上就犹犹豫豫磨蹭起来，在老黄桷树下看人下象棋，看着看着天就擦黑了，万能就

不想回家了，慢慢吞吞返回学校。学校的晚饭肯定开过了，又去求那个眉毛斜着长的炊事员开门打饭很麻烦，要嘛不愿开门，要嘛扯起嗓子吼你几句，就是打了饭给你心里也不舒服。

想着走着就拢了“碗碗香”餐馆，万能想这餐馆名字取得不错，“碗碗香”说明每样菜都香，每个客人吃着都香，特别香的是面条，臊子面、牛肉面、麻辣小面，真是碗碗香哩。想着想着万能就下决心在“碗碗香”吃了晚饭再回学校。万能喊了碗臊子面慢条斯理地享用起来，边吃边想起了尹三妹，狗日尹三妹，不说是校花至少也是班花，样儿漂亮，身材高挑，又会穿着打扮，真是少有的美人，尹三妹要是能和自己耍朋友，那肯定是很幸福的事情，但自己名叫成万能其实并不万能，心仪尹三妹却不敢向她表白，真是窝囊废。

万能吃过晚饭，懒洋洋回到教室，懒洋洋翻了几页书，倦意就浓浓地袭来了。万能没回寝室，而是踱到教室倒数第二排，把几张凳子拼拢来，然后走到教室墙角拉熄了灯，倒在凳子上就死沉沉地睡着了。

万能在梦里钓上了尹三妹的线，他隐约看见一位男士拉着尹三妹的手进了教室，他隐约听见尹三妹与那位男士说了很多甜言蜜语的话，他隐约听见那位男士拉熄了教室的灯，他隐约感到尹三妹和那位男士在黑暗的教室里紧紧地抱在了一起。就在这时，万能轻脚轻手摸到了电灯开关的拉索，“咔嚓”一声拉亮了教室的灯，尹三妹与那位男士的行为一下子露在光天化日之下，万能恶作剧般地哈哈大笑着跑远了……

课桌“嘭”的一声响惊醒了万能的梦，他微微睁开眼睛，雪白的灯光在眼前直晃。怪了，睡前明明是关了灯的呀，万能马上意识到自己在教室的后排美美睡了一觉，马上听见前排门道边的座位上有人窃窃私语，马上就辨出窃窃私语者是一男一女。万能浑身一惊，睡意全消，像尹三妹哩，狗日的声东击西，假装回家去了，原来闪回学校耍朋友来了！万能把头侧了侧，屏着呼吸，目光从课桌下方的空隙向前排射去，意想不到的事情摆在他的眼前，女的是尹三妹，男的是徐眼镜，尹三妹坐在第一排的课桌上，一双玉腿从课桌上垂下来，悠悠扬扬的甩动着，那双平跟皮鞋在半空中晃来晃去，两条玉腿之间是徐眼镜笔挺笔挺的裤管，裤管下面是那双乌黑发亮的甩尖皮鞋……

万能惊呆了,眼前的情景比刚才的梦里还要真实吓人。没想到,万万没想到,狗日的徐眼镜,天天教育我们班风校风,天天教育我们学业为重,天天教育我们道德品行,原来如此狡猾伪善。万能看见的是下面的四只脚,没看见的是上面的四只手和两张嘴,他们在做些什么,高智商的万能不难想象,狗日的尹三妹,狗日的徐眼镜,狗日的高二·三班。

尽管热血沸腾着,牙关紧咬着,心里咒骂着,万能仍然一动不动,一声不响,不敢开腔,不敢出气,不敢翻身,一直坚持到徐眼镜和尹三妹表演完毕,“咔嚓”一声拉熄灯,“嘭”的一声关上教室门,轻手轻脚离开了,才义愤填膺地撑起来,他觉得受到了一生以来最大的侮辱,他觉得全身冒着虚汗,身上的衬衫打得透湿……

不久,万能就转学了,从镇中学转到了县中学,据说是徐眼镜帮的大忙。徐眼镜说,像万能这样的同学,德智体美全面发展,品学兼优,就应该转到更好的学校去上学。县中学是全县最好的学校,是省重点中学的佼佼者,老师们都梦寐以求去县中学教书,学生们都梦寐以求到县中学读书。万能能去县中学读书学习,上好大学十拿九稳,全班同学羡慕之情溢于言表。

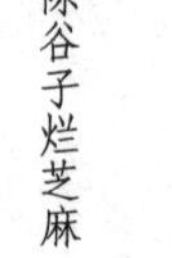

班长万能果然不负众望,一年以后考起了西南师范大学中文系。万能学的新闻专业,毕业后分在重庆一家报社当记者。高二·三班的同学毕业后,各奔东西,上大学后进机关的、当老师的、教书育人的、进企业单位当干部当工人的,没考上大学种田的、做生意的、外出打工挣钱的,什么都有。最有出息还数万能,在重庆城里当记者,写的文章常常在报纸上发表,成了高二·三班的骄傲,全班同学的骄傲,徐眼镜的骄傲。

暑假期间,徐眼镜邀全班同学一聚,尹三妹专门给万能打了电话。万能坐了火车坐汽车,风尘仆仆赶回了母校。接待万能的是尹三妹,她比读高中时更优雅、更时尚、更风姿绰约。尹三妹高中毕业后考入地区师范学校,毕业后分到镇中学当了老师,刚刚接手高二·三班当班主任,而原来的班主任徐眼镜却升成了镇中学的副校长。

师生同学相聚,亲密无间。酒杯一端,徐眼镜向全班同学宣布了一个秘密,他和尹三妹已结为夫妻,今天夫妻摆宴,请全班同学一聚。万能一脸喜悦:“伟大的徐老师,伟大的尹三妹,我早就知道你们会有今天的结果,只是我万能保密而已。”换来同学们的一阵笑声:“伟大的班长,你是对自己保密，徐老师和尹三妹的故事在全班是公开的秘密，徐老师你说是不是?”徐眼镜与尹三妹相视一笑:“彼此彼此,心照不宣。”说完哈哈大笑起来。接着,全班同学也跟着哈哈大笑,举杯畅饮,其乐融融。

建国那卵人

建国那卵人，原本是个农民，我们那个村里，最有钱的人就是建国。建国那卵人，是个土老财，到底有多少钱，谁也说不清楚，但有人打过保票，全村人的财产加起来，也不敌建国的零头。

建国小时候我是认识的，我离开老家的时候他还在学校读书，听说语文成绩还勉强，数学不怎么样。他最大的强项是打球，在篮球场上是一员骁将。三大步上篮两三个人都卡不住，球在他的右手上，从屁股后头绕过去就到了左手上，再把右手抽回来，双手一托球就进了篮圈。

那阵村上跟建国一般大小的细娃多大一群，但我印象最深的就是建国、光明和小菊，好像建国和光明大一点，小菊起码要小两三岁。在乡下，大两三岁和小两三岁的娃儿一同上学不足为奇，三个娃儿一块发蒙，一块上小学，又一块上了初中。

建国、光明和小菊初中还没有读完我就离开了家乡，后来听说，三人同时进了高中，建国读高中时就退了学，说是偷了父母 84 块钱到广东打工去了。

那时村里慢慢起了变化，田土包下户，各家各户种庄稼，鸡鸭牛羊随便喂，哪样赚钱搞哪样。光明家里一年就杀了两槽肥猪，头一槽是一头，第二槽是两头，三头肥猪杀了卖钱，乱背时也得赚两三千，光明的父母笑得合不拢嘴，读高中的光明也笑得合不拢嘴。

小菊家里没喂肥猪，却养了一头母牛，母牛一连生了两个崽，小菊的父亲把大的一头牛崽卖了，一下子也赚了两三千，小菊的父母也像光明的父母一样笑得合不拢嘴，读高中的小菊也像光明一样笑得合不拢嘴。

光明和小菊讲起家里的收入眉飞色舞，就把建国冲得难受，建国家还

是老黄历，老样子，没多大起色。看着别人发家致富，建国的父母就发了狠，老子二年子去承包生产队的鱼塘，喂它一塘白鲢、鲫鱼，一年就挣个万元户，狠发了，又为买鱼苗的头钱发愁，老实巴交的父母手长衣袖短，想得到做不到，只能摇头叹气。建国却不叹气，拳头捏得汩汩响："老子不读书了，去广州打工，挣钱回来买鱼苗。"建国的父母就日诀他："你娃儿乱扯，不读书有什么出息，学你妈老汉当黄泥巴脚杆？背太阳过山？背一辈子连婆娘都找不到。"

建国回答说："我不是乱扯，只要有了钱，找好多婆娘都得行。"建国那卵人，脑壳一犟，偷了家里仅有的84块油盐钱，头不回地去了广州，把学校的老师气得吹胡子，建国的父母也气得吹胡子。得意往前算，背时往后算，父母细想起来，建国不读书也自有他的道理，大学是考不起的，回家种田又不甘心，倒不如趁早出去打工挣钱，弄得不好还能闯点名堂出来，不要说脚一踢华达呢，手一伸金手表，至少不缺吃穿和柴米油盐，也比在家当黄泥巴脚杆强。

听说建国一到广州就找到了工作，每月收入1000多块，除了吃饭和零星花销，无论如何也能剩下五六百块，建国就月月往家里寄钱，建国的父母也像光明和小菊的父母一样，笑得合不拢嘴了。心想，建国这小子还有点靠谱，当年偷出去84块钱，现在每月寄回五六百块，一年下来就是五六千，五年下来就能盖三间新瓦房，盖了新瓦房就结一个儿媳妇回家，儿子在外打工挣钱，老两口在家养鱼种地，儿媳妇在家煮饭洗衣带孩子，一家笑笑和和，其乐融融。

建国弃学外出的时候，光明和小菊都不理解，觉得建国那卵人目光短浅，没有志向和理想，随便怎样也应该把高中文凭拿到手再出去。光明和小菊家中不缺钱，就发愤读书，白天晚上都是数理化文史地，家里的事横草不拿，顺草不拈。可谁知道高考的时候双双落榜，离高考录取分数线差多长一截，光明首先醒悟了，觉得真不如建国聪明，几年下来，人家在广州有了工作，还找了很多钱，自己还得回乡当农二哥，确实不划算。光明心里就活泛起来，到建国家要了建国的联系地址，他也想去广州打工。

小菊不服气，下狠心回校复读，一个春夏秋冬下来，把过去的冷饭炒了一遍，人也瘦了一圈，可高考的时候，比头年的分数还低。小菊也完全灰了心，再不想回校复读了，也到建国家去要了建国的联系地址，她也想去广州打工。

光明与建国一联系才知道，建国已不在广州了，他现在到了深圳，在一家建筑公司打工。其实建国前两年是在广州一家皮鞋厂上班，建国说那家皮鞋厂生产的皮鞋样子漂亮得很，质量也相当可观，他们的皮鞋批发到内地供不应求。厂里效益好，老板就高兴，老板一高兴就给职工长工资，建国的工资从1000块长到1200，又从1200长到1500。那时建国已是厂里的技术骨干，手下还带了两个徒弟，1500块钱一个月就看不起眼了，建国要想跳槽。老板不想让建国离开，一下子就把他的工资长到了2000块，还任命建国当了小组长，可小组长才当两个月，建国还是走了，从广州跑到深圳一家建筑公司上班。

建国在建筑公司上班，工资与皮鞋厂差不多，但奖金高得多，一年到头拉伸了计算，每月至少3000以上。最关键的是学了技术、长了本事，建国那卵人虽然文化不高，但情商很高，两年下来，把木工、砖工、泥水工，以及材料采购、施工管理等一整套名堂弄得一清二楚。

有了本事心就雄了，心一雄胆儿就大了，建国从建筑公司手上拿了个二包工程，成了实实在在的包工头。也活该建国那卵人发财，二包工程一年不到就干完了，除了材料、工资、费用和请客吃饭塞包包的开支，一下子就赚了20几万。有20几万垫底，建国一发不可收拾，包了一个工程又一个工程，工程越做越大，钱也越赚越多。

家庭富裕了，上门提亲的就络绎不绝，建国的父母一个挨一个比选，最终选定了建国的同学小菊。选小菊做儿媳妇，并不是看中小菊的高中文凭，读了高中考不上大学，高中文凭也是废纸一张。说白了，父母看中了小菊的长相，提亲说媒的起串串，没有哪个有小菊长得漂亮，不高不矮，不胖不瘦，白白生生的瓜子脸，配一双又大又圆的黑眼睛，走起路来披肩长发一飘一飘的，好像仙女下凡。恰在这时，小菊到建国父母家要建国的联系地址，想到建国处去打工。建国的妈就旁敲侧击去掏小菊的口风，得知小菊已经和光明好上了，就感到十分郁闷。

那时，建国家里早已安了电话，建国的父母给儿子打电话说："小菊那女娃子并不像你想象的那么本分，还在读高中时就跟光明两个绞到一堆儿了，你还在那边给她找工作，我看就别瞎操心了。”

建国不会像父母那么小气，都是一块长大的伙伴和同学，能帮还是要帮的。建国先是给光明落实了工作，安排在建国的施工队学开挖掘机，工资1500块，等光明学会以后成了熟练工，工资再向上涨，光明听了高兴得手舞足蹈，抱着小菊亲了又亲，啃了又啃。小菊既高兴又憋气，高兴的是光明有了工作，能挣回一把一把的票子，票子挣多了，婚一结，我的是我的，你的也是我的，憋气的是自己工作还没落实，建国一句话是“等到”，二句话也是“等到”，不知要等到何时才能跳出农门，她一天也待不住了，在这山旯旮里，开始是早上听鸡叫，晚上听狗叫，现在好在有了电视，晚上的时光好混一点，但是苗苗条条的小菊、漂漂亮亮的小菊、聪聪明明的小菊、具有高中文化程度的小菊，是一台电视就安顿得了的吗？小菊的心高着哩，说不出的心愿，说不出的理想，说不出的幸福在等着她哩。

光明到了深圳，在建国的建筑队上班，三个月就学会了开挖掘机，威风凛凛坐在挖掘机上，把坚硬的石头和厚厚的泥土撬松了，一铲一铲挖起来，一铲一铲装上车，一团一团的山丘就平整了，平整的土地连起来就是一大块平平整整的工地。建国很赏识光明的聪明能干和吃苦耐劳精神，拍着光明的肩膀，兄弟长兄弟短地说话，工资从1500一下子就涨到了2000块，把工地上的工友羡慕得心里起疙瘩，嘴上又不敢说。

下班以后，光明喊了两三个工友把建国请进了啤酒屋，端了猪耳朵、猪舌子，硬要与建国一醉方休。酒过三巡，光明就开始求建国了，光明说：“帮忙把小菊弄过来吧，她一直在家里霉着，会霉出病来的。”建国说：“好兄弟，你放心，小菊的事喝了酒要办，不喝酒也要办，这事我自有安排，哪要你来提醒。”光明感动得五体投地，抓起一瓶啤酒就吹了个底朝天，建国也把一瓶啤酒吹了个底朝天，对几位工友说：“兄弟们慢慢喝，我还有应酬，先走一步。”就钻进帕萨特一溜烟开走了。光明与几位工友那天晚上喝了个二麻二麻才收场，起身结账时，才知道建国走时早就在啤酒屋签了单。

光明一高兴就不断地给小菊发短信，叫小菊稍安勿躁，她不久就可以到深圳来上班了。小菊的短信还没回，光明又发过去了。光明说，他知道建国那卵人的许多秘密，狗日的在深圳开了公司，秘书是女的，司机也是女的。小菊还是没回短信。光明不管它,又给小菊透露建国的秘密,他说:建国那卵人在深圳买了一套别墅,猜想那别墅里肯定是金屋藏娇,住着一位美女,那美女肯定不是公司的女秘书或女司机,但到底是谁,他也不知道。

奇怪的是,小菊一直不回短信,光明再也熬不过去了,就给小菊打电话,第一次电话没打通,第二次机主不在服务区,第三次电话里头说,该用户已停机,光明又连打了几次,仍然说该用户已停机。光明这下懵了,这是怎么回事呢?是小菊换了电话,还是电话掉了?光明立即把电话打回家里问父母。父母在电话里说:“小菊半个月前就离开老家了,说是外出打工去了,但去了哪里,连她父母都不知道。”光明后来又连续打听小菊的情况,小菊也一直没有下落,连小菊的父母也都一筹莫展。光明和小菊从此就失去了联系。

后来听说建国那卵人在深圳发展了一段时间,完成了资本的原始积累,就瞄准时机杀回了重庆,在重庆的南滨路拿了一个上好的地块,正南其北做起了房产生意。

建国在重庆有了项目,深圳就去得少了,那边的业务大多交给光明打理。建国隔三差五过去跑一趟,把把关,其余时间都是遥控指挥。光明得到建国的充分信任,成了不是经理的经理,工作更加出色,忠心耿耿为建国卖力。

光明万万没有想到的是,建国那卵人在重庆拿项目除了赚钱之外,还有另外的目的。建国在重庆学会了开车,亲自开着帕萨特在重庆城里钻来钻去,稍有空闲就钻回老家去了,估计在光明与小菊失去联系之前,小菊就已经坐进了建国的帕萨特里。

那天,亭亭玉立的小菊,花枝招展地立在乡场场口外的柏油路上,齿白唇红、眉目四盼、清清扬扬的风从田野吹过来,撩起她的披肩长发,飘扬得赛过电视里的洗发水广告。

建国的车“吱——”的一声刹在了小菊的面前,接着又“吱——”的一声打开了车门,美女小菊就浅浅一笑,再“吱——”的一声,小菊就钻进车里去了。

此时的小菊,略施粉黛、秀发飘飘、细皮嫩肉的瓜子脸白里透红,一双水汪汪的大眼睛眉目传情,早把建国看得神旌动摇、脸热心跳。

小菊上了建国的车，屁股还没有坐正，脸就笑成了一朵牡丹花，口里甜甜地叫了一声“杨总”。建国马上嗔怪道：“什么杨总，叫建国哥。”

“建国哥。”小菊马上改口，眉目含情的大眼睛楚楚动人。

“建国哥，小菊还是头一次坐这么漂亮的小车，这是什么车哟？”

“帕萨特。”

“啥子呢？怕开得？建国哥车子好，技术好，几百里都开回来了，还说怕开得，好幽默哟。”

建国哈哈一笑：“你才幽默，想不到几年不见，你变得摩登起来了。”

小菊又是一笑：“建国哥，你的车牌号是多少？我要记下来，以后在公路上碰到起，小菊好搭个顺脚车噻。”

建国说“你就记住后面三位数就行，666。”

“666？这是农药吗？建国哥真好耍，整个农药牌照，好特别哟。建国哥，666前面好像还有两个字母达嘛，上车上得急，没看清楚。”

“HY。”

“啥子呢？嘿球歪？嘿球歪你就不要了，换辆别的车嘛。”话没说完，自己先咯咯笑个不停，把建国逗得心花怒放。建国那卵人，左手握方向盘，右手伸过来，一把就把小菊揽进了怀里。飞驰的帕萨特在公路上弯了个长甩甩的“S”，把建国和小菊着实吓了一下，醒过神来，两人同时哈哈大笑起来……

从此以后，小菊就失踪了，小菊的电话就再也打不通了，光明就再也找不到小菊了，就连小菊的父母也只知道小菊外出打工去了，到底去了哪里，谁也无从知晓。

时间过得飞快，一晃又是三年。家乡常有人到重庆玩耍、办事、来渝上学；常有人托我代买飞机票、火车票和长途汽车票，去广州、上海打工挣钱；也常有人在我宿舍旁边的大排档和单位楼下的小餐馆吃个便饭，喝点小酒。闲聊家乡的人和事，摆谈外地的见闻与风情，或多或少地都会把话题扯到建国头上。

家乡人说，建国与小菊的风流韵事，是双方父母导演的一出好戏，男方看重小菊脸蛋漂亮、身材苗条，巴心不得娶过门做儿媳妇，女方看重建国有车有房、腰缠万贯，巴心不得招为自家的金龟女婿。先是建国父母登门到小菊家探探口风，话一出口，双方一拍即合。双方父母商定以后，小心翼翼去做建国和小菊的工作，哪知正中下怀，建国那卵人求之不得，小菊也满心欢喜，从此就有二人密切的通信往来，就有了小菊的“吱——”的一声钻进了建国的帕萨特。建国的帕萨特里还有什么精彩的细节，大家全然不知，只知道小菊到了建国那里，先当女司机，开着帕萨特轿车到处跑，再作女秘书，坐在公司的办公室里，热天不晒太阳，冬天不淋风雨，后来就搬进了建国南山的别墅里，正儿八经当起了老板娘。事情败露后，光明的父母对建国和小菊一家恨得咬牙切齿，又不敢把事情的真相告知光明，一怕光明经受不住打击，万一有个三长两短，那就鸡也飞了，蛋也打了；二怕光明去找建国和小菊闹事，丢了工作事小，万一弄出人命官司，万万不值。光明的父母一提起建国和小菊，就“呸呸呸”地吐口水，鄙夷之情溢于言表。从此，鸡犬之声相闻，老死不相往来，就是万不得已见了面，连话也没有一句多的。

但是，建国那卵人，自有他的招数，在广州、深圳和重庆都玩得溜溜转，在老家小小的夹皮沟还打不走吗?笑话。油门一踩，开着帕萨特就回了老家，不晓得那卵人用了啥子招数，背着光明和小菊把三家父母请到县城的东湖公园整整耍了三天，喝酒吃肉、游湖逛街，欢声笑语，亲密无间。

当然还有一些说法，五花八门，莫衷一是。有的说，建国那卵人不是个东西，老同学的女朋友都要霸占，人家光明在深圳为他流汗出力，他却偷偷摸摸返回老家，用从工人身上榨取的臭钱，拐走了朋友的未婚妻，还把小菊手上的手机拖过来，摇开车窗甩进了马路边的冬水田里，从此切断了小菊与光明的联系。

有的说，光明并不是简单的角色。他早就看出了蹊跷，借着春节回家过年的机会，走东家，串西家，大伯大叔、大哥大嫂喊得亲亲热热，又是递烟，又是点火，暗暗打听小菊的下落。光明从小菊父母说漏嘴的话里刨出了事情的根根底底，回深圳后搞出了好多名堂，肯定使建国的工程受了很多损失，而好多好多的米米都搞进了自己的腰包。

还有的说，小菊也不是省油的灯。就凭自己的丽质与美貌，水性杨花，见钱眼开，先是俘虏了光明的一颗真心，后是勾引了建国的一片痴情，脚踏两只船，这山看到那山高。其实，三人中最有心计的就是小菊，从家乡的乡场上钻进建国的帕萨特那个时候起，就开始了她的人生计划，先是进了建国在重庆的房产公司，一步一步把建国南山的别墅注册到了自己的名下，还与建国双双飞到深圳，花天酒地一番，又把建国在深圳的别墅也过户到了自己名下。

家乡人的话说归说，都不是亲眼所见，似是而非，人云亦云，不可不信，不可全信。恰逢元旦佳节，家乡的父母官到重庆召开首次乡友联谊会，把在渝游子招聚一堂，讲家乡新貌，谈优惠政策，欢迎大家回老家投资发财。那天，家乡的父母官云集重庆，头头脑脑在主席台上坐了长溜溜一排。不时回老家的我，回去时都是在村里走走，绝少去县城，所以县上的官员我几乎都不认识，只有趁会议还没有开始，在座牌上对号入座。

我从左到右一一扫描过去，双目倏地一亮：杨建国！再看座牌坐的嘉宾，确实是建国。建国那卵人也一眼认出了我，点了头、招了手，随即站起身，向台下走来，我也迅即起身迎着建国，两双手紧紧握在一起。

话没出口，建国举起右手向台上招了一招，座位上立马站起两个人来，我一看，喜出望外，是光明和小菊，真是踏破铁鞋无觅处，得来全不费工夫。光明和小菊春风满面地走过来，与我热情洋溢地握手，热情洋溢地打招呼，热情洋溢地嘘寒问暖。一个村四个老乡偶然相见，亲热无比，心里涌起无尽的感慨。

简短寒暄以后，我问建国、光明和小菊，这几年，你们到底在何方发财致富，老家的人都在摆着你们一个又一个故事。建国那卵人听了哈哈大笑："大哥，家乡的人只知道表皮，真实的故事他们哪里晓得。这样吧，会议完了以后，我们一同前往巴渝茶楼，慢慢品茶摆谈。"

光明和小菊异口同声道："要得大哥，多年不见，先请你到巴渝茶楼喝茶，再上南山吃巴味火锅。"

我稍有迟疑，欣然赞同："恭敬不如从命。"

建国立即作出安排："好，会议一完，我和光明接县长上车。小菊，你的车就送大哥，直刹巴渝茶楼。"

这时，会议开始了，我便与三人分手，匆匆入座。随着主持人的介绍，我又把主席台上的父母官和嘉宾从左至右默默过了一遍。当目光再次定格建国时，脑海里立即想起一首改了又改的民歌："好久没到这方来，这方的小子长成材，出门屁股冒烟烟儿，开会他坐主席台。”我想，这首歌绝了，就是写的建国。

你莫说，建国那卵人还真是个人物，一个夹皮沟的穷小子，居然混成了大都市的企业家，这是我离开家乡时那个莽粗粗、笨拙拙的杨建国吗？这是家乡那个议论纷纷、品头论足的杨建国吗？他到底是怎么一步一步发起来的？他到底是怎么搁平拣顺三家父母的关系以及三人之间的复杂关系的？一个又一个问题使我对巴渝茶楼和巴味火锅的聚会充满期待。

我想我一定能在巴渝茶楼和巴味火锅听到一个准确生动的故事，那个故事整理出来就能还原一个真实的建国，那个故事方的方点圆的圆点，兴许就是一篇精彩的报告文学，或者稍作加工，就可写成一篇小说，标题就叫：“建国那卵人”！

幺儿上学

肖英这几天为幺儿上学的事焦得鼻子不是鼻子，嘴巴不是嘴巴。幺儿初中毕业考高中，分数下来了，离县中学录取分数线差了五分。

不要小看这五分，世界怕就怕认真二字，认起真来幺儿就上不了县中学，当然，上不了县中学不等于上不了高中，还可以上县城的永华中学，乡下的堂庙中学，山后的高岭中学，都是完全中学，发的文凭都是高中文凭。

但肖英是不会让幺儿上永华中学的。永华中学是一所民办学校，校舍还修得不错，教学楼、办公室、宿舍楼都是新新崭崭的，路也不远，就在东门外头，县城边边。但民办中学质量是没有保证的，老师是东一个、西一个、老一个、少一个，七拉八扯拼凑起来的，全靠县中学几个退休老头儿撑门面，要是哪天县中学那几个退休老头儿被别的学校用更高的报酬挖走了，永华中学的教学质量还得垮一截。现在的孩子都是独生子女，个个都像宝贝似的，挤破了头都想送进县中学读书，稍有办法的家长都不愿把孩子送到民办中学去的，肖英的幺儿也同样不会去永华中学。

堂庙中学也是去不得的。虽然是个公办学校，听说质量还可以，在乡镇中学里还算冒尖的，但那毕竟是一所乡下学校，与县中学相比差距太明显了，每年高考，也就二三十个孩子能上大学，考得好的上二本三本，差一点的就上专科。再说，堂庙中学在乡下，幺儿去上学也不方便，只能在乡下读住读，星期六回来，星期天返校，跑来跑去花钱不说，妈老汉照顾不到孩子，监督不到孩子，那还读得出来什么书呢？肖英是不会让幺儿读堂庙中学的。

山后的高岭中学更不能去。肖英就是从那个地方出来的，离县城四十几公里，还要翻一座大山。肖英在那里工作了八年，想方设法才跨进了县

城，过上了城里人的生活，怎么能让幺儿又回到那个山后的小镇上去呢？肖英从镇供销社调到县城的时候，供销社的姐妹们好羡慕啊，都说肖英的老公郑永才有本事，把婆娘从山下的镇供销社调到了县供销社，娃儿也不用在乡下学校读书了。而现在，幺儿没考上县中学，又回到穷山恶水的高岭中学读书，肖英多没有面子呀。

作为家长，县城的也好，山前的也好，山后的也好，最大的愿望就是把子女送到县中学读书。县中学是全县唯一一所省办重点中学，在全省小有名气，在地区名列前茅，每年高考，录取人数中，县中学要占全县一半以上，光是北大清华这些全国名牌大学和重点大学都是一二十人。所以，老百姓挤破头皮也要把子女送进县中学读书，只要挤进了县中学，就等于孩子们的一只脚跨进了大学的门槛，当然也不是进了县中学就十拿九稳上大学，能不能说两只脚都跨进大学门，就看孩子自己的造化了。做家长的都望子成龙、望女成凤，一辈子节衣缩食、省吃俭用，吃再多的苦，受再多的罪，遭再多的孽，也要把孩子供出来，让他出人头地、光宗耀祖，长江后浪推前浪，一辈更比一辈强。

肖英的幺儿叫郑洁，她根本不是肖英的幺儿，她是地地道道的独生子女，老大老幺都是她。老百姓稀奇自己的娃儿，老大老幺都一口一个幺儿。郑洁也不是儿子，她是肖英的宝贝女儿，肖英不管那些，儿子是幺儿，女儿也是幺儿，一口一个幺儿，从小喊到现在，欣喜之情溢于言表。

郑洁学习是努力的，早上天刚麻麻亮就开始吃早饭，吃了早饭到学校上课，晚上回家饭碗一放又开始做作业，郑洁的作业堆积如山，天天熬夜到十一二点，有时要深夜一两点才能完成。自从进入初中以来，除了寒暑两个长假，郑洁几乎天天如此，熬更守夜苦了三年，升学考试才410分。郑洁的升学目标是县中学，而县中学的录取分数线是415分，郑洁拿到分数通知书时一声长叹，眼泪刷刷刷地就涌出来了，关上闺门大睡了三天，饭也不想吃，事也不想做，话也不想说。肖英叫她到公园散散步，或到同学家散散心，郑洁只有气无力睁了一下眼睛，半个屁都没放，吓得肖英忙退出了房间，她知道自己幺儿的脾气，关键时候不能火上浇油。

郑洁在家睡着了，郑永才和肖英两口子都没有停息，他们到处打听今年县中学收不收赞助费，差分数的考生只有交赞助费才能进县中学。打听了半天，连影子也没有问出来，郑洁的班主任见郑永才两口子心诚，迫切想送幺儿进县中学读书，加上郑洁平时在班上还是个乖孩子，很讨班主任喜欢，才悄悄地与肖英面授机宜。班主任告诉肖英，今年收赞助费是秘密进行，因为上头有明文规定，不允许学校收赞助费，但上有政策下有对策，收赞助费入校是禁不住的。

郑永才就打听要缴多少赞助费才能挤进县中学。班主任老师神秘地说，听说学校的头头们划了线，今年的录取线控制在 415 分，上线者分文不收，差分的考生差一分交费一千元就可以录取。肖英一听，倒抽一口凉气，每分一千元，幺儿差五分，就该交五千元。五千元对于有钱的人家算是小菜一碟，对于一般家庭咬咬牙狠狠心交了也就交了，但对于肖英却近乎天文数字。

肖英的男人郑永才在县日杂公司上班，原来还有些积蓄的，但办肖英的调动花了个精光，拼尽吃奶的力气，总算把婆娘和娃儿从穷山恶水的山区供销社调进了城，一家人其乐融融地成了城里人。谁知好景不长，经济一放开，日杂公司就难以为继了，要死不活拖了两年，最后还是解散了事。公司的职工有两条路选择：要嘛每月领一百八十块钱生活费，保留工龄，到年龄后可正式退休；要嘛买断工龄，与公司一刀两断，从此没有任何瓜葛。郑永才自己一算账，买断工龄共有八千多块钱，一辈子工作就除脱了，确实不划算，就选择了领取生活费的办法。

一百八十块钱，郑永才连自己都养不活，哪里还能养家糊口？哪里还能供女儿上学？还好，肖英她们单位效益尚好，比上不足比下有余，每月有四百多块钱的工资收入。郑永才的生活费与肖英的工资加起来刚好六百块，六百块钱的收入，一家三口要吃喝要打零用，还要供幺儿上学，每月都紧得上气不接下气，哪有五千块钱去交幺儿的赞助费呢？

郑永才打起了退堂鼓，说："实在不行，幺儿就到永华中学去读书，像她那样的成绩，在县中学是一般学生，在永华中学就是尖子生了，读完了考个大学是没问题的。实在不行，也可到堂庙中学和高岭中学去，那里对上了 400 分的学生欢迎得很，还要给奖学金哩。"肖英说："放屁，我幺儿哪里都不去，就读县中学，老子砸锅卖铁也要把幺儿供出来。"

郑永才一脸苦笑："哪里去找五千块钱啊？"

肖英瞄了郑永才一眼:“你不是幺儿的老汉吗?男子汉大丈夫,人是活的,卯是甩的,各人想办法嘛。”

郑永才说:“要不,我去请教育局的老同学帮忙,找他们局长写张条子,拿了局长的条子去找邱校长,不说赞助费全免,少收一千两千还是可能的。”肖英大腿一拍:“要得,就这么办。”

郑永才食指在嘴上一竖:“嘘,小声点,这事不能让幺儿知道,必须悄悄进行,不能让幺儿的自尊心受到打击,更不能在幺儿受伤的伤口上再撒盐。”

幺儿从小是在阳光下长大的,在她的脑海里,山是青的,水是秀的,社会充满爱意,人间无比灿烂美好。从小接受正统教育的女儿,心里只有感恩和幸福,那份稚嫩的心灵无比纯洁和诚实,她不能让幺儿看到社会的阴暗和无奈。

记得刚从高岭搬进县城的时候,幺儿郑洁刚满十岁,肖英和丈夫郑永才领着她办了转户手续,一行三人到城里的学校报到的时候,肖英惊呆了,郑洁的班主任汤老师竟是肖英姐姐的同学,姐姐在县城读师范学院的时候,曾带汤姐到家里做过客。师范学院毕业后,肖英姐姐留在了县城工作,而汤姐被分在后山的高岭小学教书。一问才知道,汤姐从高岭调到城里已经一年多了,只听说汤姐在县城教书,没想竟是幺儿的班主任兼语文老师。

汤姐作幺儿的班主任,肖英没有话说,但作语文老师恐怕不行,你想呀,一个农村山区的小学老师调到堂堂的县城重点小学教语文,那不误人子弟吗?回到家里,两口子开始议论起来,都说过去的汤姐现在的汤老师是土包子,都担心汤老师能否教好重点小学的语文课,都怀疑自己的幺儿是否进错了班级。

郑永才和肖英两口子议论汤老师的话被幺儿郑洁听见了,第二天就到学校原原本本告诉了汤老师。汤老师还真是个头发长见识短的小气鬼,马上心生一计,对郑洁进行报复,她告诉郑洁,明天下午通知你爸爸妈妈到班上开家长会,不准不到。

结果所谓的家长会,只有郑永才两口子参加。汤老师把两位家长贬损老师的话学舌了一遍,还阴阳怪气地说:“像我这种土包子,肯定教不好你家洋小姐,你们不放心可以考虑转校转班。”

肖英两口子一听,知道是纯洁无瑕的女儿到老师处告了状,气得心里流血,马上在汤老师面前,一个劲地求饶赔罪,尖酸刻薄的汤老师才放了两位家长一马。

回到家里,两口子把幺儿找来狠狠训了一顿,肖英说:“郑洁你这个傻包,怎么把妈老汉的话原原本本地告诉汤老师呢?她教书再不行你也要说她行噻。”

第二天课后,汤老师把郑洁留了下来,询问爸爸妈妈对“家长会”的反应。郑洁是不会撒谎的孩子,她告诉汤老师说:“爸爸妈妈说了,汤老师教书再不行也要说你很行。”

汤老师说:“好吧,郑洁,你是诚实的学生,回家再叫你爸爸妈妈到学校来一趟,汤老师要跟他们谈话。”

第二天,郑永才所在的日杂公司开会,讨论如何解散亏损企业的问题,就只有肖英一人准时赴约去跟汤老师谈话。

汤老师说:“肖英呀,我是你姐姐的同学,算是老熟人了,打开窗子说亮话吧,我教书行不行,你用不着教女儿撒谎说假话,硬要说我行,用不着呀,大人虚伪不要紧,千万别把孩子教坏了。”

肖英一听,又是幺儿告了家长的黑状,又气愤、又懊悔、又不敢在汤老师面前解释,只有一个劲低三下四的认错。但汤老师仍然怒气未消,她告诉肖英说:“你把郑洁转到其他学校去吧,不然耽误了学习不划算。”

肖英硬塞给汤老师一个红包,又是一个劲儿地赔罪认错:“汤老师呀,你就看在你老同学我姐的面子上,把郑洁留下来吧,这个学校是全县最好的小学,我们不转学,郑洁也不愿意转学。”肖英又气又怄,痛悔之情溢于言表,才勉强平息了汤老师的怒气。

从此以后,两口子再不敢在幺儿面前说半句汤老师的坏话,还专门违心地表扬汤老师,有意无意地让女儿把对汤老师的溢美之词传给汤老师,又请求姐姐出面,连给汤老师打了两个电话,才缓和了与汤老师的紧张关系,避免了郑洁被穿小鞋。

如今,幺儿总算初中毕业了,好坏也考了个410分,通过郑永才老同学的关系,减的减点,借的借点,肖英两口子是有信心把女儿送进县中学的。

二人立即行动,转弯抹角搞到一张教育局局长的条子,买了一条红塔山香烟,东拐西弯地找到教育局职工宿舍,小心翼翼地敲开了邱校长的家门。

邱校长不在,开门的是一位不胖不瘦的中年妇女,一问正是校长夫人。校长夫人倒是一脸和气,又是喊坐,又是倒水,又是询问二位找邱校长到底有什么事。

肖英迟疑了片刻,满脸堆笑地把局长写的条子摸出来,又满脸堆笑地递了过去,顺手把那条红塔山香烟放在桌子上。郑永才发现,邱校长那桌子上还有一条一模一样的红塔山香烟。心道,这礼送对了,邱校长看来是烟鬼。

校长夫人接过局长的条子,慢慢展开,眼睛一扫就读完了,那上面写着:"邱校长,受人之托,介绍郑永才夫妇前来联系孩子郑洁上学事宜,请酌处。"校长夫人脸上现出一丝不易察觉的微笑,瞄了郑永才和肖英一眼,没有说话。

郑永才和肖英马上紧张起来,他们最怕的就是校长夫人不收那条香烟。只要她收了那条香烟,郑洁上学的事就成了大半。校长夫人用余光瞄了一眼桌子上那条香烟,并没有责怪和反感之意,算是默认和收下了。

肖英心里松了口气,顺着局长条子上的意思说明了来意,又详详细细地介绍了幺儿的学习情况、考分情况和希望进入县中学读书的迫切愿望。

校长夫人脸上的笑终于绽放出来:"既然是局长写了条子,孩子又考了 410 分,已接近录取线了,读个县中学应该没有问题。不过老邱不在,我就如实向他转述吧。"

郑永才立即表示感谢,说只要孩子能上学就成,站起来就要告辞。肖英立马觉得校长夫人的话并没到位,他们登门拜访的目的不仅仅是就读县中学,更重要的是要减免赞助费。便趁热打铁,进一步说明了来意,又强调了一通家庭经济困难,自己在供销社工作,工资不高,老郑是待工人员,每月只有 180 元生活费,请求校长夫人在邱校长那里美言美言,可否减免郑洁上学的赞助款。

校长夫人本来已站起身要送郑永才夫妇出门的,一听肖英的话,明白了他们的最终意图，脸色马上由晴转阴，一脸严肃："人家给钱都读不了书，你们却要求减免，这事我没法转述。再说，赞助标准是教育局的决定，老邱哪有权力更改?"说完，抓起桌子的香烟，塞在郑永才手上："这烟你们拿回去吧，老邱帮不上你们的忙。"

郑永才和肖英没想到局势如此急转直下，心里冰凉至极，懊悔至极，尴尬至极，二人马上调转话头，一个劲向校长夫人说好话，想挽回局面。谁知，起先和和气气的校长夫人声色俱厉、凛然正气，一把把郑永才和肖英推了出去，咣当一声关上了大门。

两口子垂头丧气回到家里，身心疲惫、情绪低落。郑永才埋怨肖英不会说话，把煮熟的鸭子搅飞了。肖英也是一肚子怨气："放屁，要害不是上不上学，而是免不免费的问题，不减免费用，我求他个铲铲。"

郑永才心想也是，只图能上县中学，自己把赞助款一交不就行了？一把把红塔山香烟撂在茶几上："这条烟，老子自己抽!"这一撂不要紧，马上就发现那条烟有些异样，怎么包装这么粗糙，连封条都好像是开过的，马上就断定买到了伪劣产品。

肖英说："我们买的时候并没发现烟有问题，莫不是校长夫人无意中掉了包，把真烟收下了，把假烟塞给了我们哟。"

郑永才说："可能可能，完全可能，她那桌子上不是还有一条一模一样的红塔山吗？"

肖英说："快打开看看吧。"

郑永才就小心翼翼地撕开了封条，小心翼翼地打开了这条盒。

谁知打开一看，郑永才大惊失色：里面装的并不是十包香烟，而是厚厚一沓百元大钞。肖英感到惊奇不已，一把抓过来连点三遍，不多不少，正好五千。

看着整整五千元现金，郑永才兴奋得满脸红光，肖英也兴奋得满脸红光，在校长夫人处遭遇的尴尬和不快顿时烟消云散。很显然，这五千块钱肯定是别人给邱校长行贿，装进烟盒里送上门来的。可惜校长尚未来得及开封抽烟，校长夫人并不知晓烟盒内的秘密，才把五千块现金误给了郑永才夫妇的。

郑永才虽是个下岗职工，正为女儿的学费发愁，但要真正把意外之财据为己有，还是心有不忍的。一来这不是自己的钱，不该要的不能要。二来要是今后穿帮了怎么办，那不坏了自己的名声吗？郑永才主张二进宫，又到邱校长家走一趟，把这五千块还给校长夫人，兴许人家良心发现，一口就答应女儿免费入学了。

肖英坚决不干，她作了多种可能性的分析：要是把钱送回去，校长夫人坚决不收，硬说郑永才两口子起心不良，有意败坏邱校长名声怎么办？要是校长夫人把钱收了，就正说她家有受贿嫌疑，郑永才两口子不成了揭人伤疤的小人吗？再说，就算校长夫人把钱收了，我们也未讨得到好，幺儿的赞助款也不见得就能免掉。

郑永才两手一摊："这种粑和钱花不得，花了心里不踏实。"

肖英眼睛一鼓："铲铲才不踏实，邱校长那些当官的，得的粑和钱还少吗？这五千块钱，就当是对下岗职工的赞助。再说，这赞助者又不是邱校长，赞助者是什么角色尚不知道，说不定还是个发了横财的万元户哩。"

郑永才听老婆说得也有道理，就再没有坚持，心想：一不偷，二不抢，没有人能把我怎么样，另外，这五千块的事，除了他郑永才夫妇知道，就只有天知地知了。再说，有了这五千块钱，幺儿上学的赞助款也就解决了，两口子再不用去求爹爹告奶奶地低三下四了。

于是，郑永才壮起胆子在肖英的带领下，身上揣上那五千块钱，带上户口本和幺儿的招考成绩单，直奔县中学而去。两口子亲自找到了邱校长，亮出了局长写的条子，又在邱校长的带领下，大大方方交了幺儿的赞助款。

……

后来，郑洁顺顺畅畅进了县中学。

再后来，郑洁县中学毕业，考入了西南师范大学。

再再后来，郑洁西南师范大学毕业，又回到县中学当了语文老师。

再再再后来，郑洁终于知道了五千块钱赞助款的故事。

第三辑

小城陈谷子烂芝麻

煤老板

二娃子是从贵州坐飞机到达重庆机场后，又乘公共汽车到县城的，他要回老家来给祖宗上坟，给已故的爷爷、奶奶、祖公、祖婆烧把纸、磕个头，求老祖宗保佑他福星高照，人旺财旺。

二娃子本来可以当天赶回乡下老家的，但他不愿意回去，乡下条件差，住不惯，就在县城住一晚，第二天一早搭车回村，上了坟就打回调，返回县城住一天两天都无所谓。

二娃子知道，县城最好的宾馆是春来早酒店，价钱贵点，但住起舒服，硬件软件都是一流的，比他的煤矿所在的旯旮县城的宾馆强多了。春来早酒店晚上还有特殊服务，一个电话打到房间问你需不需要什么娱乐项目，只要你不反对，就会有一位花枝招展的年轻小姐来到你的房间，只要你肯出钱，保证让你舒服，那味道就像重庆城解放碑的钟——不摆了。

那天晚上，二娃子果然就住进了春来早酒店，草草地吃了晚饭，泡上一杯茶，躺在沙发上抽烟看电视。遥控板在二娃子手上握着，按一下，电视节目就变一个频道换一个台，电视上到底演的什么，二娃子根本没看进去，他在等像音乐一样的电话铃声，那铃声会带来温温柔柔的问候，那问候会带来温温柔柔的服务。现在，二娃子等的就是那一口。

饱暖思淫欲，饥寒起盗心，这话一点也不假。二娃子造孽那阵，啥子偷鸡摸狗的背时事情没干过？杨大爷家栽的红苕种，种苕才插进地里，就被抠出来吃了个精光；周大娘家来了贵客，锅里煮了一块腊肉，只撒把尿就被他用铁丝钩走了；张二嫂家那只老母鸡，不小心在他脚上啄了一下，被他抓起来，一把扭断脖子炖来吃了……

谁知眨眼工夫，王大娘的皮蛋就变了。二娃子抖得威风凛凛，不但令全村人刮目相看,也令全镇人刮目相看,穿的是皮鞋,打的是领带,票子多得钱包都折不转来。

二娃儿出去十几年了,在外面做什么,谁也说不清楚。直到有一天,老家那条坑坑包包的机耕道,开进一辆全村人叫不出牌子的小汽车,车里钻出来穿西装打领带的二娃子,大家才知道二娃子是个煤老板,他的煤矿开在贵州山。

二娃子告诉大家,当上煤老板,还是苦了一阵子的,开始是挖煤炭,从窑子里出来,浑身上下都是一团黑,后来是承包煤矿,一年下来,除了成本费用,交了承包款,乱背时也要赚上万把块;再后来几个承包人一商量,干脆把属于乡办企业的小煤矿买下来,二娃子就成了煤老板。

二娃子成了煤老板,喜欢做好事,成了老家父老乡亲茶余饭后摆龙门阵的谈资。村上人说:"二娃子,村上这条机耕路,坑坑包包,你那高级车儿跑起来恼火哟,你出点血把它打成水泥路嘛。"二娃子问:"要好多?"众人说:"六千块。"二娃子脑壳一甩:"六千够个球。"刷的一声,拉开真皮包包,甩出一万块:"这是修路钱。"于是,老家的机耕道,半个月就变成了水泥路。院子上的祥儿说:"二娃子,我想到你那里打工做活路,存点钱回来讨婆娘,一个月三四百块就行了。"二娃子胸口一拍:"管吃管住,头半年五百一月,半年后一月保你八百块。"祥儿说:"要得!"于是邀邀约约一堆人,跟着二娃子去了贵州山。

全村人都说,二娃子是个大好人、大善人。可是跟着二娃子去贵州山挖煤炭那些娃儿却说,莫看二娃子对村上的人好,狗日的在外头坏得很,打牌掷骰,日嫖夜赌,样样都来。二娃子最大的嗜好就是好色,煤矿上的女会计他搞了,销售经理的婆娘他搞了,连到矿上来收税的女税官他都搞了,男人有钱就变坏,一点都不假。

像音乐一样的电话铃声始终没有响起,二娃子心里像猫抓一样难受。二娃子把电视节目从一频道看到了二十六频道,那电话没有动静;二娃子第二次把电视节目从一频道看到二十六频道,那电话还是没有动静;二娃子第三次把电视节目从一频道看到了二十六频道,那电话还是没有动静。

二娃子再也坐不住了,迫不及待地要到顶楼的春来早歌舞厅消磨时光。在楼梯口碰到一位保安,二娃子十分诧异地问:"歌舞厅啷个清丝雅静

的，一点动静都没有呢？”保安说：“歌舞厅停业整顿。”“那酒店还有什么好耍的项目呢？”保安告诉他，酒店的歌舞厅、棋牌室、洗浴房都停了，全城扫黄打非大行动，要搞一个月，尤其是春来早酒店，头几天出了点纰漏，还罚了一笔款。

二娃子觉得没趣，上街闲逛起来，他穿过两条马路，穿过东门百货大楼，懒懒散散地向十字街走去。十字街是县城最热闹的地方，人多，馆子多，摆地摊的也多，时不时还有一辆又一辆小车从水泥地面刷刷地开过去，一派熙熙攘攘、热热闹闹的繁华景象。

二娃子漫无目的地走着，漫无目的地感慨着，突然就看见十字街第四盏路灯下面，一个花枝招展的女子在向他微笑。二娃子下意识地停下脚步，迟疑片刻，又下意识地向花枝招展的女子走去。那女子中等身材，眉清目秀，二十八九多的样子，用热辣辣的目光迎着二娃子懒洋洋的步子。

二娃子想，嘿，狗日的是个野鸡，年龄虽大点，样儿还不错，一颦一笑，风情万种，比酒店那些“公共厕所”刺激多了。什么扫黄打非，野火烧不尽，春风吹又生，我二娃子什么角色，虚你这些场合！

那女子也不是简单货色，煮熟的鸭子岂能让他飞了？羞羞涩涩飘过来，一双玉手就挽住了二娃子：“大哥，耍会儿嘛。”

耍会儿就耍会儿，二娃子求之不得：“啷个耍法？”

女子伸出两根指头：“两百。”

二娃子已经闻到了女子身上的香气：“有没得优惠哟？”

女子又伸出一根指头：“一百，最低价。”

“好，一百就一百。”二娃子很干脆。

女子的香嘴立即伸过来，在二娃子脸上打了个啵儿：“大哥，耿直。”

二娃子本想把女子带到春来早酒店去，那里环境好，档次高，有茶喝，有电视看，要啷个耍就啷个耍，多浪漫。转念一想，不对，目前正在扫黄打非，春来早酒店肯定是监控重点，万一撞在枪口上，臊皮得很。

女子读懂了二娃子的心思：“大哥，跟我走吧，保险没事。”

二娃子果真跟着女子走了，过一条横街进了一条背街，二娃子问：“还有好远？”女子回答：“快了。”又过了一条横街，又进了一条背街，二娃子又问：“还有好远？”女子又回答：“快了。”二娃子警觉起来，莫是个圈套嗬，便站下来，两眼盯着女子看，看了半天不但没看出半点欺诈，还觉得面前的尤物又可爱又真诚。二娃子胆子壮了起来，怕个铲铲，包包锁到宾馆头的，保险得很，作算再交次学费，老子也要探个究竟，弄个明白。

又过了一条横街，进了一条背街，女子才说："到了。"二娃子一看，这哪是什么街，完全是一个水巷子，乱七八糟，又脏又臭。女子又说："这是我家，在二楼。"二娃子就跟女子上了二楼，爬上黑漆漆的楼梯，闻着又烈又呛的煤烟，看着锈迹斑斑的门框，才一块石头落了地，他坚信，今晚自己是安全的。

女子的屋十分简陋，只是一个单间配套。一张床占了大半间面积，一张条桌破破烂烂，又是床头柜又是衣柜，一对单人沙发，一屁股坐下去，会触得生痛。二娃子一双眼睛在屋内滴溜溜扫描了一遍，不但没有败味，反而觉得自然、实在，看着这么差的房里藏着这般婀娜风流的女子，自然生出几分怜爱，不觉兴味盎然，一把抱住那女子柔柔软软的腰，在她的脸上又亲又啃起来。

女子本想去给二娃子倒杯开水，边喝边聊，慢慢进入主题，哪想到二娃子这般猴急火燎，急不可耐，便积极配合，顺手放了杯子，双脚交叉，蹬掉鞋子，顺势躺在了床上，双手把二娃子紧紧箍住，实实在在压在了自己的身上，赓即又熟练地褪下了薄如蝉翼的一步裙，温暖的玉体就和二娃子贴在一起了。

二娃子虽然久经沙场，也难撑这般撩拨，根部早已有了反应，热血沸腾，欲火中烧，他迅速解开扣子，脱了衣裤，双手一挽往床边一甩，就要大鱼大荤行起事来。

谁知，一个晴天霹雳在他眼前瞬间炸开，二娃子用力过猛，甩过去的衣裤哗哗一声把床侧边的布帘子拉开了。原来，女子房间安了两张床，中间一床布帘把两张床隔成了两个世界。这边床上，二娃子与女子缠在一起，那边床上，长条条睡着一位粗壮男人。

二娃子浑身一惊，第一反应是遭了，今天果然中了圈套，身子猛然弹了起来，扯起衣服裤子就往身上笼，头上脸上像开了锅，汗水一飚就出来了。却听女子说话了："大哥，莫消惊慌，他是植物人。"

二娃子这才停住手脚，鼓起两眼朝对面床上的男人盯了半天，只看他

虎背熊腰，龙眉虎眼，悄无声息地躺在床上，两眼一眨不眨，手脚一动不动，对跟前发生的事情全然不知。惊魂未定的二娃子这才缓过神来，嘴巴大张开来，塑成了一个大大的"O"字，满头满脸的虚汗，顺着发梢、脸颊、脖子齐刷刷往下流。

女子起了身，把布帘子重新拉好，把两张床又分隔成了两个不同的世界，从竹竿上取下毛巾，在水龙头上淋了水，拧干了给二娃子擦汗，边擦边摆，讲起了植物人的故事。

原来，植物人是她男人，在这张床上昏睡三个月了，没有醒来。女子跟这男人结婚七年了，一直没有生育，两口子到处求医，终于查出了原因，医生说："不怕天干，只要地润，你们的问题就是地不润，需要吃药进行调理。"女人自责得很，怨自己肚子不争气，男人却不嫌弃，一个劲安慰她："没关系，我去打工，挣钱给你治病。"男人果然就进了一处工地，每个月能挣500块钱，女人手头有钱，就专心治病和调理，按照医生的指点，男人白天在工地做工，晚上在女人身上种地，没几个回合，女人肚子里就有动静了，两口子喜出望外，恩爱有加。

谁知天有不测风云，人有旦夕祸福，男人在工地上出了事故，一块预制板从楼上砸下来，另外两人当场毙命，自己的男人就成了植物人。工地是个小工地，老板是个小老板，事故一出就逃之夭夭了。女人把男人盘到医院里，医了半月没有效果，医生说，这种病急不得，需要慢慢治疗。

女人就把植物人盘回家里，按照医生的交代，精心照料护理，每天洗脸洗脚，抹背擦身，进汤进食，端屎倒尿，按时翻身，按摩捶背……女人做着她该做的一切，她坚信自己的男人总有一天会醒过来。淘神费力不在话下，关键是一个钱字，借不来，讨不到，更不能丢下男人外出打工，迫不得已才干起了野鸡行业……

听完女子如诉如泣的诉说，看着她那漂漂亮亮的脸蛋，二娃子早已感动不已："小妹呀，你是世界上最善良的女人，不要灰心，你男人一定能醒过来的。"

女子说："大哥托你吉言。来吧，干完事我要给男人做按摩了。"

二娃子说："算了，来不起了，那东西早就是缩头乌龟了，不过我加倍付钱。"

女子说："那怎么行，你没做事情，不该付钱。要付就按事先讲好的，说一百就一百，我不多收。"

女人越推辞，二娃子越慷慨，把身上的一千多块钱全部摸了出来，刷的一声拍在女人的手上："小妹，拿着，凭你叫了我一声大哥，这一千多块钱就该收下。"说完，扯起身子就要走人。身子站出门外，头又转了回来："小妹，你的门牌号我记下了，从今以后，你每月会收到我寄来的 1000 块钱，记住，在贵州山上，你有一位大哥，他不是坏人。"说完，扬长而去了。

女子也没追赶，捧着手上的一千多块钱，泪如泉涌，嘴里不停地喃喃着："他不是坏人，他不是坏人……"

飞　线

我和陈克是一同分配到县税务局工作的，我们早就打听到，税务局人事科长叫刘德柱。我和陈克去人事科报到的时候，看见刘德柱戴副金边眼镜，他从一个圈圈套着一个圈圈的镜片里把我们的报到通知书看了好几遍，然后把头一低，让金边眼镜滑到鼻梁上，眼光从眼镜架的上方射出来，看着我和陈克说："小王分在税一科，小陈分在税二科。税一科科长姓邓，大家称他邓兄，税二科科长姓简，大家叫他简二科。"说着就站起身，推开窗户往楼下喊："邓兄，简二科，上来。"一会儿，邓兄和简二科就进了刘德柱的办公室，一男一女，都是三十几岁，很精明强干的样子。作了简要介绍过后，邓兄和简二科就把我和陈克领回科里去了。

我们工作的地方是个小县城，县城里有个火锅店叫刘一手。我和陈克到那里去吃火锅，就讨论刘一手火锅店的得名。我认为刘一手火锅店的老板一定姓刘，刘老板开火锅店的时候，就梦想他的火锅生意兴旺发达，将来做成一流品牌，所以叫它"刘一手"。陈克与我的看法不同，他认为"刘一手"就是"留一手"的意思，这个刘老板鬼得很，技术、火候，特别是火锅底料的配方，肯定是留了一手的，不奈他姓刘，就把"留一手"叫成了"刘一手"。

陈克的说法我不赞成，觉得有些牵强附会，哪有做饮食生意自己跟自己留一手的？陈克说服不了我，我也说服不了陈克，就在做工间操的时候请教欧阳老师，欧阳老师不紧不慢地把扩胸运动复习了四个八拍，奇奇怪怪地把我和陈克看了几眼："在税务局，以后你们少讨论刘一手的问题。"我们就追问欧阳老师为什么，欧阳老师显得有些不耐烦，把手一摆，神神秘秘说了两个字："飞线。"

飞线？什么飞线？

后来，陈克就从简二科那里听来一个故事，那个故事的名字就叫飞线。陈克说：“简二科是位美女，虽然三十好几了，仍然丰韵犹存，简二科能说会道，还很有活动能力，局里的事情知根知底，连县委组织部的人事安排她都能说个子丑寅卯。”

我说：“陈克，你不要扯南山盖北网了，快讲飞线的故事吧。”陈克又卖了两个关子，才把飞线的故事讲给我听。说是税务局有一位老革命，现在已经退休了，从退休那年开始，就产生了特异功能，时刻都能听见别人背后说他的坏话，局里同志就安慰他说，老革命你放心，大家都很尊敬你，没有人说你的坏话。老革命说，不，我有飞线，我听得见。大家就问，你的飞线听见什么了？老革命说，他听见局里的人都在议论他作风不好，说他是从部队转业下来的，在部队的时候他是文艺战士，最拿手的节目就是演舞剧《白毛女》，他演《白毛女》中的男主角王大春，有一位非常漂亮的女文工团员演女主角喜儿。在舞台上演戏难免有身体接触，他演着演着走了神，就顺势摸了喜儿的咪咪，喜儿不但没有愠怒还面带微笑。他觉得有机可乘，演着演着又顺势摸了喜儿的屁股，喜儿仍然没有愠怒而面带微笑。他就有些得寸进尺，戏演完了就拉着喜儿的手，抱着喜儿的腰，还想把舌头伸进喜儿的嘴里去，被喜儿打了一个耳光，还到团长那里告发了他，后来这位老革命就转业到地方来了。其实税务局谁也不知道老革命和喜儿的故事，是他自己的飞线飞出了多年的秘密。

听了陈克的故事，我就略有所悟，飞线就是千里眼、顺风耳，疑神疑鬼、捕风捉影的意思。但是老革命的飞线与欧阳老师讲的飞线有什么必然联系呢，我感到一头雾水。

不知不觉，五四青年节到了，人事科刘德柱科长宣布给团员青年放半天假，还请大家到刘一手吃火锅，我们就觉得刘科长与我们年轻人心贴得很近。火锅吃到一半的时候，我又想起与陈克关于刘一手火锅得名的争论问题，遂向店里的员工打听：“你们火锅店为什么叫‘刘一手’不叫‘留一手’呢？”

侧边一位老兄一个惊奇，把食指竖在嘴皮上：“嘘——”我立即止住话头，用眼睛询问究竟。那位老兄说：“刘一手就是刘德柱，刘德柱就是刘一

手。”我马上伸了一下舌头，不再言语，陈克也向我做了一个鬼脸，我想陈克和我一样心照不宣，不约而同地想起了欧阳老师叫我们少讨论刘一手问题的告诫。原来如此。

不过这并不影响我们私下议论，为什么一个人和一个火锅店会同名呢?我们都认为这纯属巧合。现在关键的问题不是刘一手火锅店的得名问题，而是刘德柱科长的别名刘一手的得名问题，他为什么会叫刘一手呢?他是刘一手还是留一手?我们不得而知。我们在正规场合和刘德柱在场的时候听到大家都叫他刘科长，但私下里那些老点的同志都称他刘一手。我们又去请教欧阳老师，欧阳老师比以前和蔼多了，出口的话比以前多了两个字:“注意飞线。”

我和陈克都知趣地不再问了，但我们都认为飞线与刘一手有关，是不是刘一手也有飞线，听得见别人喊他的诨名，讲他的坏话？我们觉得这是无稽之谈。

不久就进行了一次民意测验，目的是要民主推荐一名副局级后备干部，当了后备干部就进入了组织部的视野，进入了组织部的视野就有可能在班子调整时进入局领导班子当上副局长。

推荐会由我们局长主持，他花间高高的，个子瘦瘦的，看样子其貌不扬，说起话却有板有眼。他说:“推荐局级后备干部，是县委的重大决策，是干部人事制度的重大改革，是为干部队伍的培养、使用增设一个蓄水池。所以希望大家本着对事业负责、对县委负责的精神，投上自己慎重的一票，按照德才兼备的标准，把后备干部选出来，当然，民意测验只是推荐后备干部的重要参考因素，谁进入后备干部人才库，还要由县委研究决定。”

局长说完，人事科的工作人员就给每人发了一张表，那上面列了税务局机关一系列符合推荐人选基本条件的名单，都是局里科一级的中层干部，刘一手、邓兄、简二科名列其中。

我和陈克都有些犯难，刚到单位不久，一大堆中层干部有的不认识，有的只了解个皮毛，该在谁的名下画勾，确实是道难题，我把画勾名单锁定在刘一手和邓兄之间，无意间抬头先看了一眼邓兄，我认为他是很优秀的，虽然只有大专文化程度，但工作积极，为人耿直，又是我的直接领导，再说，还很有点理论水平，他写了篇论文，叫《简论个人所得税对城乡经济的调节作用》,发表在上一期《税务工作》杂志上,得到大家的赞美和局领导的口头表扬。接着,我又看了眼刘一手,我认为刘一手也很优秀,虽然眼镜一个圈圈套着一个圈圈,但工作认真负责,一丝不苟,听机关的同志说他散文写得很好,才思敏捷、文采飞扬。我这一看不打紧,恰恰与刘一手那圈圈后面的目光来了个对视,我看见刘一手好像轻微地点了一下头,向我发出了一个抿笑。我想刘一手对我的表现是满意的。

但是刘一手恰恰不知道,我提笔的时候来了飞线,用两眼的余光瞄了一下侧边的欧阳老师,我一眼就看见他在邓兄的名字下方画了一个勾,我立即觉得欧阳老师很有头脑很有水平,与我的最开始的判断一样准确,便迅速下笔,给邓兄投了一票。我侧面坐的陈克也来了个飞线,他伸着脑袋瞄了一下我的那张表,也跟着我在邓兄名下画了一个勾。测验完毕,人事科的同志就把大家的表收拢来,装进一个大大的牛皮信封里提走了。

后来,陈克听简二科说,那次民主推荐,大部分票源都集中在刘一手和邓兄身上,两人各有优长,票数不相上下,该推荐谁作后备干部人选,局领导意见也不统一,据说把刘一手和邓兄同时报上去了,这叫矛盾上交,猜想上面还要来人进行第二次民主测评,因为一个单位只有一个后备干部名额。

转眼到了三月,阳光灿烂起来,树枝发了嫩芽,办公楼院子里那几棵叫不出名字的花开了一半。阳光一照,它就向我们笑,笑得清清爽爽的,给人一种心旷神怡的感觉。简二科站在办公室的走廊上,给刘一手说:“刘科,三月来了,菜花开了,该组织大家外出春游春游。”

刘一手马上就笑了,他的笑像三月的阳光一样清新而浪漫。刘一手说:“简二科,你的建议太好了,三月,我们去踏青。”说着,递给简二科一张《城市晚报》。

简二科接过《城市晚报》,马上惊呼起来,《城市晚报》上发表了刘一手的一篇散文,题目就叫《三月,我们去踏青》。我和陈克也跟着惊喜起来,争着抱来阅读,对刘一手佩服得五体投地,马上就看见刘一手那厚厚的镜片后面一双志得意满的眼神熠熠闪光。简二科就嚷起来:“刘科,没说的,请客。”

刘一手口都没忍一下,痛痛快快就答应了:“没得问题,请请请,中餐、

火锅、江湖菜，随便喊。”

陈克嘴快：“刘科长，我们要吃刘一手。”

刘科长说：“刘一手就刘一手，简二科，多喊几个兄弟伙，晚上六点，刘一手火锅不见不散。”

刘一手火锅店坐落在十字街上，十字街在县城的最中心位置，一个“十”字把一座城分成东门、西门、北门、南门四条大街，那里人挨人，人挤人，是全城最热闹的地方。

我和陈克走进刘一手火锅店的时候，大部分的人都到了，简二科正在朗诵刘一手的散文《三月，我们去踏青》，优美的句子从她那生动的嘴里抑扬顿挫地冒出来，格外动听。朗诵完了，她又把散文的标题重复了一次，还做了一个悠悠扬扬的手势，一双会说话的眼睛顺着她手势的方向望出去，优雅至极。全场立马响起热烈的掌声。

接着就吃火锅，毛肚、鸭肠、黄喉、血旺摆了一大桌。刘一手火锅味道不错，麻辣味道适中，不像有的大排档火锅那样，要么麻得张不开嘴皮，要么辣得直掉眼泪。刘一手今天特别高兴，挨着给大家敬酒，他说：“喝山城啤酒，作知心朋友，今天吃刘一手火锅的都是我刘一手的知心朋友。”

这时，简二科突然发觉邓兄缺席，就拿眼光问我，我说：“下班的时候他就走了，急急忽忽，好像有什么事。”简二科说：“我们单位有两位秀才，一个会写散文，一个会写论文。写散文的发了作品，今天请了客，写论文的也发了作品，下回就该邓兄出血了。”

大家都说：“对对对，明天把邓兄揪出来，到嘉陵江边吃鱼，趸船上的水煮鱼，安逸得很。”

简二科嘴巴一瘪：“邓兄是个铁鸡公，连发了两篇论文，得了稿费，一毛不拔。”接着就把话题转到民主推荐的事情上了。简二科说：“通知明天上午开职工大会，没有特殊情况不准缺席，是不是又要搞民主推荐？”

大家把目光转到刘一手那里：“刘科长，你是人事科长，肯定晓得。”

刘一手似乎很无辜：“只叫我通知开会，没说什么事情，不过真要安排第二次民主推荐，倒是十分可能的。”

简二科马上接话：“再搞推荐，我们都投刘科长的票，不然对不起色香味俱佳的刘一手火锅。”

刘一手说："别别别，简二科不要开玩笑，民主推荐是个严肃的事情，与吃火锅无关。大家要推就推邓兄，他是我的好朋友，能说会道，很有理论功底，工作特别踏实肯干，他比我强。只是邓兄有一个小小的毛病，望弟兄们测评时给他指出，以便对今后的工作有利，对邓兄的成长进步有利。"

简二科问："什么小毛病，刘科长你说说。"

刘一手非常不情愿地说："其实也没什么，就是喜欢从家属院的窗口向楼下吐痰，只是个小小的卫生习惯而已。"

简二科马上接话："现在五讲四美三热爱了，我最泼烦随地吐痰。不过从未见过邓兄也有这个坏毛病，是不是真的哟？"

刘一手说："这还有假呀？有一次，他老婆从街上端了钵豆花儿回家，正遇上邓兄从上向下天女散花，给一钵豆花儿加了佐料，老婆正要开口骂娘，抬头一看原来是邓兄，气冲冲上得楼来，把邓兄骂了个狗血淋头，并强迫邓兄把一钵豆花儿全部吃完。"

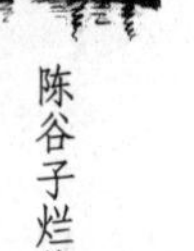

众人一听，哈哈大笑，原来文质彬彬的邓兄还这么不拘小节。当天晚上，邓兄高空吐痰的事就成了飞线，几近家喻户晓，人人皆知。

第二天上班，我和陈克刚走到二楼，就听见单位几位女同事窃窃私语，议论的就是邓兄不拘小节的事，那些女同志中，有简二科那张漂亮的脸。刘一手在走道上喊："莫摆龙门阵了，马上进会议室坐好，组织部的人要来开会。"

我们走进会议室刚坐好，组织部的人就来了。领头的是一位副部长，他和我们局长差不多，花间高高的、头发少少的。副部长说："上次税务局已搞过一次民主推荐，大家很认真，很严肃，很负责任，我代表县委组织部对同志们表示感谢。"说完，站起来，向大家鞠了一个躬。

会场上马上响起了热烈的掌声。掌声中副部长微笑着入座，他讲了一遍民主推荐的目的、意义、基本要求和注意事项。人人都听懂了，组织部从上次的民主推荐中，选了两位票数最集中的后备干部推荐人，要大家再画一次勾勾，他们才能下决心把谁录入后备库。与上次不同的是，这次的推荐对象只有两个人，刘一手和邓兄。我马上想到上次简二科说过，局里第一次民主推荐，刘、邓二人票数不相上下，猜想大家还得画一次勾儿，不免就对简二科看重起来，连干部测评得票多少和上级部门的意图，她都猜得那样准确，看来简二科不简单，她也有飞线。

还好，我和陈克只在私下里摆谈局里的事，一般情况下没有发言的资格，更没有说过谁的坏话，不然，被“飞线”了，以后日子就不好过了。

奇怪的是，当我提起笔画勾的时候，我觉得我身上真有飞线。我好像听见有很多声音在窃窃私语，那些声音对邓兄充满着鄙夷与不屑，一个高空吐痰的人，一个不拘小节的人，有资格进入后备干部吗？有资格当我们的局领导吗？飞线这样说。

我毫不犹豫地放弃了我的科长邓兄，在刘一手刘德柱的名字下方画了一个勾，侧面的陈克瞟了我一眼，也提起笔在刘德柱的名字下方打了一个勾。

大家都交了推荐表以后，组织部来的工作人员也像上次一样，跟我们局里人事科的同志一道，把测评表收拢来，装进一个大大的牛皮信封里，跟着花间高高、头发少少的副部长屁颠屁颠地离开了。

结果可想而知，民主测验的砝码偏向了刘一手，邓兄的得票肯定就下来了，听简二科透露，百分之八十的同志赞成刘一手作局里的后备干部人选，邓兄的票数不及刘一手的四分之一。我和陈克就作出判断，邓兄绝对没戏了，局级干部的后备人选非刘一手莫属。

但是邓兄表现得很平常，好像与己无关一样，周末还请我们几个到刘一手吃火锅。我觉得有点对不起邓兄，他是我的直接领导，教了我那么多查账知识，还带我们认识了许多国营企业的分管领导和财务科长，我却没有投他的票，我盯了盯陈克，陈克又盯了盯我，大家心照不宣，吃着刘一手火锅，就是吃着邓兄的稿费。我们心里都在内疚。

什么事都瞒不过欧阳老师，他与邓兄对饮了三杯啤酒，推心置腹地问：“高空吐痰事件是否属实？”

邓兄不假思索答道：“说实也实，说虚也虚，那是我读高中时亲身经历的一件事，我用高于生活的手法把它写成了一篇小文，用的是第一人称，小文标题叫《一口痰》，作品尚未发表，我征求过刘德柱的意见，全局的人只有他一人知道。”

邓兄话还没说完，欧阳老师就拍案而起：“飞线，飞线，罪该万死的飞线。”

邓兄把欧阳老师按住:“坐下吃菜,不要喝了,不要喝了。”

欧阳老师把一杯啤酒举起来,“啪”的一声砸在桌子上:“都是飞线惹的祸。”

我和陈克都惊呆了,四目相对,面面相觑,我们看着无奈的邓兄,看着义愤填膺的欧阳老师,拈着毛肚的手就颤抖起来,我看见那张民主推荐表在蒸气缭绕的火锅上端晃动,看见无所不能的飞线在眼前飘来飘去。

打油诗

秘书在办公桌上摆了一首诗稿，易书记不以为然，轻描淡写地瞟了一眼，就撂进文件夹里了。

诗嘛，在小城分两派，一派是传统诗，一派是新诗。传统诗派的人说，新诗不讲平仄不押韵，读起来像喝白开水；新诗派的人说，什么传统不传统？顺口溜、打油诗。

易书记也喜欢诗，心闲的时候也舞文弄墨来两首，既有顺口溜似的传统诗，也有白开水似的新诗，有时剪完了彩，讲完了话，末尾还要朗诵一段四言八句，博得满堂喝彩，所以经常就有诗友寄诗稿来和他交流。这不，秘书又在办公桌上摆上了稿子。

易书记处理完几个急件后，隐约觉得有些不对，那件诗稿好像有什么工程承包和请客送礼的字样，就重新把它从文件夹里翻出来阅读。原来，那是一首倒通不通的打油诗：

任大胆，胆子大，
国家法律他不怕，
吃喝行贿最卑鄙，
工程项目来包下。
请客送礼牟大利，
害了集体整国家，
要求上级来调查，
不正之风应惩罚。

这哪里是什么诗？明明是一封检举信嘛！细看，下面还有一段说明：桃花镇建筑队长任大胆，在承包和修建桃花镇文化中心的过程中，不仅经常吃吃喝喝、请客送礼,还采取非法行贿手段,拉拢腐蚀干部,高价承包工程,从中牟取暴利。特赋诗一首,请易书记审读。

易书记觉得这不仅仅是一首打油诗,打油诗背后可能隐藏着大问题。就叫秘书打电话,叫县文化局局长到办公室来一趟。

一刻钟工夫,文化局长来了,易书记就请他汇报桃花镇文化中心的情况。文化局长说,镇文化中心已经竣工了,两楼一底,十分气派,有电视室、会议室、办公室、游艺室,外加体育场、影剧院,文化茶园开堂了,黑板报嵌上墙,宣传橱窗亮堂堂。文化局已经作了决定,准备在元旦佳节到桃花镇召开文化工作现场会,请易书记讲话剪彩并赋诗一首,热烈祝贺全县的样板文化中心正式成立。

易书记指示:“文化工作现场会暂缓准备, 先查清楚建筑队任大胆的经济问题,及时向县委汇报。”说完,递给了他那首打油诗的复印件。

文化局长读了打油诗,觉得真是个问题,就带着这首诗回到局里,组成了一行五人的调查组,迅速来到了桃花镇。

文化局调查组与镇领导交换了意见,又与有关人员进行了座谈,大家一致反映,桃花镇工程队是全镇的先进企业,在镇内外信誉很高,县城的许多工程都是他们承包修建的,从未出过什么质量问题和经济问题,工程队长任大胆是一位退伍军人、共产党员,此人脑子活、人缘好,乡亲们都拥护他,四邻八舍的都传诵着他帮助群众脱贫致富的先进事迹,去年初,他还捐款两万元,修起了镇政府的敬老院。这样的人,怎么会出经济问题呢?谁肯相信他会出经济问题呢?

调查组认为,打油诗反映的情况有些捕风捉影,再调查下去,恐怕不会有什么收获,就收兵回营向易书记作了汇报。易书记听了,皱着眉头考虑了好半天,既没有说文化局的分析是对的,也没有说文化局的分析是错的。不就是一首打油诗吗?又不是真正的检举信,更没有作者的真实署名,再怎么调查恐怕也是瞎子点灯——白费油。就与文化局的同志研究了一番文化中心竣工剪彩和文化工作现场会事宜, 打油诗的事也就没有再提了。

谁知事情才过两天,易书记又收到一首打油诗:

调查组,好阵仗,

来到镇上晃一趟，
中午九菜加一汤，
晚上火锅麻辣烫。
随随便便作结论，
屁股冒烟回县上，
如此下乡搞调查，
难辨事实与真相！

打油诗的后面，仍然有一段说明：包工头任大胆，确实干了违法乱纪之事，只可惜文化局调查组不深入群众调查研究，只在镇政府大院走马观花、轻描淡写搞了半天座谈，就妄下结论，否认任大胆的错误。更有甚者，他们在镇上九菜一汤、大吃大喝过后屁股一拍就溜之大吉了。这样的调查研究是可忍孰不可忍，还望易书记明察秋毫才是。

易书记看完打油诗，陷入了久久的沉思，看来这事不是想象的那么简单，得下点工夫去调查研究，才能有个是非曲直。易书记虽然对文化局的调查结论未置可否，但对调查组下乡大吃大喝还是很生气的，如果事情属实，为了挽回影响，那是得作出处理的。易书记思索再三，决定派县纪委张书记到桃花镇重新调查。

张书记是经验丰富的老干部，很有工作能力和群众威信。他没有虚张声势，悄无声息地住进了桃花镇，召开座谈会，逐一走访群众，找乡镇企业干部职工谈话，足足呆了一个星期。

经过综合分析、反复确认，张书记得出最后结论：文化局调查组在下面作风飘浮、大吃大喝的情况属实，建议作出严肃处理；至于任大胆的问题，纯属子虚乌有、信口开河，再有来信反映可以置之不理。

易书记详细倾听了纪委张书记的汇报，当即作了两点指示：第一，文化局调查组的问题，交县纪委处理，追收吃喝款，发文通报全县，严肃批评教育；第二，任大胆的问题，可以就此了结，不必纠缠不休。

按理说，打油诗的事，就可以如此了结了。

但事情的发展出人意料，又是两天工夫，易书记又收到一封哭笑不得的打油诗，那诗不仅批评了纪委张书记，还把矛头直接对准了县委易书记：

纪委书记来下乡，
私心杂念坏了章，
暗中保护任大胆，
欺蒙县委不应当。
易书记，太官僚，
跷起脚杆听汇报，
一次两次受欺骗，
何不亲自跑一趟。

与前面一样，打油诗后面仍附有一大段说明：桃花镇是县纪委长期以来的联系点，是纪委张书记亲手树起来的先进典型。张书记要保住自己的声望和名誉，不想披露出任大胆的问题，还口口声声说了解桃花镇、了解任大胆，致使群众不敢反映真实情况，客观上保护了任大胆，隐瞒了任大胆的问题，这种蹲点调查比文化局调查组还要具有欺骗性，万望易书记明察。

读完第三首打油诗，易书记再一次陷入了久久的沉思，心中的迷雾比他口里吐出的烟圈还浓。这打油诗的作者到底是何方神圣？竟有如此道法，我们一次次的行动他都一清二楚，一次次的调查结论他都一清二楚，就连文化局下乡白吃白喝和纪委张书记的思想活动他都一清二楚，再看寄出诗稿的邮编地址，更觉蹊跷，信封是市纪委的，信笺也是市纪委的，就连邮戳都是市纪委所在地的邮电所加盖的，看来这位打油诗人并非等闲之辈，我对任大胆问题可以就此了结的结论，恐怕为时尚早。

恰逢是一个星期天，原定的一个会议因故延期了，易书记觉得也无重要的事情，经过再三考虑，终于下了最后决心，自己亲自到桃花镇去一趟。打油诗的作者到底是人是鬼，任大胆到底有多大问题，易书记非要查个水落石出不可。

易书记复印了三首打油诗，在院子里喊二楼的司机小吴：“小吴，下来下来，今天到桃花镇看桃花。”

小吴刚刚下楼，侧边砌墙的工人师傅站在了易书记面前：“易书记，你要去桃花镇呀，我想搭个车。”

易书记问他：“你是桃花镇的呀？”

师傅说:“是的,我想搭书记的车回去拿点材料。”

易书记说:“行呀,反正车有空位。”就同工人一道上了车,直奔桃花镇而去。

工人师傅是一位十分精干的中年人,在车上讲了一个包工头行贿的故事。那工人师傅对易书记说:“如今接工程难哪,不烧香不磕头不送礼是不可能拿到工程的。”易书记的秘书是一位业余作者,对工人师傅讲的故事如痴如醉,急忙掏出收录机,把包工头送礼行贿的故事录了下来,那故事说:“有一个包工头,为了击败对手拿到工程,想了个独特的贿赂方法,从领导的门缝中塞进去一张纸条,上面开着行贿礼物:彩色电视机两台、双卡录音机两台、三峡牌吊扇二十把……这一招果然灵验,领导照单全收了礼物,包工头轻而易举地包下了那项工程。”

秘书录完故事,工人师傅提醒说:“到了!”在街口口下了车。

易书记来到桃花镇后,不显山不露水,直接深入到镇村干部、街道居民、农民群众和建筑企业当中,与大家谈天说地,暗中了解任大胆的问题。

整整三天过去了,收获不大,只要一提任大胆,乡亲们就翘大指拇,齐夸他的好,易书记又把打油诗念给大家听,大伙儿听了,都说那打油诗是吃饱了没事干,弄起领导转圈圈,里面揭发任大胆有经济问题完全是凭空捏造、诬陷好人,怀有不测之心。

易书记闷得一筹莫展之时,就叫秘书把收录机提来放音乐听,放着放着收录机里就讲起了三天前工人师傅讲的包工头的故事。

恰在这时,桃花镇的书记、镇长双双前来汇报工作,正要敲门入室,听见易书记屋里有人讲话,仔细一听,是有人在反映任大胆的问题,揭发他给镇政府集体行贿的事:“彩色电视机两台、双卡录音机两台、三峡牌吊扇二十把……”

里面放收录机者无心,外边听故事者有意,知道镇政府集体受贿的事穿帮了,顿时赫得心惊肉跳,两人气不敢出、腔不敢开、踮起脚尖下楼商量对策去了。

原来,收录机里讲的故事,正是任大胆为承包文化中心基建工程从门缝里塞给镇领导的贿赂账单,上面开着:书记、镇长进口彩电各 1 台,书记、镇长高级双卡收录机各 1 部,全镇 20 名脱产干部三峡牌电扇各 1 把。

庆幸哪庆幸，这批物品只有书记、镇长两人先把东西提回寝室去了，20把电扇还没来得及分配，原封不动在会议室放着。

两人立即返回镇政府，把电视机和收录机抱回会议室，规规矩矩摆好，连夜赶到招待所，敲开了易书记的门，义正辞严地揭发批判任大胆的问题。书记、镇长汇报说："任大胆这小子，承包镇文化中心基建项目，工程质量确实无可挑剔，就是章法不好，给镇政府送来一批紧俏商品以示感谢，这种不正之风当即受到了党委政府领导的严肃批评，谁知工程完工后，任大胆仍然送来了这批物品，现在还在镇政府摆着。两人觉得此事非同小可，特来向易书记汇报反映。"

易书记听完汇报，在桃花镇两位领导带领下来到镇政府会议室查验，果然有2台电视机、2台收录机、20把电扇，原封未动。易书记不禁哑然失笑，心里说不出的开心愉快："好啊，踏破铁鞋无觅处，得来全不费工夫，终于把文化局调查组和纪委张书记没有调查出来的问题搞清楚了，看来那三首打油诗揭发的问题真还是有根有据，有心所为啊。"

易书记握着桃花镇二位领导的手，感谢他们解开了打油诗的秘密，表扬了他们的思想觉悟，同意他们的建议，把这批电器产品全部送到镇文化中心为广大群众的文化活动服务。并指示两位镇领导，立即通知任大胆到镇政府来，易书记要直接找他谈话，进一步搞清事实真相。

可是，胆大包天的任大胆，对易书记的指示冷水烫猪不来气，易书记只有亲自动步到桃花镇工程队去寻找，工程队里只有一个五十几岁的看门老头，老头告诉易书记，任大胆在城里做工程去了，好多天没回单位来了。易书记眉头一皱，计上心来，带领秘书回到了县里。

第二天，县公安局发出了传讯通知书，责令任大胆接受询问、交代问题。这一招果然灵验，传讯通知书发出的第三天，一位中年妇女从桃花镇急匆匆赶到县委门口，声称要见易书记，门卫问明了身份，禀报了情况，就把她放进去了。

中年妇女一见易书记，就号啕大哭起来。她说，她是任大胆的妻子，到易书记面前为任大胆鸣冤来了，接着就哭诉了丈夫承包文化中心的前后经过。

原来，任大胆演了一出无可奈何的苦肉计。没有那一堆进贡物品，他是万万包不到文化中心基建工程的，但物一出手，又觉得于心难忍，那一批家用电器本身就包括在基建工程之中，原本就是用在文化中心搞文化活动的，现在却进了政府官员的私门，这不是坑害公家，侵害群众利益吗？经过再三策划，任大胆想了个万全之策，既不能得罪顶头上司，又要退回家用电器，便绞尽脑汁连写三首打油诗，状告自己非法行贿，并一再跟踪调查人员行踪，还巧妙搭乘易书记的小车，给易书记讲述包工头的违法故事，一环连一环，一计套一计，逼迫易书记亲自出马，为文化中心追回家用电器。

中年妇女见易书记似信非信，就从怀里摸出三首打油诗的底稿，交给易书记，以证实任大胆的清白。易书记接过底稿，与自己收到的三首打油诗一核对，内容、字迹完全一致，确信三首打油诗全部出自任大胆之手，不禁唉声叹气，仰天长啸："任大胆呀任大胆，你这个圈子兜得好啊，连我易某都被你牵着鼻子绕了一圈，还是当了官僚主义。"于是，又一首打油诗在易书记的案头应运而生：

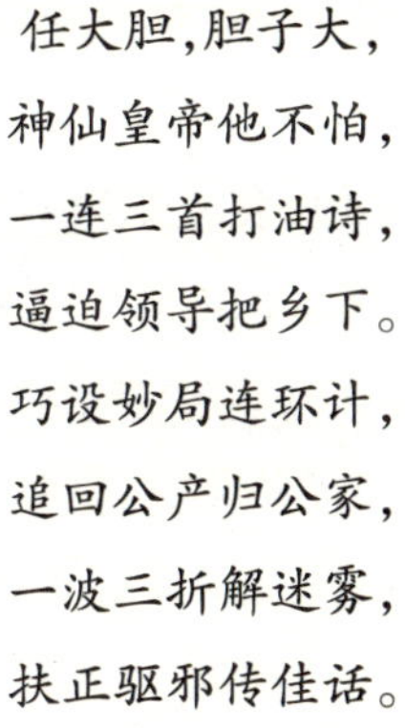
任大胆，胆子大，
神仙皇帝他不怕，
一连三首打油诗，
逼迫领导把乡下。
巧设妙局连环计，
追回公产归公家，
一波三折解迷雾，
扶正驱邪传佳话。

一个女人的自白

警察伯伯，我说的是实话，句句是实话。

是是是，警察伯伯，我跟你年龄差不多，不该喊你伯伯，但我喊习惯了改不了口，不管男的女的，年龄大的年龄小的，我从小就喊警察伯伯。

是是是，我切入正题，切入正题。警察伯伯，我刚才说的都是实话，我真的没想害他，我没起那个心，没有，一点念头都没有。你想嘛，人活脸树活皮，我一个女人家，哪里会拿这些事情开玩笑，这么严肃的事情我会开玩笑吗？我真的没想到他那么不经事，就那么几锤子买卖，他就，他就不行了。

哦，你问那男人好大年纪？我看年纪不大，大概比我大十几岁吧，也就三十八九、四十岁的样子，最多也就四十二岁。

是的，警察伯伯，那男人肯定是个农民，不过他有钱，我看到的，他荷包里多大一叠。哪来的钱？卖水果噻，现在那些果农不孬哟，辛是辛苦点，一年挣个万元户没得问题，现在水果好贵哟，一挑水果担到城头卖了，乱背时也有个两三百块钱。

他卖啥子水果呀？平时卖啥子水果我不晓得，确实不晓得。那天他挑的一担橙子。不不不，不是广柑，是橙子，广柑和橙子差距多大呀，我怎么会说错呢，他确实挑的一担橙子。

哎呀，警察伯伯，肯定是挑到城头来卖的噻，那男人的橙子好漂亮哟，黄鲜鲜的、水汪汪的，个子又大，比街上卖的那些橙子漂亮多了。当然当然，当然能勾起食欲，看到就想吃。真的，看到就想吃，看到看到我清口水就流出来了，我猜想那男人的橙子好吃得很。

不不不，警察伯伯，我没乱说，我最喜欢吃水果了，哪些水果好吃，哪些水果不好吃，我一眼就看得出来。

是的是的，我看得出来，那男人肯定走了很远的路，我想他绝不是搭客车来的，他装橙子那竹筐好大哟，那么大的竹筐，客车的门都挤不进去，就是挤进去了，客车上也没地方让他放。

你说他坐货车来的呀？警察伯伯，肯定不是，哪个货车专门为他运一挑橙子，那不是豆腐盘成肉价钱了吗？对头对头，菜市场那么窄的路，货车也开不进去。他肯定是自己一副肩膀担来的，你没看到，他当时那副阵仗哟，大垮垮的衣服湿透了，上面还有一层白生生的盐霜，汗水顺着脸庞“吧哒吧哒”往下掉，头发上冒着热气，像蒸笼里蒸包子一样冒着热气。真的，狼狈得很，我想他肯定走了很远的路把水果担进城的。

是的是的，我就在菜市场口口撞到他的。你晓得的，菜市场人多，嘈杂、拥挤，那男人担着蛮大一挑橙子一个劲地往前挤，累得气喘吁吁，像拉犁的老牛一样“吭哧吭哧”出粗气。

警察伯伯，我不该呀，我真的不该，他在我前面走着，我嫌他走得慢了，就用脚踢他的筐子。是的，我踢了他的筐子，但是他没有生气，不不不，是根本没有感觉，他只顾担起橙子往前挤。我也是手贱哩，把后面竹筐里那个最大的橙子捡起来，眼疾手快地装进了自己的网兜里，装了一个不出气，我又捡起一大橙子要装进了自己的网兜，却被他发现了，可能是因为一瞬间减轻了重量，他觉得有些异样，就扭着腰回过头来看我。是的，他回过头看见我在偷捡他的橙子，他“呯”的一声放下担子，你在做啥子？他这样问我，你在做啥子？我说我没做什么呀，我就想买两个橙子，真的，我想买两个橙子。

不不不，警察伯伯，我是说的我想买橙子，他喊了价的话，我就会付他钱的，真的，我当时就是这样想的，我付他钱就行了，我本来就想买他的橙子，那橙子肯定好吃，好吃惨了。

谁知他的价还没喊出口，城管就来了。对对对，就是手膀上戴了红布笼笼那些城管队员嘛，哪个在街上卖东西就抓哪个，抓了就拉去罚款。

不是不是，我不是说城管不该抓，他们是要维持市场秩序，不准以街为市乱摆摊摊做买卖，以街为市既堵塞交通又影响市容。再说，你以街为市他们就收不到摊位费了，把你邀进菜市场就得交摊位费，一个都跑不脱。

对对对，我走题了，警察伯伯，你没看到那阵仗，城管来的时候，公路边那些摆摊卖皮鞋的、卖烧腊的、卖水果的、擦鞋子的像鸭子翻田坎一样，扑起地跑，谁都不愿被城管逮住了。

不不不，我没有趁机逃跑，我网兜里放着他的两个橙子哩，我对那男人说，跟我来吧，到那边去卖，我就往菜市场侧边那条小巷钻进去了。

对头对头，就是有个油腊铺的那条巷子，你晓得噻警察伯伯，穿过那条巷子就是北门，北门那边地势宽，住的人也多，城管一般又不去那边，他可以在那边放下担子卖橙子噻。

没有没有，警察伯伯，我没有付他的橙子钱。你说我不对？你这就冤枉我了，我不是不想付钱，我不是想污他的橙子，我怕城管追上来，我说我路熟，我叫他跟着我跑保证甩脱后面的尾巴。

是是是，甩脱城管后我仍然没给钱，我说你跟我走吧，你这一挑橙子我全买了。真的，我当时就是这样想的，我全买了，我把这些橙子分给几个姐妹，吃不了几天就吃完了，我们几个姐妹住在一起的，她们都买过东西给大家分享，什么广柑呀、李子呀、桃子呀，人家都请过无数回了，我还没请过客，我把这挑橙子全买了送给她们吃个安逸。

不不不，你们叫哥们义气，我们叫姐妹义气，那是一套很大的房子，四室两厅，房东老板把它隔成十个单间，可租给十个人，但往往不能满租，只能租住七八个人。其实我们那种住法，有点像单位的集体宿舍，大家共用一个厨房和饭厅。七八个人住在那里，只有晚上才相见，白天各上各的班，有在服装店打工的，有在副食店打工的，有在餐饮店打工的，还有在歌厅舞厅和发廊里打工的。

警察伯伯，你问我是做啥子呀，事到如今我也不隐瞒了，我和另外一个姐妹都是做那个的。那些人早出晚归，我们两个昼伏夜出，懂得起噻，笑贫不笑娼，我是做那个的，没办法，混口饭吃，你们可以出租车子、出租房子、出租机器设备，说不定有些东西还是贪污受贿得来的，我是出租自己，一不偷，二不抢，我是出租我自己。

是的是的，我在前面走他在后面追，开始还一前一后地走着，后来我就加快了脚步想甩掉他。是的是的，我起了歹心了，这是我不太道德，先说把别人的橙子全买了，后来又不想要了，我不是不想要了，我是心里算了细账买不起了,那担橙子我们是没讲价的,不知他是卖斤数还是卖个数,卖斤数少说也有百十来斤,卖个数少说也有五六十个,细算算我也不是完全买不起,我舍不得钱,恐怕要一两百块钱吧,我舍不得了。

没有的,警察伯伯,我开始真没有跟他讲价,现在才讲价他肯定会敲我棒棒的,怎么办呢?我想甩掉他,加快脚步甩掉他,你想嘛,我打空手他挑一百多斤橙子,我还甩不掉他吗?

是的,警察伯伯,这是我不地道、不道德,我有什么办法呢,我包里没几个钱,我挣的都是血汗钱,有时候一天一百两百,有时候一连几天打白板,只有眼睛翻白,我容易吗?警察伯伯。

好好好,我切入正题,还是说橙子的事吧,我在前面走,他在后面追,边追就边喊我站住。我就站住了,他说你跑啥子又没有城管了,你跑啥子?我说茅房起火了,我要去灭火。我没乱扯警察伯伯,灭火就是解手,我说我胀得不行了我要去解手。他说你扯鸡巴蛋,我晓得你是做啥子的了,你狗日的是只野鸡,老子撵上你抽你的筋剥你的皮。

是的是的,他一骂我的火就上来了,我就走得更快了,那哪是走哟,简直就是小跑了,我想你不就是一卖橙子的果农吗,又不是渣滓洞的特务,你抽我什么筋?你剥我什么皮?老子才要把你脚跑断筋,腿跑破皮,大不了你把老子撵到给你狗日的吃一盘鸡肉。

我一直在前面跑,他一直在后面追。我想起一个成语龟兔赛跑,我是一只兔子吗?不是不是,兔哪有我跑得快呀?他是一只兔子吗?也不是也不是,他比兔子强多了,他是一条硬汉。我心里一直喊着一句话,累死你累死你,但怎么也累不死他,怎么也甩不掉他,他劳力太好了,身体太好了,他是一条硬汉。

我故意绕了两个圈圈,也没有把他甩掉,倒把自己累得不行了。后来我就不想甩掉他了,你不是骂我是野鸡吗?野鸡就野鸡,老子把你引进鸡圈里,最多请你吃顿野鸡肉,你一挑橙子就该归我了,老子这几天打白板没挣到钱,眼看吃饭的钱都没几个了,挣不到钱那橙子吃了也能充饥,何况那橙子那么漂亮、那么诱人,看到都有点想流口水。

是的是的,警察伯伯,我是后来才有那个想法的,我一个卖肉的什么都没有,一穷二白你要吃就吃吧,吃一次也是吃,吃十次也是吃,一不少坨肉,二不少块皮,打盆水洗了又是干干净净的,我怕你妈个铲铲。

我在说嘛,警察伯伯,你着什么急嘛,后头我就没带起他绕圈圈了,反正甩又甩不脱他,我就直接把他带到我们家里去了。啥子鸡圈,我们只有两个姐妹才做那个,那几个合租人是正南其北上班的人。要说鸡圈只能说我和另外一个姐妹住的才是真正的鸡圈,我就什么都坦白了吧,我们在鸡圈里也卖过肉的,是的,我们有时候在发廊里做,有时候也把客人带到鸡圈里做,其实发廊才是真正的鸡圈。

你莫打岔嘛,警察伯伯,我当然知道还有其他鸡圈,有的卡厅是鸡圈,有的歌厅是鸡圈,有的宾馆是鸡圈,有的茶馆也是鸡圈。对头的对头的,打是打击了,哪里打得绝呢?买卖买卖有买就有卖,报纸上怎么说的?野火烧不尽,春风吹又生。

好的好的,不扯远了,不扯远了。那男人进得屋来,扁担还没从肩膀上取下来就嚷着要钱,他说他的橙子不卖斤数只卖个数,是的,他也没有带秤怎么卖斤数呢,就是水果市场上也只有广柑、梨子、脐橙那些水果卖斤数,橙子一般不卖斤数。我晓得,我晓得,还有外地运来的蜜桔也卖斤数,蜜桔也是一种橙子,但它大小不一,只有卖斤数最公平,其他橙子都是论个数卖,一般三四块钱一个,是的,三四块钱一个挑完卖完。

那男的说,他这橙子个大好吃,要卖四块钱一个,一挑六十个橙子,四六二百四十块钱,我一听就愣了,我身上没有二百四十块钱。我假装怀疑他的橙子不好吃,就是不想给钱,他两把剖开一个橙子递给我说,你尝吧,不好吃不要钱,我就连吃了两瓣,确实不摆了,那橙子好吃得很,但我坚持说,不好吃不好吃。

不是不是,我不是没良心,我是舍不得两百多块钱呢,警察伯伯。那男人一听就火冒三丈,你是不是打整我哟,害得我转了几个圈圈,整得我上气不接下气,都给你担进屋了你说不好吃。我说,要钱没得要命有一条。

警察伯伯,我不是耍横,我确实没那么多钱,我这个月挣的钱都花光了,有好几天没有进账了,就是你们扫黄扫的嘛。要说罪孽我也有罪孽,我怎么就做了那个生意呢,那个生意多下贱,多不光彩呀,那是见不得人的事情,偷偷摸摸像做贼一样。想横了也没什么,电视上说的啥子?资源,我只有那个资源,有什么办法呢?总比那些贪官强嘛,他贪国家的、贪人民

的，他占的是国家的资源、人民的资源，用国家和人民的资源为自己去贪去占。我是用自己的资源为自己挣口饭吃，没有损害任何的利益呢。

好好好，我不说这些，不说这些。我对那个男人说，要钱没得，要做那个可以，边说就边把裤子脱到脚颈颈上了，一只手把半边橙子递过去说，你走累了，先吃橙子吧，吃了有劲。那男人哪里见过我这般花容月貌的女人，一双眼睛就盯进我肉里去了，他说，老子不吃橙子，要吃肉，要吃你一身臭肉。

你也恁个说呀，警察伯伯，我不是一身臭肉哩，我脸上喷了香水、身上喷了香水、衣服上也喷了香水，一身香喷喷的，一下子就把他熏晕了。我敢说，在他们乡下哪里去找我这么好看、这么性感、这么风情万种。

是是是，你批评得对，我恬不知耻，恬不知耻。你知道吗，真正恬不知耻的是那个男人，他像饿狗吃屎一样一下就扑上来了，四仰八叉把我按在床上，上头按痛了，下头也按痛了，骨头摁到床沿上哪个不痛嘛，我现在都还是痛的。

哎呀，后头的话我就说不出口了，反正他把我按到折磨够了，一口气干了十几分钟。是的是的，我并没有看钟，我屋里也没有钟，我身上连手表都没有，我估计就十分钟吧。你莫笑嘛，我说的是真的，其他话我也说不出口，反正他几锤子买卖就不行了，有气无力地蔫在那里了。

真的，警察伯伯，我感觉他是太累了，你想嘛，我看到他之前可能他已经挑着橙子走了几个小时的山路，遇到我过后又在城头转了几个圈圈。真的，不是开玩笑，一百多斤的担子跑上几圈是啥子感觉哟，我打空手都上气不接下气呀。

他蔫在那里就蔫在那里吧，歇歇就该走人了，一担橙子就是我的了，这叫以物易物，公平交易呢。是是是，我不乱说，不乱说。我一把掀开他，爬起来到厕所冲了个澡，冲完澡就喊他走得了，走得了，他根本不理我，仰在那里腔都不开一句。

是的是的，我喊了他的，我想催他快走，他不理我，我就坐下来吃那半边橙子。那橙子好吃哟，比垫江柚、梁平柚和长寿沙田柚还甜，口感又好，水分又多。我就一瓣一瓣地品尝。

对对对，就是我先吃剩下的半边橙子嘛。我把那半边橙子吃完了，抹抹嘴又催他走得了，走得了，他还是不理我，我就有点生气，未必你还想赖在这里不成？我吃了你的橙子，你吃了我的肉，我们是公平交易，交易完了各人就走噻。

当时我就走过去用手推了他一把，想催他滚蛋，马上就感觉到有点不对头，他四肢瘫软、双眼紧闭。我当时想，睡着了吧，这狗日的太劳累了，担了半天担子，又在床上扳了十几分钟，肯定累垮了睡着了。

我本来想不理他的，把那一挑橙子用塑料口袋装它七八袋，每个姐妹送一袋多有面子呀。想着想着我感觉不对头，电视剧里头那些意外死亡的念头就冒了出来，莫非这卖橙子的男人也遇到了哟，就学电视剧里头的样子把手伸进他鼻子边去试探，一探不打紧，一点气都没有，真的，一点气都没有了，我脑壳头马上闪出一个判断，他死了，他狗日的死了。

真的真的，警察伯伯，他死了，他真的死了，把我骇得脚杷手软，脑壳一片空白，一屁股坐在装橙子的竹筐上木起了。

是是是，我当时一下子就懵了，懵了半天脑壳才恢复正常，我就一个劲问自己，怎么办呢？怎么办呢？我猫抓糍粑脱不到爪爪了，一个大男人死在我的床上，我是真的脱不到爪爪了。

后来，我就想通了，警察伯伯，虽然他的死跟我有关系，但我并不是凶手，真的，警察伯伯，我并不是凶手，我只带着他在城里转了两圈，我只是跟他做了那个活路儿，警察伯伯，你能说我是凶手吗？

是的是的，我没有杀人动机，我也没有杀人，我只跟他干了那个事情，我简直不敢相信他那样就死㞞了，那么大的个子，那么好的劳力，谁想到他那么不经事呢？谁想到他那么不经折腾呢？

你说后来呀？后来我就到派出所报案来了噻。对对对，那个男人还在我的家里躺起的，不不不，还在我租住的房间里躺起的。是是是，我说的全是实话，没有半点假话，我到派出所来就是带你们去验尸的，就在北门外头不远，就是北门外头县车队和轴承厂中间那幢高房子。

是是是，警察伯伯，坦白从宽，抗拒从严，我知道我作了孽，我不该起心偷拿他的橙子，不该带着他转圈圈，不该脱了裤子跟他干那个事情，我可是作下孽了，要杀要剐就由你们了。是的是的，我该说的都说了，要拷要关、要杀要剐就由你们了。

85 块钱

听完这个故事,你可能会觉得荒唐。是的,连我都觉得荒唐。我把这个故事讲给很多人听过,他们都说荒唐。

有朋友问我,你讲的故事是真的吗?我说,你把它看成文学作品,说它真它就真,说它假它也假,我把这个故事曾经写成小说,发在一个同仁刊物上,还差点猫抓糍粑脱不到爪爪,好在再不搞“文化大革命”了,不然,我就要遭粑棒了。

但这个故事,它不是文学作品,它是真真实实的事情,它是发生在张泉身上的事情。如果你不信,就去问张泉。朋友问我,张泉是谁,我说张泉就是这个故事的主人公,他就生活在那个小县城里。

朋友说,吃胀了不消化呀,哪个跑到几百里外的山旮旯里专门去核实一个故事。我告诉朋友说,你不去也不要紧,张泉正在办退休手续,他说退了休就到重庆,他儿子在重庆工作,收入的零头比他退休工资还多,他要到儿子这里来当“研究孙”。他进了城你再去核实就省劲了。

朋友说:“荒唐!”

我有些委屈:“你爱信不信!”

朋友马上纠正道:“你误会了,我不是说你讲的故事荒唐,我是说你叫我去核实这个故事荒唐。”

朋友有这样的认识,我感到很自然,就把这个故事讲给更多的朋友听。谁听了都说张泉是老实人,张泉在那个小县城工作几十年是很不容易的。

但是张泉没办法,他是个工农兵学员,我们那个地方叫工农兵学员为“工兵”,虽然是个大专文凭,但正规的大专生工资是 34 块,工兵只有 29

块，张泉的老婆是县医院的护士，也是工兵，一月也是 29 块，两口子加起来才 58 块钱。58 块钱的总收入，张泉每月要给双方父母各寄 5 块钱，孝敬父母是义务，是传统美德，张泉还要给儿子每月存 5 块钱，那是个独生子女专户存储，存到 16 岁就有九千多块，那是一笔巨款，娶儿媳妇时买“三转一响”绰绰有余。张泉一家每月的伙食费和零星开支、人情客往要花三十几块钱。这样精打细算下来，每月还有十块多钱的节余，张泉就把它存起来，他相信积少成多、集腋成裘。

谁知道苦苦存了一百多块钱，一下子就除脱了 85 块。这 85 块钱不是他张泉花的，是公家花的，公家花的就该公家报销，但是张泉辛辛苦苦跑了好几趟，也未能报销。张泉有点垂头丧气，也有点歇斯底里，他甚至站在机关的大院里想骂人。

现在看来，85 块钱算个什么？可那个时候，85 块钱是一笔巨款，是张泉全部存款的百分之八十，是张泉月收入的三倍。要在平时还不要紧，恰恰这几天张泉等着用钱。

那天，张泉像热锅上的蚂蚁，叮叮咚咚跑到办公室找我：“老弟，快借我 85 块钱，急用。”

我一听吓了一跳，85 块钱可不是小数，忙问借 85 块钱做什么。张泉说：“他从存折上取了 85 块钱，必须马上存回去，老婆在家找存折。”

我一听就感到好笑：“你把 85 块钱存回去不就得了？”

张泉说：“存得回去个铲铲，我取来用了。”

我问张泉：“你做什么一下子用这么多钱？”

张泉说：“不是我用了，是公家用了，该公家报销，报了我就还你。”张泉告诉我，地区五四三办公室的李干事和小陈到我们这里来检查工作，恰恰我们县五四三办公室高主任回老家探亲去了，全权委托张泉负责接待工作。

我先叫张泉打住，先解释五四三办公室是干什么的。张泉告诉我说，五四三办公室就是五讲四美三热爱办公室。我又问张泉，五讲四美三热爱是什么？张泉说，五讲就是讲文明、讲礼貌、讲卫生、讲秩序、讲道德；四美就是心灵美、语言美、行为美、环境美；三热爱就是热爱祖国、热爱社会主义、热爱中国共产党。五讲四美三热爱开始是一项群众性活动，后来成了

精神文明建设的重要工作,各地都成立了五讲四美三热爱办公室,简称五四三办公室。

张泉说,我们县五四三办公室是刚成立的新单位,一共只有两个人,一个是副主任老高,一个就是张泉。按理说,五讲四美三热爱工作是属于意识形态,五四三办公室应该设在县委,但不知怎么搞的,地区五四三办公室设在专署的,所以我们县的五四三办公室就设在县政府里面,但具体工作还要经常请示县委宣传部,由宣传部牵头指挥。

张泉告诉我,接待地区五四三办公室李干事和小陈,张泉垫的85块钱是背着老婆干的,现在老婆的父母带信来说,要女儿女婿在城里帮忙买一批化肥,买好了通知村上的拖拉机来拉,家里的庄稼等着用化肥。张泉没想到接待上级的事和岳父母买化肥的事凑一起了,更没想到公家的事垫了钱会报不到账,再加上这85块钱是背着老婆垫出来的,现在要穿帮了,张泉只能先救急,借钱应付了老婆再说。

听了张泉的诉说,我就弄不明白,接待上级的花销,为什么不能报帐。我问张泉:“李干事和小陈是地区五四三办公室的工作人员?”

张泉说:“是呀,假不了。”

我问:“他们是来干私事吗?”

张泉说:“什么私事哟,他们是来核实和采访东泉乡两位盲人兄弟抚养一个孤儿成才的先进事迹的。”

我又问:“你超标准接待了?”

张泉说:“超什么标准,饭钱是乡里贴的,住宿是李干事他们自己给的,这85块钱是汽油费。

“怎么会产生汽油费呢?”

“我们五四三办公室没有车,是我从朋友的公司处借的车,从县城到乡里,又从乡里到村里,再从村里到盲人兄弟家里,采访了整整一天,然后在乡里吃了饭原路返回,来回加油用了汽油费85块钱。”

“这85块钱有发票吗?”

“有呀,数量、单位、金额,清清楚楚。”

“那为什么不报账呢?”

“哎呀,老弟,一两句话说不清楚,先借85块钱我救急吧。”

我知道张泉是个炬耳朵，在老婆面前百依百顺。再说，张泉是给岳父家买化肥，这是耽搁不得的，庄稼是枝花，全靠肥当家，庄稼施肥要施在节骨眼上，施迟了不起作用，庄稼缺肥会导致大面积减产，人误地一时，地误人一年，这是开不得玩笑的。我便慷慨解囊，从自己的积蓄里取出了 85 块钱，解决了张泉的燃眉之急。

张泉把老婆这边的事搁平了，就到县政府办公室去找张会计报账，只有报了账，才能还清借款。张会计和张泉是熟人，和我也是熟人，我们同在一个伙食团吃饭，天天两根筷子一个碗，叮叮当当地敲着，在伙食团窗口排队打饭。

张泉说："张老师，一笔难写两个'张'字，把我那 85 块报了吧？"

张会计是一位三十几岁的女同志，和和气气地对张泉说："其实，85 块钱也不是什么大数，但主任不松口，我能报吗？都是熟人熟事的，我才不愿意得罪人呢。这样吧，你叫左主任签个字，我马上报给你。"

张泉吃了饭，就去找县府办公室的左主任签字，左主任慢条斯理地问张泉："你说，五讲四美三热爱是经济基础还是上层建筑？"

张泉答："上层建筑。"

左主任又问："五讲四美三热爱，是精神文明还是物质文明？"

张泉答："精神文明。"

左主任又问："精神文明是县委牵头还是县政府牵头？"

张泉答："当然是县委牵头。"

左主任两手一摊："对了噻，你的 85 块钱该在哪里报账，明白了吧？"

张泉无言以对，本想在左主任面前说几句好话，下个矮桩，求他高抬贵手给张会计打个招呼，事就成了。但是张泉没有，他不但回答不了左主任的问题，还觉得左主任说的话有道理，县委主管精神文明，县政府主管物质文明，这话还会错吗？

当天下午，张泉就出了县政府大门，穿过一条横街，进了县委大院，张泉找到县委办公室的杨会计，把 85 块钱的性质、用途，接待地区五四三办公室同志的经过又作了一番陈述，央求杨会计把账报了。

杨会计也是一位三十几岁的女人，脸上长了两坨圆鼓鼓的肥肉，对张泉的啰唆早就不耐烦了："上次不是给你讲清楚了吗？怎么扭到吠呢？"

张泉说："杨老师，我们年轻人存几个钱不容易，公家的事，我们不能又出力又出钱嘛。"

杨会计脸一横："不是我不报，是你自己找错了码头，该报的账分钱不少，不该报的个钱没得。你有本事找右主任发个话嘛。"

张泉没法，只有硬着头敲开了右主任的门，右主任心平气和地听了张泉的述说，和气地给张泉提出了问题："小张呀，你是哪个部门的呀？"

张泉答："我是五四三办公室的。"

右主任又问："五四三办公室设在哪里呢？"

张泉答："设在县政府。"

右主任又问："你平时发工资，报账在哪里呢？"

张泉答："都是县政府办公室。"

右主任也像县政府左主任那样把双手一摊："你看，政府的部门，政府的人，接待上级政府部门的开支，怎么能在县委报销呢？杨会计是在坚持原则呢，你不要责怪她。"

右主任的话，张泉同样无言以对，本想发几句牢骚，压压火气也就忍下去了。人家右主任说的也不是没有道理呀？我张泉是县五四三办公室的人，五四三是县政府的工作部门，在县政府一口锅里舀饭，是该在县政府报账呀？

但是，两边都有道理，两边都不报账，未必要我张泉个人承担吗？张泉第二天吃午饭的时候，垂头丧气地对我说："老弟，借你那钱得等一段时间才还得上了，县委、县政府两边都不报账。"

我一听就觉得不可思议："岂有此理，找你们高主任反映噻。"

张泉说："那是肯定的，高主任已从老家回来了，可能今天就要来上班，他一来，我就找他，是他布置我去接待地区五四三办公室领导的，他不会不管。"

说着话我们就看见高主任过来了，他一只手握着瓷碗，一只手捏着筷子，排在打饭队伍的后头，张泉马上从前面赶过去，与高主任打了招呼，然后在高主任后边重新排队打饭。显然，张泉正在利用站队的空隙时间向高主任汇报工作。

我打完饭正要离开，就听见高主任一声怒吼："荒唐。"我猜想高主任肯定是为85块钱的报销问题而气愤,也不便打搅他与张泉的谈话,知趣地离开了。

后来听张泉说,那天下午,高主任听了张泉的汇报,顿时义愤填膺,高主任认为这不仅仅是个推诿扯皮的工作作风问题,还是对五讲四美三热爱的态度问题,还是对五讲四美三热爱办公室的态度问题,不争回这口气,五四三办公室还怎么生存,五讲四美三热爱工作还怎么开展?

高主任虽说是个副主任,但也是县级机关的老板凳了,说话做事并不虚什么火色,他说:“成立五四三办公室是县委、县政府的共同决策,把五讲四美三热爱工作作为两个文明一起抓的重大举措,也是县委、县政府主要领导同志讲话的一贯思想。没想到,一遇到这些具体问题就遇到了拦路虎,怪不得老百姓编顺口溜儿,上面放,下面望,中间有根抵门杠。”

高主任不输这个理,把张泉递过来的一摞加油发票,往笔记本里一夹,兴冲冲就去了县长办公室,他要到县长处告状,要为五四三办公室出一口气。秘书告诉他县长刚走,到县委参加常委会去了,叫他改时再来。

高主任是个急性子,哪等得到改时不改时。风风火火地又去了县委,他要在常委会开会之前见到县长。县长是他的老乡,说话就比较随便,要亲自找到他问个明白,五四三办公室的正常开支该不该报账。

还好,常委会尚未开始,高主任在会议室外向县长招呼示意,县长将手上的烟屁股杵到烟灰缸里,走到门外问高主任有什么事。高主任就把85块钱的事三言两语说了,还把一摞汽油票塞到县长手里。

县长什么也没说,接过高主任手上的加油票进到会议室,在县委书记的耳朵边耳语了一会儿,就听县委书记大声武气吼了一句:“荒唐,这种作风非治治不可。”

县委书记的话真真切切钻进了高主任的耳朵里,他心里闪过一丝快意,心满意足地闪开了,并不是因为85块钱马上就能报销,而是扎扎实实出了一口气,高主任心想:“五四三办公室虽是个袖珍单位,但也是个科级部门,谁也不比谁少只耳朵。”

回到办公室,高主任把县长、县委书记的态度学舌了一遍,又把推诿、塞则、踢皮球的机关作风批评了一通。高主任对张泉说:“五四三办公室虽然人少枪少,也不是后妈生的,该说的话要说,该干的事要干,当然,该报的账也要报，今后，量他左主任不敢再打卡张。”

果然，当天下午就接到左主任的电话，通知张泉到办公室去报账。张泉当然高兴，丢下手中的活儿就到张会计的办公室，边走边想，还是高主任有威力，到县委、县政府走一趟什么问题都解决了，老百姓怎么说的？老大难老大难，老大出面就不难，姜还是老的辣。

不一会儿，张泉就回到了办公室，脸上好像带着微笑又好像带着气愤。高主任问他：“账报了？”

张泉说：“报了，只有42.5元。”

高主任莫名其妙：“为什么？”

张泉告诉高主任，听财务室张会计说，85块钱的汽油费，常委会进行了认真的研究，精神文明建设县委、县政府都责无旁贷，85块钱一分为二，县委、县政府各承担二分之一，所以县政府只报到42.5元，还有42.5元要到县委报销。

高主任听了，半天没有言语，大口大口喘着气，把手上的钢笔往侧边一甩，“啪”的一声拍在桌子上：“荒唐！”

张泉不管那么多，有人报账就行，他跑了两个地方，就把所有的账报了，他把85块钱还给我的时候，绘声绘色地描述了报账的全过程，他说，高主任对此事的评价就两个字：“荒唐！”

其实，我的感觉与高主任一样，也觉得有些荒唐，便方的方点，圆的圆点，写了一篇小文，发在一个文学社团的同仁刊物上。我讲这个故事之前已经说过，我那篇标明小说的文章印成铅字以后，着实吃了一惊。

我不知道那篇文章是怎么传到领导们手中去的，也不明白为什么一篇小小的文章会惹出一场风波。事后据知情者说，领导们是在一次宴会的空隙看到了那篇文章，甲看了递给乙，乙看了递给丙，在座的领导都看了那篇文章，那篇文章就成了一桌酒席的下饭菜，领导们都觉得荒唐：我们的常委会是研究大事的，怎么会把85块钱的扯皮事摆进议事日程？

当然，脱不到爪爪的不是我，而是五四三办公室的高主任，85块钱的事情发生在五四三办公室，不是你高主任的责任是谁的？高主任有口莫辩，因为那篇文章虽然标明是小说，但它确实实实在在发生过。所以当组织决定高主任调离五四三办公室时，他怒不可遏，拍案而起：“荒唐！”

我不知道高主任说荒唐,是指那件事情,那篇文章,还是那个决定,反正高主任已经调离了五四三办公室,他大骂荒唐的时候,我也已经卷起被盖卷逃之夭夭,离开那个穷山恶水的小县城了。

黄光明的转干问题

午休的时候,我梦见黄光明了。

我感到很奇怪,只有日有所思,才能夜有所梦。但黄光明跟我无亲无戚,又没有什么深的交往,工作上也没有接触,再说我已经离开那个小镇十多年了,平时想也没想过黄光明其人其事,怎么一下子就梦见黄光明了呢?

我怀疑自己是不是睡迷糊了,是不是脑壳发昏了,是不是最近工作忙压力大,神经有点错乱了,想想都不是,黄光明能在梦里出现,说明他在我脑海的记忆中是留下了痕迹的。人的思维有点莫名其妙,你想回忆什么人和事的时候往往回忆不起来,你没想回忆的人和事,它突然就清清晰晰地演给你看。

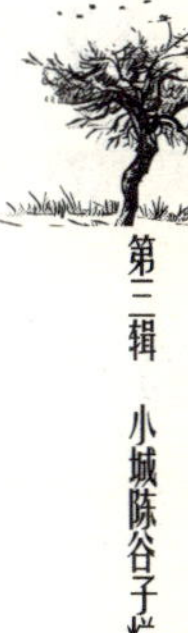

我看了看墙上的挂钟,午休的时间还没过,离下午上班还有一阵,我闭上眼睛,想再休息一会儿,但死活睡不着,黄光明在我眼前晃来晃去。我索性坐起来,起身端起茶杯,续上开水,口舌生津地喝了几口,在办公室的座位上坐下来,想做点什么事,但怎么也集中不起精神,脑壳想的全是黄光明,那个十年未见过面的黄光明。

第一次与黄光明摆谈是在厨房里。那时我们都住在县委大院里,黄光明穿一件倒土不洋的西装在楼梯转弯处叫住我说:"王老师, 你现在有事吗? "我说:"没有什么事,只想进厨房去弄饭,等会娃儿放学了,回家要吃。"黄光明说:"那好,我也进厨房弄饭,边弄饭边给你说点事情。"

我们同时进了厨房,走到各家的灶台边操作起来。那阵房屋紧张,年轻职工只能住单身宿舍,没结婚的两人一间,结了婚的一人一间,每层楼有一间厕所,紧挨着一间公共厨房。公共厨房里放了七八个燃气灶,分别属于七八户人家，各家在各家灶台上煮饭、炒菜，煮好了端回各家卧室去吃。

黄光明并不是县委的职工，他是县委大院的家属，他爱人在妇联工作，脸上有些雀斑，一说话就生动地显出来，可能就是因为长相有些难看，才屈尊嫁给了黄光明。黄光明倒是帅帅气气的，嘴巴也能说会道，就是工作不理想，他是一个镇上的文化专干，那个镇离县城很远，坐车也要走两三个小时，黄光明平时在镇上上班，每逢星期六星期天才赶车到县委大院与老婆团聚。黄光明的家与我在一层楼，并且门对门，黄光明每个星期天回来所做的事几乎千篇一律，到粮站买米，到菜市场买菜，在集体厨房里煮饭炒菜，在家里抹屋扫地洗衣服。

看得出来，黄光明是个耳朵有点耙的人，他把家里收拾得清清爽爽，把老婆服侍得舒舒服服。黄光明最大的愿望就是调到县城来工作，他是个文化专干，如果要对口调动就只有在文化部门，比如文化馆呀、图书馆呀、新华书店呀、电影公司呀、川剧团呀、文管所呀什么的。

我一边切土豆，一边对他说："你是文化人，吹拉弹唱都会，可以考虑调到文化馆工作，文化馆需要这样的人才。你调进城了，免得每个星期来回跑，要省多少人力物力财力和精力呀。"

黄光明说："王老师，我也这么想的，文化馆的工作我搞得下来，组织文艺演出，辅导文艺节目，整理文化档案，编发文艺简报都行。但麻烦的是，我是招聘干部，不是国家正式干部，招聘干部不能调到行政事业单位工作。"

我对黄光明说："事在人为，你最好在镇上先解决身份问题，解决了调哪里都可以。"

黄光明说："我也是这么想的，问题是我跟镇上当官的关系不铁，转干的问题迟迟没有解决。"黄光明告诉我，文化专干分三种情况，三种身份同时并存，有的专干是正式的招干指标，招进来就是干部；有的专干是招聘指标，招进来是聘用干部；还有的专干是招工指标，招进来还是工人编制。黄光明属于聘用干部，而聘用干部是调不到县里来的。

黄光明说："这极不公平，都是经过同样的考试招进来的，都是搞同样的工作，都是起同样的作用，为什么把人分成三六九等？"我认为是的，黄光明说得有道理，这牵涉到干部管理体制和干部人事政策，现在政策没变你就只有干瞪眼，明知政策有问题你也没有任何办法。

我问黄光明当了几年文化专干了。黄光明说："当了十年了，真是没得想头，你想嘛，抗日战争才打八年，我在镇上一口气干了十年，还是个聘用干部，聘干聘干，聘你就干，不聘就算。"黄光明告诉我，十年里，他兢兢业业地工作，除了组织演出，编排节目，还要当驻村干部，负责一个村的农业生产和计划生育工作。最难是计划生育工作，政府倡导安刮扎，有的叫鸡公偏要对着干，生了一胎生二胎，生了二胎生三胎，还不是他黄光明一户一户做工作，才完成了计划生育指标，还评过镇上的先进，一干十年，吃了多少苦，受了多少累。可以想象，黄光明还是蛮能干的。

黄光明说："这十年中，搞过两次转干，镇上共有四个聘用人员转成了正式干部，一个是现在的副镇长老陈，由聘用副镇长转成了正式干部，还任副镇长；二个是计划生育专干小莉，也由聘用干部转成了正式干部，还搞计划生育；三个是国土管理员小刘和农技员李麻子，一同转了干，唯独没有自己。"除李麻子外，黄光明比其他三人工龄都长，黄光明确实有些晕气。

我问黄光明："不是听说最近又在启动这项工作吗？你到镇上打听一下，看有没有机会？"黄光明说："确有其事，我已经向镇上伍书记打听了，伍书记说，县委组织部作了统一部署，要将农村乡镇的八大员中的优秀人员转为正式干部，指标是36%，算下来，我们镇上可以转两个指标。"伍书记还告诉黄光明，黄光明工作是有成绩的，文化站搞得红红火火，给镇上的工作是增加了光彩的。伍书记问黄光明最近文化站招聘工作人员的事情进行得怎么样了，黄光明汇报："按照镇党委的要求，统一招考，择优录取。"伍书记对黄光明说："这就好，希望你在这次招工过程中不要出差错，以实际行动迎接组织的考验。"

我为黄光明高兴，我告诉他说："机会是有时效性的，你一定要抓住，伍书记话都递到嘴边了，这次招工工作搞好了，你的转干问题就解决了。"黄光明连声说："谢谢，谢谢，借你吉言，借你吉言。"

听着老婆开门进屋的声音，我便手脚麻利地端着饭菜离开了集体厨房。

……

与黄光明的第二次摆谈，还是在厨房里。厨房里烟气很大，雾腾腾的，油烟味、麻辣味和饭菜做好了发出的香味混合在一起，让人有些难受。再难受也得进厨房，娃儿放学回家就要吃饭，吃了饭又要急忙赶回学校上课。

我一跨进厨房，就看见黄光明在他的灶台上炒菜，他动作娴熟，锅铲在他手里发出与炒菜锅摩擦时有节奏的声响，锅下的天然气冒出蓝蓝的火苗，锅里的回锅肉响着哧哧哧的声音，回锅肉的香味就盖过了让人窒息的油烟味。

黄光明见我进了厨房，先是热情地打招呼，继而递给我一把野葱，黄光明说是他从镇上带回来的，镇上的人不叫它野葱，叫野辣椒，用来做凉菜拌上佐料，香死人。我也不客气，从他手上接过野葱，就去水槽边清洗，边洗边问黄光明，上个星期天说的事情有进展没有？

黄光明说：“有进展有进展，我是文化站长，文化站招工作人员的任务就落到我头上了，上个星期天我不是给你摆过吗，伍书记说，文化站招工工作是对我的考验。我当时理解是叫我工作要细致，要公平，要按程序办事，这是对我工作能力的表现。这次回去后我才发现，真是天赐良机，天赐良机呀，王老师。”

我看着黄光明喜形于色的样子，差点忘了翻炒锅里的回锅肉，忙提醒他说：“回锅肉炒好了，铲起来再摆，再炒一会儿就成肉锅巴了。”

黄光明立即关了火，麻利地把回锅肉铲到一只大菜碗里，又在上面盖了一个中碗，以保持回锅肉的热气，然后舀水洗锅准备烧汤了，一瓢水倒进锅里，又给我摆起了他的天赐良机。

原来，黄光明接受了文化站招收工作人员的任务后，仔细翻开了文化站工作人员的报考名单，一个熟悉的名字跳进了他眼帘：余娟。余娟是黄光明妹妹的同学，跟他妹妹一道到黄光明家里做过客。余娟长得清清秀秀、漂漂亮亮，高中毕业后一直在家待业，要论长相，余娟作个文化站工作人员还是像模像样的，就是读书成绩差，脑壳没什么墨水，要硬考是考不起的。但余娟是伍书记的姨妹，黄光明在伍书记的办公室见过余娟，也完全弄清了余娟和伍书记的关系。余娟报考文化站工作人员，对于黄光明来

说，简直是机不可失，时不再来，如果做个顺水人情，想方设法把余娟招进文化站，让伍书记称心如意了，自己的转干问题不就迎刃而解了吗？心花怒放的黄光明在心里默诵着“踏破铁鞋无觅处，得来全不费工夫”的诗句，他感觉到自己时来运转了，老天爷给了他在伍书记那里立功请赏的绝好机会。

黄光明不愧是黄光明，他接下来做的事情是一般人想都想不到的，就是想到了也是不敢做的。这件事情黄光明当时对我有所隐瞒，后来我还是知道了，并从他口中得到了证实。

黄光明给在重庆读大学的妹妹打了电话，弄清了伍书记姨妹余娟的家庭住址和联系方式，他白天在文化站上班，晚上赶到余娟家头帮她复习功课。黄光明复习的内容说深不深，说浅不浅，有些是在读中学的时候学过的东西，黄光明一提及，余娟就有印象，再看一两遍书就记牢了，但大多数内容余娟是不知道的，特别是那些关于文化工作方面的基础知识，比如音乐呀、舞蹈呀、美术呀、书法呀等等，余娟从没接触过，全靠黄光明从最基础的东西开始进行辅导，并采取一问一答的方式，让余娟一一背了下来。

工夫不负有心人，黄光明的热炒热卖，确实帮了余娟的大忙，考试的时候，余娟发现，黄光明给她辅导过的题都在试卷上，余娟一口气就把题答完了，心里对黄光明感激不尽，她非常清楚地知道，这种考试是极不严格的，一不是高考，二不是全县出题统考，这是乡镇自己出题自主考试，说不定这题就是黄光明出的。

考试完了，余娟在乡场黄桷树下的石磨豆花饭店请黄光明吃饭，喊了豆花、烧白、青椒肉丝，还喊了一瓶老白干，余娟是真心实意感谢黄光明的。黄光明却一个劲地谦虚，说是余娟自己所学知识牢固，考试当然容易过关，他把收上来的几份卷子粗看了一遍，很多人的卷子连题都没做完，余娟的答卷肯定是最好的，不是第一名就是第二名，余娟这次招进文化站十拿九稳。

黄光明毕竟是黄光明，做了余娟的顺水人情，他随口就提起自己的转干问题，言下之意要余娟在伍书记那里美言美言。余娟当然懂得起，感恩之语掷地有声：“黄站长你放心吧，你的转干问题也是十拿九稳。”

黄光明的龙门阵摆完了，我的饭菜也做完了，看着儿子背着那个又大又沉的书包进了屋，我赶忙端上饭锅出了集体厨房的门，边走边为黄光明祝福，我想这么聪明的黄光明，哪有办不成事的，他的心愿一定能够实现。……

第三次见黄光明是第三个星期天，儿子吵着要去半沟水库划船，我想也好，就到半沟水库陪儿子玩半天，完了就在外边喊两个菜吃午饭，免得进那个烟熏火燎的集体厨房了。于是备了小手巾、太阳帽、矿泉水，又给儿子换了件干干净净的新衣服，一家人兴高采烈地出门了。

刚走出县委大院，就迎面撞见了黄光明，他又从乡下进城耍周末来了。我马上想起头个星期天与黄光明聊的话题，便随口问道："黄光明，你的事进展如何，恐怕大功告成了吧？"黄光明说："搞拐了，搞拐了，鸭子的脚板搞拐了。"我感到很诧异，十拿九稳的事情怎么搞拐了呢?未必煮熟的鸭子又飞了不成？便要向黄光明问个究竟。老婆在侧边显得不耐烦，儿子又一个劲儿地嚷着快点儿走快点儿走，我便草草与黄光明聊了两句，就与垂头丧气的黄光明告了别，领着老婆孩子朝半沟水库方向去了。

半沟水库划船是二十块钱一圈，船是橡皮船，限坐三人，必须在一个小时内划完一圈，超过一个小时就要重复计时收费。

划了一圈以后，我再没有兴致，便下得船来，在树荫下休息，老婆和儿子还未尽兴，划着船向水库深处漂去。我觉得无聊，便提了儿子的小书包，沿水库边沿溜达起来。半沟水库不大，沿水面修了条步道，有人在步道边钓鱼，有人在步道上散步，我想慢慢溜达一圈儿回到码头的时候，老婆与儿子正好划完一圈该上岸来了。

谁知溜达了一刻钟工夫，便与黄光明两口子撞了个满怀，原来小两口也闲得无聊，上半沟水库散步来了，我沿逆时针方向溜达，他们沿顺时针方向散步，就在水库的转弯处碰面了。简单寒暄几句以后，两口子便调头转来，陪我一道同方向溜达起来。

黄光明的爱人比他矮半个头，圆圆的脑袋上长着圆圆的脸，脸上的几个小麻子在阳光的照射下显得更加明显而生动。那几颗小麻子跳动了几下，麻子下的嘴就冒出一串话来，埋怨黄光明不会办事，我马上想起出县委大院时，黄光明说"搞拐了，搞拐了"的话，猜想一定是文化站招工作人

员的事出了差错。

一问果然如此。黄光明按照考题的内容到余娟处秘密帮助辅导了两个晚上,余娟的考分一出来,果然力压群雄,名列榜首。黄光明大功告成,吃完了余娟请他的石磨豆花,心情愉快地跑到伍书记那里报捷,简单汇报了这次组织文化站招工考试的情况,专门提到余娟确实能干,在十几名考生中名列第一。伍书记听了连连点头,夸奖黄光明这几年工作进步很大,不仅给他留下了深刻的印象,也给镇党委、政府的所有同志留下了深刻的印象。伍书记主动关心起黄光明的转干问题,问黄光明他们一同招进乡镇文化站的聘用干部,全县还有多少还没有转干。黄光明说:“全县共有六十九名文化专干,有一半的人是聘用干部,通过两次转干,恐怕现在大部分都解决了转干问题,全县大致只有不足十人还是聘用干部。”

伍书记说:“黄光明你当文化专干十年了吧?没有功劳有苦劳,没有苦劳有疲劳,这次争取把你的问题解决了算了,本次转干镇上只有两个指标,你算一个,广播站长肖英算一个,你们两人工作都很出色,时间也最长,我个人看法解决你们两个是搁得平的。不过这是我个人意见,还要召开党委会集体研究决定,转干问题要由分管书记曾正云提出名单来研究,这么多年你也知道,曾书记那人历来原则性是很强的,你要主动给曾书记汇报汇报思想,搞好与曾书记的关系。”

黄光明说:“伍书记呀,谢谢你多年来对我的培养教育,把我的转干问题解决了,就是解决了我的大问题,你就是我的大恩人,我会永远对你感恩的。曾书记那里你放心,我和他关系还是很好的,我在镇上工作了十年,跟镇上所有的同志关系都不错,特别是这次文化站招工考试,曾书记也有亲戚考得不错,估计排名靠前,他怎么会反对我的转干问题呢……”

话一出口,黄光明马上后悔莫及,他看见伍书记脸色迅速地由晴转阴,阴得严肃而深沉,伍书记恢复了原来不苟言笑的表情,半天没有说话,像在作深深的思考。黄光明闭了口,低着头,根本不敢再看伍书记那块阴沉的脸,他心里实在发虚,因为他不仅把考题内容变相地透给了伍书记的姨妹余娟,还变相透给曾书记弟弟曾正礼,而刚才的一句话,肯定在伍书记那里留下了破绽,黄光明痛恨自己那张臭嘴。

伍书记毕竟是镇上的一把手,也没有再问什么情况,只对黄光明说:

“你去把宣传委员给我叫来吧，这里没事了，该干什么各自干什么去。”

黄光明走了，宣传委员来了，嘴还没有开口，就被伍书记训了个铺天盖地。伍书记批评宣传委员道：“这次文化站招工，你是怎么组织的，怎么加强领导的，考题是怎么出的，考试是怎么进行的……”宣传委员被伍书记训了个丈二的和尚，摸不着头脑，就把准备张榜公布的考分报给伍书记审阅。

伍书记一审果然不出所料，曾书记的弟弟曾正礼得了个第二名，如果按分数录取，肯定是录取余娟和曾正礼，一共两个工作人员名额，刚好招进书记的姨妹和副书记的弟弟，哪有这么巧合的事情？

宣传委员正要申辩，伍书记脸色大变：“根据群众举报，这次招工考试，肯定有人作弊，现在我宣布，考试成绩作废，由宣传委员负责，重新出题，重新考试，绝不允许营私舞弊现象再次发生。”

黄光明摆到这里，我们正好溜回游船码头，老婆和儿子已离船上岸，正在黄桷树下的荫凉处向我招手致意。我无心再听黄光明招干考试的故事，便与黄光明小两口道了别，到黄桷树下与老婆和儿子会合去了。

……

后来因为工作变动，我就调离了那座小城，到重庆上班去了。我打听过黄光明的情况，说是那次招工考试，黄光明自作聪明把事情搞拐了以后，重新考试的事情全由宣传委员一人操作，再没有让黄光明沾过手。伍书记的姨妹余娟凭基础扎实，仍然考了个第一名，而曾书记的弟弟曾正礼却名落孙山，失去了进入面试的资格。

余娟理所当然进了文化站，与黄光明一块工作，而黄光明转干之事，从此杳无音信。

这事就这么过去了，一晃十年过去了。

……

离开小城十年，我从来没有想过黄光明的事，黄光明怎么就钻进自己梦中来了呢？

我感到很奇怪，只有日有所思，才能夜有所梦，但黄光明跟我无亲无戚，又没有什么深的交往，工作上也没有接触，再说我已经离开那个小镇十多年了，平时想也没想过黄光明其人其事，怎么一下子就梦见黄光明了呢？

零点二

我说的零点二，不是重量长度，不是面积体积，比如一个物体有多长呀，有多宽呀，有多高呀，有多深呀，有多大呀，有多重呀什么的。

我说的零点二，他是一个人，一个平平常常的人，普普通通的人。单位的花名册上、工资单上、干部登记表上都有他正南其北的名字，但大家不叫他的名字，都叫他零点二。早上见面，就有人打招呼："零点二，早啊"。中午下班，也有人提醒："零点二，吃饭了。"下午回家，还有人催促："零点二，下班了哟。"

我们单位是搞群众文化的，业务干部一大堆，群众文学呀、群众音乐呀、群众舞蹈呀、群众美术呀、群众戏剧呀、群众曲艺呀、群众书法呀、群众摄影呀，什么都有。而零点二呢？既是业务干部，又不是业务干部。说他是业务干部，是因为工资是走的职称系列，评了个群文中级；说不是业务干部，是因为他的工作岗位在办公室，开始作办事员，科员，后来当了办公室副主任、主任。当了主任，也只有正规场合，单位领导才介绍他是主任，一般的时候，还是叫他零点二。

零点二是从部队转业回来的，他的部队在西藏。零点二说："西藏那个地方，有两点我印象最深，一是山高不长草，风吹石头跑；二是女人脸上都抹了酱油，大家叫它高原红。"其实零点二到单位报到的时候，脸上也有两团高原红。

那天，办公室的同志给零点二接风，看着他脸上的高原红，就与青稞酒和酥油茶联系起来了，说这娃是青稞酒泡出来的，喝酒肯定了得。零点二连连摆手，把脑壳摇得像音乐家打拍子："不行不行，我最多只能喝零点二。"

这话马上让办公室主任钻了空子，他说："大家听到没有？他可以喝零点二，零点二市斤？零点二公斤？零点二箱？零点二吨？你们想象去吧。"

办公室秘书土匪马上就懂起了："零点二，我跟你干一场。"土匪给高原红命名为零点二。

大家就觉得很快乐，哈哈地笑，零点二也跟着笑，一口就把土匪敬的酒干了。

人事干部赵姐马上跟上来："零点二，我也敬你一杯，欢迎你加入群文队伍，欢迎你加入办公室。"零点二站起来，端起酒杯与赵姐碰了一下，也一口把酒干了。

打字员小莉把酒瓶接过去，给零点二斟满了："零哥，该我敬你了。"零点二连连摆手："不喝了不喝了，我只能喝零点二。"

小莉哪肯放过："主任的酒、土匪的酒、赵姐的酒你都喝了，我敬的酒为什么不喝，嫌我是个打字员嗦？"

这话哪里听得？零点二睁着血红的眼睛，把小莉倒的酒接过去，又是一口干了。这还不算，零点二要从主任开始，一人回敬一杯，主任敬了，土匪敬了，正要与赵姐碰杯时，身子一软就倒下去了。

从此以后，办公室的人都认识了零点二，全单位的人都认识了零点二，大家都叫他零点二。

"零点二，早啊。"

"哦，你早，你早。"

"零点二，开饭了。"

"哦，开饭，开饭。"

"零点二，下班了。"

"哦，下班，下班。"

后来，人们发现，从欢迎宴醉酒以后，零点二酒量大增，现在连主任和土匪都不是他的对手。大家都说零点二耿直，酒量是练出来的，能喝二两喝半斤，这种干部该提升。单位只要有领导需要拼酒，就把零点二推出去，为领导保驾护航，为单位增光添彩。

就这样，零点二成了单位的酒仙。酒一喝胆子就大了，要到歌厅唱歌。零点二那歌唱得不敢恭维，要音准没音准，要节奏没节奏，只是嗓门大，背起喉咙吼，有时听起像公鸭叫，有时听起像破锣响。

歌唱累了，就跳舞，开始是三步四步地走，后来练熟了，手上脚上就舞出些花样来，像是在跳表演赛，引来舞池里众多的目光。跳快节奏的劲舞他最扎劲，音乐一响，脚就发痒，手舞足蹈在舞池里乱蹦乱板，激情四溢。

歌也唱了，舞也跳了，如果酒劲还没消，就邀邀约约到茶楼打牌。零点二开始是不敢打牌的，赢了不好意思，输了又划不来，包包不鼓，上牌桌就没有底气。但经不起大家的劝诱，终旧坐到牌桌上了，有了一回就有二回，有了二回就有三回，慢慢地也就有瘾了，酒杯一端，胆子就壮起来，不敢打的牌敢打，不敢放的炮敢放。

这天，牌友们相约吃火锅，毛肚黄喉烫了两个小时，五十七度的老白干喝了三瓶，全都醉醺醺的了，问零点二还摸不摸，零点二胸口一拍，口齿已经不清了："摸，怎么不摸。"高一脚矮一脚就坐到麻将桌上了。

二麻二麻的土匪还有点清醒，捏着一张二筒不敢打，迟疑了一阵，终于还是打出去了，"啪"的一声拍在桌子上："二筒。"

哈哈，瞌睡遇到枕头。同样二麻二麻的零点二"哗"的一声推倒三张二筒："杠了。"

下手是赵姐，一双醉眼盯了零点二五秒钟："打噻，杠上炮，每家付二十哟。"

但是零点二运气好，没有放炮，赵姐是虚张声势。小莉是赵姐的下手，倒把赵姐的六万碰了，成全小莉下了轿。又是东南西北摸了一圈，小莉突然摸了张二筒，惊异得叫起来："独二筒自摸，和了。"

醉眼迷糊的零点二好生感慨："小莉小姐手气好好呀，二筒我杠了的，她都自摸了，运气好，运气好。"

同样醉眼迷糊的土匪和赵姐愣了半天，觉得有点不对，但恍恍惚惚的又回不过神，在那里木起了。

零点二自觉地数了两张拾元的票子递给小莉，马上催促土匪和赵姐："唧个的呢，别人自摸，给钱噻。"土匪和赵姐就昏昏戳戳地数票子。

只有侧边观战的几位同伴看得清楚，是小莉无意中把零点二杠了的二筒摸到手里去了，连说："错了，错了，小莉摸错了。"

四个牌友仍没有回过神来，看着侧边的同伴笑得前仰后合，也跟着乐

呵呵地傻笑。

不要以为零点二只会喝酒打牌、唱歌跳舞，其实他的工作很出色，连续写了几篇群众文化论文在市内外刊物上发表，还参加了全国群众文化理论研讨会，其论文刊载在《群众文化论坛》上，得到同行的认可与赞许。

零点二转业到单位的第三个年头，就升成了办公室副主任，还评了中级职称。办公室副主任是副科级，比中级职称工资低，人事干部赵姐征求他的意见："愿意走职称工资系列，还是职员工资系列，政策允许自由选择。"零点二就选择了走职称系列，但仍然是干的行政工作。

零点二当了办公室副主任，工作比以前忙多了，他分工负责行政后勤工作，大至预算决算、职工福利，小至簸箕扫把、鸡毛蒜皮。但零点二干得井井有条、任劳任怨，单位的清洁卫生呀，安全保卫呀，计划生育呀，车辆管理呀，好几样都评了先进，得到上级部门的表扬。而办公室主任呢，虽然是主持全面工作，但侧重于负责文秘工作，什么计划呀，总结呀，请示呀，报告呀，也搞得有板有眼、有声有色。大家都说："办公室主任和副主任一个能文，一个能武，配合默契、相得益彰。"

但是不久就传出闲话，说是办公室主任与小莉单独喝酒，喝着喝着就搞到一起去了。而事实并不是主任和小莉单独喝酒，当时零点二、土匪和赵姐都在场。年终评比，办公室得了先进，单位奖励了500块钱，赵姐就说："一人一百，拿来分了。"零点二不同意，说："办公室卖报纸还有300多块钱，加上年终奖就有800多，不如集体到'老四川'去撮一顿。"土匪和小莉马上赞成。主任就顺势作了决定："好，少数服从多数，就到'老四川'一醉方休。"

谁知一喝就过了量，把办公室的全体同志都喝得二麻二麻的了。零点二最恼火，喝醉了要去解手，穿穿倒倒来到洗手间，拉开蹲位的门里面灯就亮了，零点二觉得诧异，经常到"老四川"吃饭，没发现蹲位里面装了灯呀？复又把门推上去，灯就马上熄了。如此反复了几次，一拉门灯就亮，一关门灯就熄。零点二就觉得日怪，手也不敢解了，马上返回桌上对大家说："不得了，蹲位里装有暗器，老子不解手了。"

土匪不相信，就陪零点二一道又到洗手间观看。一看就笑得前仰后合，原来是零点二摸到餐厅的储藏室去了，拉门就亮关门就熄的并不是洗手间的蹲位，而是储藏室一个巨大的电冰柜。

二人哈哈大笑着返回席间，赵姐已经走了，只有主任和小莉还在，二人抱着正在亲嘴。零点二的酒意立即醒了三分：“主任，你娃不仁义，小莉是我的梦中情人。”

主任一把把小莉推开，尴尬了半分钟就镇静下来了，吩咐土匪把零点二送回家里休息，自己挽着小莉单独喝酒去了。

后来，零点二把冰柜当厕所的事和主任与小莉有私情的事都在单位传开了。零点二毫不在乎，喝醉了酒出点洋相没什么了不起，上班一如既往，嘻哈打闹一如既往。主任与小莉就不同了，丑事传开了，心里就有包袱，这种事情大也大得，小也小得，大到政治前途，小到声誉名声，二人对传谣信谣者恨之入骨。他们猜想，事情败露肯定是那天喝醉酒引起的，但那天赵姐离开了，看到现场只有土匪和零点二两人，土匪是主任的铁哥们，应该不会乱说，十有八九是零点二出的言语。零点二只是喜欢喝酒、跳舞，大大咧咧，但工作还是不错的，有的方面可能比主任还要出色，这不能不是对主任构成的威胁。再说，如果零点二想出人头地往上爬，对主任和小莉出了这种事肯定是难得的口实。想到这一层，主任就对零点二有了疙瘩，处处谨小慎微地防着他，工作配合也或多或少地有些影响。从这一年开始，办公室工作再努力，成绩再显著，也评不上先进了。

单位领导觉得办公室工作还是不错的，只是在团结上出了问题，但是再这样维持下去，终归不是办法，经过认真研究，任命零点二当了办公室主任，老主任调到文艺辅导部当部长了。

零点二当了主任以后，工作很有起色，在单位和主管局领导的带领下，在市里争取到了一个重大项目，就是修建群文活动大楼。群文大楼总投资 4000 万元，分培训中心、辅导中心、活动中心和行政办公中心四大部分。单位成立了工作班子，一把手亲自担任工作小组组长，办公室主任零点二和财务科科长为副组长。工程提上日程以后，零点二把他喝酒的长处发挥到了极致，带着单位的一帮美女到处攻关，半年内盖了一百多个红疤疤，群文大楼顺利进入了施工程序。单位职工觉得零点二是个人才，又会写，又会说，还会喝酒，原来还埋怨他喝酒误事，形象不好，现在才知道，喝酒很有学问，是一门艺术，能给单位建设带来好处。上级部门来召开民主测评会，就有人推荐零点二作单位的副职领导，管行政基建工作。

再说老主任调到文艺辅导部后，心里很不安逸，但工作还是很出色，成天深入基层调查研究，举办了一系列的业务干部培训班，特别是在群众文艺的创作上取得了重大突破，创作排练的音乐、舞蹈和戏剧节目连续在省里夺魁，还有三件作品一举获得文化部群星奖金奖，捧回来金灿灿的奖牌，为一座城市争得了荣誉，到处受到上级部门的表扬。于是在上级部门来进行民主测评时，也有很多同志推荐文艺辅导部部长作单位的副职人选。

一个老主任，一个新主任，各有优长，实力相当，但名额只有一个，到底谁能升一格，当上单位的副职领导，大家拭目以待。新主任零点二还是那样大大咧咧、大刀阔斧，似乎比老主任有更多的票源。老主任还是那样谨小慎微、兢兢业业，暗暗展示自己的才华，铆足劲要与零点二竞争，但民意天平觉得老主任城府深，不及零点二耿直，有人私下计算，可能老主任的票源要比零点二低两成。

恰在这时，发生了一件意想不到的事。群文大楼的基建工程急需购进一批建筑材料，包括钢材、木材和水泥等等，但单位的基建账户上早就现了赤字，根本付不出款，唯一的办法是向市里催拨一笔进度款，方可解燃眉之急。零点二便带了几个美女去与有关部门的业务人员吃饭喝酒。你一杯，我一杯，人人脸上红霞飞，特别是零点二，连喝了二十杯白酒，得到200万进度款。当零点二回到宿舍时，早已左脚敲右脚了。

几位美女把零点二扶上五楼，拉上门各自回家去休息了。零点二虽然喝昏了头，神志还是半清半醒的。得到200万拨款，心里很高兴，把早晨上班前喝过的剩茶叶水“咕咚咕咚”倒进肚子里，就想倒床入睡。睡下后觉得全身发热，赶紧起来把衣裤脱了，他想赤身裸体、凉凉快快睡个安逸觉。

零点二的寝室很小，单人床安在窗户边。就在他从床上站起来脱了衣服裤子要躺下时，一屁股坐到窗户外边去了，“咚”的一声，零点二从五楼摔下去，落在侧边二楼的瓦背上了。

零点二酒劲立即醒了大半，知道自己失了格，丧了德。摸摸手和脚，完好无损，摸摸脑壳和身体，屁事没得，整个家属院鸦雀无声，无人知晓。零点二便从二楼瓦背爬上主楼的走道，摸摸索索爬上五楼，进了自己的家门，倒头便睡。

零点二这一觉睡得安逸，第二天吃午饭的时候都没有醒来。当单位的人撞开他的门冲进来时，零点二才挣着身子从床上爬起来。单位的人一看零点二赤条条地站在床前，全都目瞪口呆没了言语，只有一把手把衣服裤子从地上拾起来，命令零点二穿上。一把手把头摇得犹如拨浪鼓：“零点二呀零点二，你让我说什么好呢？”说完，扭头就下了楼。

原来，早上上班时，单位领导接到打字员小莉的举报，说昨晚上有个流氓爬上了她的房顶，把瓦片砸穿了偷看屋里的人洗澡。那瓦背离地面不到两米，正在洗澡的就是小莉，一个没出阁的姑娘家，身子、大腿、乳房、屁股全被流氓看了。小莉吓得一夜没有合眼，天一亮就来向领导报案。

单位领导带了几个职工马上到小莉家察看，小莉的房顶上果然有屁股那么大一个洞，那个洞就在小莉的浴室头上，个子高的踮踮脚，伸手就能摸到。接着一行人又到主楼的二楼察看，发现小莉屋顶的瓦背与二楼连接处的女儿墙上还有血迹。一行人便顺着血迹找上了五楼，那血迹就从门缝缝钻进零点二屋里去了，大家这才想起零点二上午没来上班，“咚”的一声撞开了零点二的门，发现了酣睡如泥、赤身裸体的零点二。

没有人找零点二说话，也没有人找零点二核对什么情况，更没有人把小莉报案的事告诉他。零点二是单位的中层干部，又是群文大楼基建工程的干将，家丑不可外扬，单位领导一手遮天，就把零点二的事压下去了。零点二当然察觉到一些异样，没有人愿意和他说笑了，更没有人愿意和他喝酒，特别是在上级部门第二次到单位进行副职领导推荐时，零点二的信任票直线下降，百分之九十以上的员工都把票投给了老主任。零点二也不在乎，各上各的班，各干各的事，群文大楼的进度款源源不断地拨来了，整个工程进展顺利。

当群文大楼即将竣工的时候，老主任的任职命令就下来了。领导班子分工，老主任分管办公室工作、工会工作和基建工作，成了零点二的顶头上司。

老主任升了官，心情非常高兴，就单独请零点二到江边吃鱼。老主任把煮好的鱼一坨一坨夹进零点二碗里，一杯又一杯地给零点二敬酒。

老主任说：“单位的群文大楼即将落成，你为基建工程付出了蛮多心血，这第一杯酒，敬你为基建工作立下的汗马功劳。”零点二说：“哪里哪里，大家的成绩。”接过酒来，一仰脖子就喝干了。

老主任说：“第二杯酒，敬你多年来对我的工作的支持，现在我分管办公室、基建和工会工作，还望继续得到你的支持。”零点二说：“当然当然，一如既往，希望老主任加强对办公室工作的领导。”又把酒接过来一口干了。

老主任说：“这第三杯酒，敬你宽宏大量，不瞒老弟，我与小莉那点事是两情相悦，现在我才搞清楚，秘密并不是你透出去的，原来我当哥子的错怪你了，其实我早就与原妻离婚了，只是没告诉你们，请多原谅。”零点二说：“恭喜恭喜，喝喜酒不要忘了我。”主动端起酒杯，又一口干了。

老主任说：“谣传你上房偷窥女人洗澡的事，其实是个误会，大家怀疑你是对你的误伤，我给你正名。”零点二说：“感谢老主任，感谢单位的同事们，大家弄清楚真相了，也就没什么了，老主任我敬你一杯。”零点二给老主任碰了杯，又是一仰脖子喝了。

老主任说：“零点二啊，零点二，我们是多年的老朋友，兄弟伙，今后要互相关心、互相爱护、互相帮助，这剩下的一瓶酒，我俩一分为二，一口干了，过去我有什么对不住老弟的地方，小莉有什么对不住老弟的地方，你多海涵。”

零点二说：“这谁跟谁呀，能到一个部门工作，是我们的缘分，我这人一根肠子通到屁股，话明气散，兄弟一场，有情谊就行，有酒喝就行。”零点二顿了两秒钟，继续说道：“不过有一条，哥子今后最好不要一口一个零点二零点二的，那说明我太没水平了，依我现在的酒量，零点二早已名不副实，恐怕早就接近二点零了。”

老主任新主任哈哈大笑，各持半瓶白酒，“当”的一声碰得脆响，咕噜咕噜倒进嘴里去了。

大脑壳

战绩悬殊很大。大脑壳，十元钱；胖子，零光蛋；只有小三战功卓著，六千块。

大脑壳的十元钱是在新华路挣的。大脑壳站在新华路十字路口的第二根黄桷树下守株待兔，耀眼的阳光从黄桷树绿茵茵的阔叶间射下来，有些刺眼。但刺眼的阳光里走来一个人，穿件倒土不洋的廉价西装，一看就是个毛操哥。毛操哥是对着阳光走过来的，他眯缝着眼站在黄桷树下的时候，被守株待兔的大脑壳拦住了，一看黄桷树下砍路线的绿林好汉，一张口罩遮了两块脸，一副墨镜遮了两只眼，知道来者不善，善者不来，立马把身上仅有的十元钱掏了出来。大脑壳在他周身搜了个遍，再也身无分文，“啪”的一耳光扇过去：“滚你妈的，十块钱也来上街！”毛操哥无奈地看了口罩和墨镜遮得严严实实的一张脸，夹着尾巴逃走了，大脑壳就收获了可怜巴巴的十块钱。

相比大脑壳的十块钱，胖子更加惨淡。胖子路过派出所宿舍的时候，顺手从窗台上提走了一个高级人参酒的空酒瓶子，在菜市场的水龙头边装满了水，一瓶高级人参酒就装制成功了。胖子提着那瓶高级人参酒在菜市场穿上穿下地寻找发财机会的时候，盯准了一位丰姿卓约的少妇，一看那一身风情万种的打扮，就知道她是一位又有钱又大方的主。少妇从一个又一个蔬菜摊摊儿穿过来的时候，一不小心绊掉了胖子手上的“高级人参酒”，酒瓶子“啪”的一声摔在地上摔成了两半截，酒水流了一地，胖子拦在少妇面前，索要一千块钱的赔偿金。少妇先是一脸的歉疚，后是两眼倏然发亮，无可奈何地说：“好吧，我赔你一千元，你随我回家去取。”胖子就提着半截空酒瓶，跟着少妇往她家去，走着走着就进了派出所的门，胖子一激灵，骇出一身冷汗，把空酒瓶往地上一扔，像射箭一样往侧边巷子里逃跑了。现在回想起来，胖子还脸青面黑地颤抖不已，他不仅颗粒无收，还差点蹲了鸡圈。

收获最大的是小三，这让三位难兄难弟都感到意外。小三瞄准的一位老太婆，看她富富态态的样子，小三就认定有了发财的机会。看着老太婆背一袋米爬上坡路，小三就像雷锋叔叔一样上去助人为乐。

小三接过老太婆手中的米口袋时，弯腰在她颈子边吹了一口香气，老太婆就把米口袋乖乖地递给了小三，还把小三认成了自己的幺儿。老太婆说："幺儿，跟娘回家去吧，再不要在外面不三不四地鬼混了。"

小三说："大妈，你认错人了，我不是你幺儿，我是你幺儿的同学，住在幸福街头头上。"

老太婆说："你叫陈世贵吧，你哥哥叫陈世美，我幺儿经常提起你两弟兄。"

小三顺口就接过去了："是的，大妈，我叫陈世贵，是陈世美的弟弟。"小三差点就"扑"的一声笑出声来，他知道是自己的香气在老太婆身上发挥了作用，心里暗暗惊喜。

走到半坡上，小三叫老太婆歇一会再走，顺势又在她耳朵边吹了一口香气，老太婆就更加云里雾里了，把家里的什么事情都摆给小三听，还一个劲地表扬小三学雷锋树新风。她说要是自己的幺儿赶得上陈世贵的品行就好了。老太婆告诉了小三一个连她儿子都不知道的秘密，她家里存了六千块钱，是准备托人给儿子找工作的。

小三说："大妈，六千块钱找个一般的工作可以，要找个好工作恐怕不够呢。"

老太婆说："是呀是呀，要是能翻一番，存上一万两千块钱的话，我儿子的工作就十拿九稳了，粮食局张老头的儿子找工作就是花了一万两千块钱的。"

小三说："大妈，看在你儿子是我同学的份上，我好事做到底吧，把你六千块钱变成一万二千块。"

老太婆说："陈世贵呀，你还有那个本事？"

小三说："大妈，容易得很，今天的股市上出了一匹黑马，钱一投进去就翻番，投一千涨一千，投一万涨一万，咱们赶快回家把六千块钱取出来投进去吧。”

老太婆说：“要得要得，陈世贵呀，你跟我回家数钱吧。”拉着小三爬完最后一截上坡路，就开门进屋放了米口袋，摸摸索索进屋找钱去了。一阵窸窸窣窣过后，老太婆不知从什么地方掏出一个油纸口袋儿，拍了又拍，摸了又摸，几次要递给小三，就是一直没有过手。

小三说：“大妈，你放心吧，我给你写个收条，只要一个小时保证把你的六千块变成一万二。”说完，从裤包里摸出半包烟来，把剩余的烟抽出来揣进兜里，迅速拆开烟盒，在白板一面草草写了张收条：

今收到大妈现金六千块，一小时后归还一万二。

收款人：陈世贵

×年×月×日

小三递给老太婆收条的时候，又把一口香气喷进了老太婆的鼻腔里。

老太婆一脸幸福的微笑，捏了收条，把油纸口袋儿塞进小三手里：“陈世贵呀，抓紧时间，快去快回，大妈等着数钱哩，一会儿转来，大妈煮荷包蛋招待你。”

小三接过油纸口袋儿，像兔子一样飞奔出屋，在街边一间公共厕所里拆了油纸口袋一清点，不多不少整整六千……

当六千零十块钱的战绩汇在一起的时候，大家对小三的表现刮目相看，干豇豆用力拍了拍小三的肩膀，算是给小三的精神奖赏，大脑壳数出十张百元大钞递给小三，算是对小三的物质奖赏。

然后，三兄弟商商量量要到一个好耍的地方花天酒地一番，于是拦了一辆出租车，顺着斜阳落坡的方向直奔重庆而去。

到了重庆城，已是华灯初上。司机问在哪里下车，三兄弟齐声答道，哪里好耍就在哪里下车。出租车便拐了几个弯，在三兄弟都叫不出名字的一条街上停了下来，司机说，下吧，这是全市最有名的红灯区。三兄弟一看果然名不虚传，一间间店面灯火通明，赤橙黄绿青蓝紫闪烁迷离，饭店、酒吧、洗脚城、夜总会比比皆是。

在张鼓鼓一包钞票的鼓舞下，三人昂首阔步进了一家说小不小说大不大但装饰高雅堂皇的中餐馆，鸡鸭鱼肉点了满满一桌，海吃海喝地喝了十八瓶啤酒。

刚从中餐馆醉醺醺地钻出来，还没辨清楚东南西北，就被花枝招展的揽客小姐引进了一家夜总会。三兄弟连夜总会叫什么名字都没看清楚，就模模糊糊跟那小姐穿过大厅，上得二楼进了牡丹花包房。

入座两分钟，瓜子、花生、啤酒、果盘就上来了，跟着上来的还有六位小姐。六位小姐一字形排在三兄弟面前，任由他们过挑过选。大脑壳贪婪的目光从左边扫到右边，又从右边扫到左边，见六位小姐个个花容月貌、齿白唇红，上半截袒胸露背，下半截玉腿生辉，早就叫人心旷神怡、口舌生津了。大脑壳命令六位涂脂抹粉的小姐从一到六依次报数，报完数后，又命令一、三、五留下来，二、四、六退出去。

剩下的三位小姐分别紧挨着三位大哥坐下，先是唱歌跳舞、喝酒划拳，后是又搂又抱、又亲又啃。那位白裙子只有一卡长的风流小姐一对丰乳和一双玉腿总在大脑壳身上蹭来蹭去，把大脑壳撩拨得心旌摇荡，不能自持。大脑壳在白裙子小姐的玉峰上摸了一把，拍了拍她泡酥酥的屁股，就手挽手出了牡丹花包房，径直向三楼的单人房间去了。干豇豆和小三看大哥与小姐上楼去了，也学大脑壳的样子，与各自的小姐搂搂抱抱、亲亲热热地上三楼去了……

三位难兄难弟回到小城的时候，已是第二天中午。在新华路的十字路口分了手，各自向自己的家里赶去。

大脑壳蔫耷耷地爬一坡石板路，在一条烂渣渣的巷子里拐了两个弯，就站在了自己的家门口。大门被锈迹斑斑的铜锁紧锁着，大脑壳是有钥匙的，他可以从身上把钥匙找出来，开了门回家去，但老母不在家，他便无心进门了，扭转身想拐到街上去找一家洗脚城舒舒服服睡个午觉。

大脑壳小学还没念完就死了父亲，是母亲一手一脚把他拉扯成人的，读完小学读初中，读完初中读高中。高中毕业那年半截沟煤矿到小城招人，看到大脑壳五大三粗的有劳力，就问大脑壳愿不愿意到煤矿当工人，大脑壳头摇得像拨浪鼓："不去不去，哪个阳间的人干阴间的活儿哟。"第二年，月光林场又到小城招人，大脑壳的妈绕来绕去送了礼，要把大脑壳送到林场当工人,大脑壳还是把头摇成拨浪鼓:“不去不去,野物才一天到晚在大山里头钻。”大脑壳的妈就知道儿子心性高,一般的工作是看不起的,由着他成天游手好闲地瞎混混不是办法,当妈的才到镇办企业谋了第二份临时工,省吃俭用为儿子存钱,钱存够了就能像粮食局的张老头那样,给儿子在县城找份好工作,也算尽到养儿育女的责任。而这些,母亲都是瞒着大脑壳干的,当儿子的还模模糊糊地蒙在鼓里。

当大脑壳反身走出家门,要穿过那条烂渣渣巷子的时候,却被守门的任老头拦住了。任老头说大脑壳呀,你一晚上到哪里去了?你知道吗,你妈生病住进了医院。

大脑壳虽然在事业上不成材不争气,但对把自己含辛茹苦拉扯成人的老母还是蛮孝顺的。听说母亲生病住院了,立即就请教任老头,母亲到底得的什么病,住在县医院哪个科室。任老头告诉大脑壳,他母亲昨天下午被一个冒充她儿子同学的小混混骗走她省吃俭用节省的六千块钱,立即气得七窍生烟、口吐鲜血。是任老头打电话叫来了救护车,邻居们凑了一千块钱才把大脑壳母亲送进县医院的。

大脑壳还没听完,立即醒豁过来,小三,狗日的小三,你龟儿子骗来的竟然是我老妈的血,几弟兄海吃海喝的竟然是我老妈的汗,灯红酒绿消磨的竟然是我老妈的泪……

大脑壳先是“咚”的一拳捶在自己的大头上,后是“咚”的一拳捶在自己的胸口上,顿觉一阵头昏眼花、天旋地转。晕眩中,他看见自己的老母熬更守夜打工挣钱的片断,看见小三从老母手中骗走巨款那狰狞的狂笑的片断,看见三位难兄难弟在重庆城花天酒地、逍遥自在的片断,看见老母口吐鲜血推进县医院手术间的片断,一股热浪从心口上涌进喉管,又从喉管涌进口腔,化成一口红血喷薄而出,溅了任老头一身一脸。

田老十

田老十爱厂如命，在东泉制冰厂是出了名了。作为厂里的“开国元老”,他退休之前经历了三任厂长,三届领导班子都对田老十敬重有加。田老十是个老党员,他当过十几个人的入党介绍人,连钱厂长都是田老十介绍入党的。

田老十并非排行老十,他是地地道道的“独生子女”,只因几十年勤勤恳恳、任劳任怨,立过大功小功整整十次,人们对他的称呼,每捧回一张立功喜报就更换一次,从田老大、田老二、田老三……一直喊到了田老十。喊到田老十的时候,他就光荣退休了。

田老十人退休了,思想并没有退休,三天两头跑到厂里,这里看看,那里瞧瞧,领导哪点做得不对口味,就会立即给你来个猫洗脸。不要以为田老十爱管闲事,只是说说而已,你点点头连说几声“是是是”就可以敷衍过去,他还会不断地杀回马枪、炒回锅肉,一次又一次视察你,咕噜你,直到你答应的事完全兑现达标为止。

田老十退休后,厂矿企业试行承包经营,田老十很是抵触,常常大有微词,国家办的企业,私人来承包,承包人腰包挣圆了,工人们肚子饿瘪了,这是什么主义？后来上上下下到处都时兴承包经营,田老十也就不再出言语了,只要承包者有本事、有能力、能给企业带来效益,给工人增加实惠,田老十还是可以接受的。

但具体到东泉制冰厂,田老十就犯难了,这几年不晓得是哪根烟杆不通气,效益一直上不去,眼下年关将近,恐怕厂里连过年钱都发不出来了,加之老厂长年老体弱,最近已离职到重庆养病去了,工人们焦虑,田老十更焦虑,吃不好饭,睡不好觉,一杆接一杆地抽烟,牙齿熏黑了,嘴皮烧泡了，也没想出个子丑寅卯。如果真要搞承包经营，把恁大一个厂交给谁合适呢？田老十把厂里的能人一个又一个在脑子里过了一遍又一遍，一会儿点头，一会儿摇头，最后终于拿定了主意，他要动员副厂长老钱站出来，担当全厂的责任。老钱这人，是田老十介绍入党的，处处杵到拐棍走路，摸到石头过河，田老十信得过。

田老十上上下下做工作的时候，他的儿子田爱国却站了出来，田爱国不但提出了东泉制冰厂招标承包的具体方案，向上级主管部门进行了书面汇报，还串联一伙年轻职工，共同拥护他承包经营当厂长，据说还得到上级领导的肯定与支持。

事情传到了田老十的耳朵里，肚子里装不得蛔虫的田老十马上找到田爱国，非问个青红皂白不可。

田老十恶声恶气地问儿子："听说厂里招标承包的建议方案，是你提出来的？""对头。""听说你已向局里交了投标申请书？""对头。""听说你串通一伙年轻人拥戴你当厂长？""对头。"

连说三个"对头"，气得田老十火冒三丈、七窍生烟，一向百依百顺的儿子，一夜之间长了反骨，背着老子去报名投标，简直岂有此理。田老十烟屁股一甩："哼，看你小子不寻常，干起事情不认黄，眼睛一眨出怪象，背着老子搞名堂。"说完了自己也感到惊异，他田老十居然能在情急之时冒出一串顺口溜来。

田爱国马上申辩："爹，这事我不是跟你请示过几次吗？你一直没同意噻，说话要讲事实嘛。"

"五十哟，四十。老子一看你就是个二杆子，你到底算哪匹山上的好汉，你到底有几斤几两？你到底晒过几个太阳，过了几个六月？敢搅东泉制冰厂这锅烂稀饭？"

"爹，有你的支持，有全厂职工的信任，儿子我就不虚。"

"你不虚？你不虚老子还虚，你有何本事说来听听。"

"要是我当厂长，我有三大治厂措施：第一，精减科室人员，改善劳动组合；第二，实行计件工资，强化劳动纪律；第三，扩充销售队伍，收入全额浮动与绩效挂钩。这三板斧一砍，工厂再无起色，我就自动辞职。"

"哼，说得轻巧，吃根灯草。这样吧，今天先把答辩标书交出来，老子拿

去研究研究再说。”

田爱国心想，这倒是个办法，一来让老爹有个台阶下；二来呢说不定老爹还可以给我出更多更好的点子，全力支持我去承包，便把投标标书规规矩矩交了出来。

可后来的事大出所料，被缴了标书的田爱国居然还是坐上了答辩台与老钱争当厂长来了，并凭他嘴巴油腔滑调，还高出老钱十四票，成了东泉制冰厂的中标承包人。虽然中标，还必须按照程序交出五万元的风险抵押金，才能签定承包合同，正式走马上任。

会议才开到一半，田老十就坐不住了，他悄悄离开会场，翻起脚杆就往家里跑，把屋头的彩色电视机、双缸洗衣机、双门电冰箱、双卡收录机，连同几万元存折统统转移了。田老十知道，这是阻止儿子睁起眼睛跳岩的杀手锏，只要签订承包合同的期限一过，儿子无钱交纳风险抵押金，就会被迫放弃承包经营，厂长的位子就自然而然地落在了老钱身上。这样一来，不但可以使家庭免遭风险，更重要的是保住了工厂，保住了东泉制冰厂的希望和未来，好端端一个厂，能交给儿子这种屎冲屎冲的二杆子吗？

田爱国回家一看，不觉目瞪口呆，家里的电视机、电冰箱、洗衣机、收录机等各种值钱的家用电器不翼而飞。田爱国想，肯定是在全家参加职工大会的时候家里进了强盗，跟四幢的张师傅家一样，青光白天家里的东西被洗劫一空。田爱国急得满头大汗，他要先报告父亲，然后到派出所报案。

父亲到哪里去了呢？田爱国在宿舍楼三上三下，邻居家三进三出，楼下菜市场三去三回，也没有见到父亲的影子。

田爱国想，父亲退休前在冷冻库工作，爱岗如家的父亲莫非又到那里溜达去了？东泉制冰厂的冷冻库设在厂区背后的防空洞里，那是“文化大革命”后期工厂职工响应上级号召挖成的，能容纳好几百人，当时备战备荒，防空警报一不小心就在天空叫起来，确实令人毛骨悚然。“文化大革命”后防空活动冷落下来，加上厂房紧张，干脆把后半截改成了冷冻库。当然，各种警报装置仍然完好无损，随时可作防空之用。

田爱国一口气跑拢防空洞一看，果然不出所料，父亲正躺在值班室的木床上抽烟。田爱国上气不接下气地报告了家里的失窃情况，拉着父亲就要去派出所报案。

田老十脸一垮："报啥子案？坨坨肉胀多了不消化呀。"

"爹，家里进了强盗，'一彩三双'不翼而飞。"

"实话告诉你吧，家里的东西是我转移了，我才不愿意你拿去抵押当厂长呃。"

田爱国一听，一切都明白了，所有原因都是制冰厂承包引起的。他就是想不通，父亲为什么对自己这样不信任，开始是不准儿子站出来承包，如今竞争成功，又不准儿子交抵押，父亲硬是矮子过河，安了心要把儿子的事情搅黄哩。就在父亲面前哀求起来，请求父亲把东西交出来，把存折也交出来，支持儿子作抵押，支持儿子干事业。

田爱国说："爹，我已经中标了，一交风险抵押金就是厂长了，可是连你都不理解我、支持我，我这个厂长还怎么当呢？"

田老十脑袋一昂，劈头盖脸就数落开了："哼，你小子也不吐把口水照照，你有啥子本事当厂长，是人不是人都想坐上座吗?蒿子杆改楼板，你狗日的还不是那块料？"

"哼，你小子坐在答辩台上跟老钱比高下，人家党龄比你年龄还长，胡子比你头发还长，过的桥比你走的路长，你狗日的算哪匹山上的野兽！"

"哼，你小子想把家里的存折和家电拿出去作抵押，那是老子一辈子的血汗钱，哪个愿意拿出去打水漂？肉包子打狗，有去不回！"

"哼，你小子想当厂长，告诉你吧，东泉制冰厂是国有资产，是国家的不是你的，不管败在哪个手头也不能败在你的手头，国家财产比地大，比天大，有我们这些老疙瘩在，你就死了这条心吧，不要癞格宝想吃天鹅肉。"

田老十说完，"哐——"的一声拉开冷冻库的门，气冲冲扬长而去了。

田老十离家后，整整一个星期没有回家。开始，田爱国很伤心很难过，到处打听寻找，也没有父亲的下落，后来在重庆疗养的老厂长告诉他："不用找了，你爹在重庆城忙乎哩，你就专心致志干自己的事吧。"田爱国确实没有更多的精力和时间去考虑父亲出走的事，而是听了老厂长的话，一心扑在了工作上，他要按照自己的设想，甩开膀子砍它三板斧，一举改变东泉制冰厂的面貌。

老厂长的话没错，田老十在重庆城里忙乎着哩，他复写了数十份材

料，到市里有关部门反映情况，要上级出面干预东泉制冰厂的问题。田老十一再申明，作为一个老工人、老党员，自己没有半点私心，关心国家财产、维护企业利益，是自己的一份责任。按理说，自己的儿子当厂长，应该是一种光彩，可儿子太嫩，嘴上无毛，办事不牢，担不起这副担子，到时间，一害自己，二害大家，三害企业，损失就大了。要说儿子太嫩、不知天高地厚倒也情有可原，县里那些头头们不该如此糊涂呀，难道能让我们老一辈创立的这份家业如此毁了吗？

没想到，市级机关那些同志，对他也不理解，有的劝解，有的安慰，有的还批评他思想保守落后，跟不上大好形势，特别是那些当官的，根本就不想跟他啰唆，随便支个人支间屋子："你跟他们谈谈吧。"

田老十明白，官越大越懂道理，越懂道理越好说话："我不跟你们说了，我要见市长。"

人们说："好呀，你到信访办去吧。"

田老十也不虚火，去就去呀，信访办未必不是人去的，就急急匆匆出了机关的门，神气十足往信访办走。走拢信访办门口，突然就被在城头疗养治病的老厂长拦住了，老厂长把田老十拉到一边，耐心听完了田老十说的情况，禁不住哈哈大笑："老哥子，你告啥子状嘛，今天我才跟你儿子通了电话，他已经签订了承包合同，正带着大伙热火朝天的干呢。"

田老十问："这么说，田爱国已经当厂长了？"

老厂长说："那当然，就等上面下文了，告诉你吧，停工三个月的冷冻项目明天就要开工生产了。这样吧，咱们也别进信访办了，先到我那儿住下来慢慢摆。"说完就引着田老十往外走。

田老十边走心里就打起鼓来，老厂长咋个对厂里的情况如此清楚呢？看来我儿子跟他早有预谋，怕我回厂碍了他的手脚，想方设法把我拴在老厂长这里。田老十越想越觉得情况严重，花花肠子一转，扯把子到厕所解手，放靶子溜之烟杆了。

田老十回到厂里一看，心里更加着急，既后悔自己不该离厂离家，造成被动局面，又庆幸自己做事果断，甩掉老厂长杀了回马枪。田老十路过家门而不入，对对直直找到副厂长老钱，开门见山地问："老钱，我放在你家的彩电、冰箱、洗衣机还在吗？

“在呀，老哥子，安安全全地放着。”

“我把东西转移到你家，一点也没走漏风声？”

“没有哇，老哥子，咱俩不是商量好了的吗？天知地知，你知我知呵。”

“那，田爱国怎么签的承包合同？他哪来的五万元的抵押金？”

“老哥子，打开窗子说亮话吧，是我老钱把多年的积蓄，全部借给他了。你当时只要求我保管东西，没说过不许借钱嘛！”

田老十脸色突变，牙巴咬得“嘣嘣”响，盯着老钱足足恨了半分钟，才从嘴里挤出一句话：“叛徒，无耻的叛徒！”

十分钟后，田老十一头闯进了厂长办公室，“咚”的一声跪在儿子面前：“爱国，爹给你磕头了，看在你早逝的母亲面上，为了东泉制冰厂的前途，你就不当这个厂长了吧，你知道吗？这将给工厂带来多大的损失，你这是在犯罪呀！”

田爱国回答说：“爹，你先回家休息吧，做儿子的什么事情都依你，这事我得自己作主，现在我是厂长，得我说了算，回到家里，要打要杀就由你了。你知道吗？东泉制冰厂今天开工生产了，现在离开机时间还有五分钟，全厂都进入了临战状态，只要我一声令下，停产三个月的东泉制冰厂就会沸腾起来。”田爱国无论如何也把田老十拉不起来，千钧一发之际，扔下一句话：“你要跪就一直跪着吧！”硬起一条心，抛下跪在地上的田老十，急匆匆直奔车间而去。

田老十绝望了，禁不住大骂出口：“田爱国，你不像爹，不像妈，像你妈坨怪糍粑，孽种、孽种啊！”一屁股坐在地上，号啕大哭起来，比捣了祖坟还伤心。突然，不晓得是哪根神经通了电，腰杆一硬站了起来，两眼鼓得像一对乒乓球，像赛跑一样向防空洞冲去。那里装有全厂电动开关的总闸，只要拼死把住总闸，他们就别想开工，东泉制冰厂就算还没有落在败家子手里，就不会毁于一旦。

可是，田老十刚刚跑拢防空洞门口，总闸就打开了，一根根烟囱冒出了白烟，一台台机器启动了马达。作为工厂的主人，田老十一股强烈的责任感和正义感涌上心头，他不能看着几十年流血流汗创立的家业白白地葬送，他要冲上去，拉响冷冻库的警报器。那时，共产党员、共青团员、全厂职工就会召之即来，有了广大群众的力量，东泉制冰厂就自然有救了。

田老十疯狂了，彻底疯狂了，只听他背起喉咙，大声呼喊：“工人同志们，保住工厂，保住工厂啊！”说完，奋不顾身，一头撞开了防空洞的大门，接着，冲进了防空洞，冲进了值班室，冲进了冷冻库，拉响了十多年未曾响过的防空警报。

警报一响，厂区就乱成了一锅粥，喊的在喊，叫的在叫，跑的在跑，工人们纷纷扔下手中的活儿，扑爬跟斗地向防空洞涌去。十多年没响过警报声了，这一响恐怕真的是“狼来了”，大家心子把把都捏紧了，提心吊胆等待一场灾难的来临。

可是五分钟过去了，十分钟过去了，整整半个小时过去了，什么也没有发生。大家开始诧异起来，这是怎么回事呢?是真有什么空袭，还是在搞防空演习？或者是哪个吃饱了没事干，恶作剧地拉响了防空警报?

人们终于发现，紧紧把住警报器开关的是老党员田老十。这位东泉制冰厂的开国元老拉响警报器后，终于筋疲力尽困在防空洞的冷冻库里没有出来。

现在，田老十已经和冰砖融成一体，雄赳赳、气昂昂地挺立在冷冻库的中央，像一尊刚刚雕成的冰雪纪念碑。

新厂长田爱国一看，什么都明白了，“咚”的一声跪倒在状如丰碑的父亲面前，悲痛得泪如泉涌。全厂职工也默默地跪下了，在防空洞门前排成了黑压压一片，好长时间全场屏声肃穆、凄惨悲凉。只有那“呜呜”的警报声还在叫着，像一曲唱给老党员田老十悲壮的挽歌。

小 白

小白决定，一定要走进那座灰白色大楼。

那座灰白色大楼是权力、威严、道德和正义的象征。在这座小城居住了七八年，小白从未走进过那座大楼，也从不敢走进那座大楼，那座大楼到底有多高贵、多深沉、多复杂、多神圣，小白非常模糊和懵懂。

走进那座大楼，小白是犹豫的，他不愿毁了梅姐，毁了自己，毁了千辛万苦挣来的幸福生活。同时，走进那座大楼，小白又是坚决的，他不能不从漆黑的夜里走向黎明，不能不从晦涩阴暗走向光亮，不能不从万般无奈走向解脱和自由。

小白决定，一定要走进那座灰白色大楼。

认识梅姐，是在八年以前。八年前，他不属于这座小城，他出身的那个夹皮沟离这座小城还有三十公里。仅仅三十公里，一个在天上，一个在地下，小城有宽宽阔阔的街道，川流不息的人群，高入云天的楼房，琳琅满目的商品，小城就是人间的天堂。

那时候，小白不敢奢望走进天堂，只要能走出地狱，到乡政府做一名计划生育专干也就心满意足了。想想嘛，晴天不晒太阳、不流汗水，雨天不戴斗笠，不背蓑衣，每月有一股浸水流进自己的兜里，手一伸金手表，脚一踢华达呢，那是多么舒服、多么惬意呀。

遇缘，小白认识了梅姐。小白走进乡政府办公室的时候，梅姐在考官席上坐着，那时候他不知道梅姐姓梅，只微笑着称呼："老师，您好。"

也在考官席上坐着的乡党委书记说："这是梅主任，县计划生育委员会梅主任。"

小白就抬头轻轻地盯了她一眼，怯怯地叫了一了声："梅主任。"小白明显感觉到梅主任在打量他，那一双眼睛发出明亮的光，与小白的眼光对视一瞬之后，先是从上到下，又是从下到上地打量他。接着梅主任就提了一个又一个问题，小白就按着自己的思路怯生生地回答。小白看见梅主任和党委书记都在一张表上作记录，他知道那是对他的印象和评价，要嘛是英文字母的ABCD，要嘛是阿拉伯数字几点几分。

面试很快就结束了。小白退出办公室的时候，外面还有两个人候着，小白就再明白不过了，这两个人都是自己的竞争对手。这次乡里物色计划生育专干，只有一个指标，而连自己一起参加面试的至少就有三人，看来乡里搬来县计生委梅主任作考官，是要从面试者中筛选人，选谁不选谁，恐怕就取决于考官席上坐着的那个梅主任。

小白不知道自己能不能被录用，只能心烦意乱地等着，不久就接到乡里打来的电话，说梅主任同意录用小白为乡里的计生专干，三天内到县计生委去完善聘用手续后，即可到乡政府报到上班。小白一下子蹦了起来，天呢，运气来登了，自己被录为乡里的计生干部了，这意味着小白从此跳出龙门，再不用在十八层地狱里受煎熬了。

小白跨进梅主任办公室的时候，梅主任一脸苦相，眉头紧锁，双手在太阳穴上使劲地揉搓和摁压，见小白进屋，只点了点头，用眼睛示意他入座。小白坐了一会又站了起来，看着梅主任痛苦的样子，猜想她不是感冒了就是偏头痛，正好自己学过几天中医，推拿按摩不在话下，就走到梅主任身边："我给你揉揉吧。"也不管梅主任同意不同意，就用心地给梅主任做起头部按摩来了。

揉了一阵，梅主任感觉轻松多了，眉头就慢慢舒展开来，她扬起头来："谢谢小白，现在感觉清爽多了，你再使点劲，给我按按太阳穴吧。"梅主任从办公椅上站起来，坐到沙发的扶手上去了。小白就移到梅主任身后，用两手中指使劲地在梅主任的太阳穴上摁压，梅主任连呼"舒服舒服"，顺势把头往后一仰，就靠在小白的怀里了。小白一阵惊悸，感觉到梅主任头发里发出一股香味，他说不出那叫什么香味，只觉得蛮温暖、蛮好闻，就用眼睛居高临下地打望梅主任圆圆的脖子、圆圆的肩膀和圆圆的胸部，两手就迟疑和颤动起来，软软的没了气力。

梅主任身体不舒服，小白的聘用手续也就没有办成，他只能在东方红旅馆开了一个房间，第二天再去计生委办手续。躺在床上，百无聊赖地晃着电视遥控板，心里想着梅主任的脖子和脖子下面那白生生泡酥酥的乳房，他被梅主任风韵犹存的姿色所吸引，一种想入非非的感觉油然而生。

突然就听见有人敲门，先是一下，再是两下，尽管响声不大，他还是真真切切听见了。小白拉开房门的时候，扎扎实实吃了一惊，站在门外的竟是让自己刚才想入非非的梅主任。

梅主任进得门来，一把就把小白抱住了。小白毫无思想准备，感到异常紧张和害怕，从娘肚子出生二十二年以来，除了亲娘，他还没有被任何女人抱过，小白想说点什么，又不知道怎么说，口里喃喃地喊到："梅主任……"

"什么梅主任，叫我梅姐。"

小白就怯怯地轻轻叫了一声："梅姐，梅……"

第二个姐字还出口，嘴巴就被梅姐那抹了口红的性感嘴皮给封上了。梅姐把小白吻得面红耳赤、情不自禁的时候，就拉着他的手向床上扑去，顺手就扭熄了头顶的电灯。

小白是还没有开过叫的童子鸡，哪里遇到过这种阵仗，半推半就滚在床上，口里颤声说道："梅姐，要不得，要不得。"

梅主任哪管这些，一对大乳抵得小白气促得话都说不出来，一双温暖柔软的玉手从上往下摸了下去。小白再也不能自持，三刨两爪脱了内裤，严严实实就给梅主任压了上去，房间里立马就响起小白粗重的喘息和梅主任"啊——啊——"的呻吟。

第二天，小白顺利办完了聘用手续，他成了乡政府的计划生育专职干部。从此，他就一直称呼梅主任为梅姐。

小白几乎每个月都要往县城跑，路费、食宿费和其他花销几乎花光了小白所有的工资。小白不可能不往县城跑，梅姐给了他工作，给了他身子，给了他从未有过的惬意，时常让他感激涕零。只要十天八天没见梅姐，他就想她。在小白的心里，梅姐是那么有水平、有威严、有姿色、有柔情，叫人不能不思念、不能不痛爱。小白到了县城往往先找一个旅馆住下来，然后就给梅姐发短信，梅姐就会按短信的指引如约而至，有时与他共进午餐，有时与他共进晚餐，有时梅姐太忙，既不与他共进午餐也不与他共进晚餐，但晚上她是一定会去的，她要去满足小白，也满足自己。

只要梅姐对得起小白，小白就不能辜负梅姐，小白觉得自己也越来越离不开梅姐了。梅姐美丽的相貌、美丽的胸脯、美丽的大腿和那个美丽得令人着迷的地方，已经牢牢地印入小白的心中。每次与梅姐在一起，小白都充满激情发挥自己，不遗余力地表现自己，目的只有一个，就是要让梅姐快活、舒服、安逸和满足。

但时间一长，小白就有所顾虑了，毕竟自己还没结婚，与梅姐相差二十岁的年龄，再说，成天往县城跑也不是个事，毕竟乡政府离县城还有三十公里的距离。可梅姐在电话里说，年龄不是问题，远近不是距离，你来不了城里，我来得了乡里。

梅姐下乡检查指导工作，总在书记、乡长面前表扬小白，说他聪明能干、责任心强、工作突出。小白所在的乡计划生育工作每年都名列前茅，受到县委县政府的表彰，年终的时候，县计生委往往会下拨一笔奖金，除了奖励书记、乡长以外，计生干部小白当然有份。

因此，小白的工作更加卖力，小白在梅姐身上的表现也更加卖力，每当梅姐下乡视察工作之时，就是小白出力流汗之日，小白白天要与乡领导一起陪梅姐视察、吃饭，晚上还要单独送梅姐到旅馆休息，那是什么“休息”呀，一男一女都是运动员，尽干体力活，有时候晚上“休息”了还不解渴，第二天一清早还要敲门入室，与梅姐再“休息”一盘。

梅姐也越来越离不开小白了，相聚频率由原来的每月一次改成了半月一次，小白再忙，也会想方设法挤时间搭班车赶到县城，与梅姐相逢在一起，快活在一起。

小白没想到的是，梅姐担心小白赶车太累，太耽搁时间，送了一辆半新半旧的小轿车过来，梅姐没说那车是哪里来的，属于哪个单位所有，只把一串银光闪闪的钥匙举在手中：“答应我一个条件，你就对这辆车拥有使用权。”

小白说：“你说吧梅姐，什么条件？”

“每个星期一次，你开着这辆车到城里来看我。”

小白说：“好吧，我每个星期都来。”

这样，小白就得到了那串钥匙，就有了那辆小车的使用权。他每个周末都开着那辆银光闪闪的灰白色小车来到县城，把车停在县政府招待所的院坝里，开了房间与梅姐拥抱和厮磨在一起。小白是有报恩之心的人，他懂得滴水之恩，当涌泉相报的道理。

后来，小白觉得梅姐有点得寸进尺了，说好的每周一歌，但有时往往没到周末，梅姐就要“唱歌”。小白不知道梅姐的男人是干什么的，也不知道梅姐的男人长得怎么样，但他肯定梅姐是有男人的，没有男人怎么会有一个上中学的女儿呢？可能是梅姐那个欲望太强，她男人满足不了她的需求吧？民间怎么说的？女人三十如狼、四十如虎，梅姐正当四十出头，她就是一只睡在自己身边的虎。

小白更没有想到的是，梅姐主动提出调他到县城去工作，那是他梦寐以求的地方，对小白来说，那座五彩缤纷的小城就是人间的天堂。小白说：“谢谢梅姐，到县城来工作是我最大的人生目标。”

梅姐狡猾地笑了：“且慢感谢，上次送你小车，只有一个条件，这次进城，得有两个条件。”

小白问道：“哪两个条件？”

梅姐说：“第一，我有需要时你要随叫随到；第二，试用期一年，试用合格正式调动，试用不合格回到乡里继续做你的计生专干。”

小白说：“要得要得，我随叫随到，随叫随到。”

不久，小白就调进了县城，安排在县计划生育指导中心挂职，作了站长助理。

小白当了站长助理，工作还真是不错，每天给站长抹屋扫地泡茶水，这些小事他干得很好，单位正在进行党员重新登记工作，三天两头开会学习，每次会议材料的准备，工作简报的撰写，小白都搞得井井有条、有板有眼，多次得到计生委的表扬。最关键的是，他坚守了自己的承诺，对梅姐随叫随到。

小白进城时间短，单位没分住房，就租住在县政府的招待所里，小白那辆灰白色的小车，白天开出去，晚上开回来，就停在招待所内院的坝子里。往往是，小白的小车什么时间往招待所一停，什么时间就会出现梅主任的身影，有时候，小白正在单位上班，梅姐一个传呼，他也只有丢下工作，屁颠屁颠赶回招待所，把车一停，匆匆忙忙上了楼，打开门迎接梅姐的光临。小白慢慢觉得自己很累很苦，不单心上很累很苦，身上也很累很苦，他弄不明白，那么衣冠楚楚、仪表堂堂的梅姐，为什么那么强的欲望，那么大的干劲。小白有时真想不进城了，不伺候梅姐了，就在乡下工作不也一样吗？但这种想法就像刚点燃火的烟头，一冒烟就被自己掐灭了，小白坚信两个字，坚持，坚持就希望，坚持就是动力，坚持就是胜利。实践证明，小白的努力是值得的，试用期满，小白正式办理了调动手续，正式成了这座他终身向往的小城的居民了。

成了指导站的正式职工，小白仍然没有分到房子，国家有政策，从小白调入县城的那年起，任何单位不再进行福利分房，一律采取货币分房的办法解决职工住房问题，但货币分房也只才刚刚试点，大面积推开不知猴年马月。小白心里着急呀，长年住招待所不是办法，梅姐三天两头往招待所跑更是不妥，在这座小城，梅姐谁不认识？住这个小小的招待所，自己那辆灰白色小车谁不认识？久走夜路哪有不撞鬼的呢？小白成天在想，要是能有一套自己的房子就好了，但是他哪有那样的能力呢？自己的工资每月才一千多块，而眼下小城的商品房一平方米就是两千多块，一个月工资不吃不喝只能买半平方米房子，小白何年何月才能有一套自己的房子呢？

恰在这时，梅姐把小白带到大众公园的岔路边，指着一幢漂漂亮亮的房子说："小白呀，从下个月起，你就可以搬进这幢房子的四楼三号，两室一厅已经装修完毕，正在打扫清洁卫生，你再也不用住政府招待所担惊受怕了。"

小白喜出望外："真的吗，梅姐？这房子是怎么来的？"

梅姐说："怎么来的你不管，反正不是计生站的，也不是计生委的，跟公家没关系。"

小白完全按捺不住自己的喜悦，短短的几年时间，就实现了人生的三级跳，真是一步一个大台阶。第一步，他跳出了龙门，有了日思夜想的工作；第二步，他跳出了夹皮沟，进了梦寐以求的城市；第三步，他搬出招待所，有了自己想也想不到的两室一厅。

一个月后，那幢楼房的4—3号打整完毕，小白在梅姐的带领下查验了一遍。梅姐像上次举着小轿车钥匙那样举着房门的钥匙："小白呀，从今天起，这套房子就是你的了，算梅姐送给你的礼物。”

小白自是满脸喜色：“谢谢梅姐。”就伸手去接梅姐手中的钥匙。

梅姐一个优雅的动作把举着的钥匙捏进了自己的拳头：“且慢，这是有条件的。”

小白油腔滑调地说：“你说吧，梅姐，你还能有什么条件呢？开始你说一月一次，我犹豫了吗？后来你说一周一次，我犹豫了吗？再后来你说随叫随到，我犹豫了吗？你还能有什么条件呢？”

梅姐说：“这房子能管多少年呢？”

小白说：“这么好的房子，管它几十年、百把年都没问题。”

梅姐说：“那好，我只要二十年，只收二十年的利息就行了。”小白丈二的和尚，摸不住头脑。梅姐解释道：“就是说，从你解决正式工作那年算起，你得服侍我二十年，小白，你做得到吗？”

小白对二十年恐怕根本没有什么概念，想都没想一下就答应了：“做得到，做得到。”

梅姐继续说：“二十年内，使用权在我，你不能与别人结婚。我给你算清楚了，你参加工作的时候二十二岁，二十年后你就是四十二岁，四十二岁你就完全自由了，再找个黄花闺女都不成问题。”顿了顿，梅姐继续道：“实际上你已经服务了五年，还有十五年你就解放了，那阵我也五十五岁，退休不管事了。你认真想想，做得到吗？”

除了在大会上，小白从来没见过梅姐这么严肃的样子，脑子飞快地转了一下，十五年，不就是认识梅姐三个这么久吗，有什么大不了的，他也像梅姐那样郑重其事地说：“梅姐，我做得到。”

梅姐仍然十分严肃：“口说无凭，得签个协议。”

小白“扑”的一声笑了出来：“梅姐，你好幽默，好搞笑哟，你在开玩笑吧，这种事情还要签个协议。”

梅姐还是一脸严肃：“我没开玩笑。”

小白说：“这样吧，梅姐，协议不用签了，我给你写个保证书。”

梅姐点了点头，语气平和地说：“好吧，这样也行。”

小白就找来纸笔，正南其北地写了一段文字：

保证书

感恩梅姐给了我工作，给了我车子，给了我房子。我保证从××年××月××日起，二十年内不找女人、不结婚，孝敬梅姐二十年。

保证人：小白

××年××月××日

梅姐把小白的保证书收藏起来，小白把梅姐的钥匙拿到了手。就这样，小白的一张纸，换回了一套崭新的房子，二人有说有笑地拥抱在一起，亲密无间、其乐融融。

可是后来，事情就有了变化。

这种变化，开始是微妙的。梅姐感到，一向对自己百依百顺、一口一个梅姐的小白不那么百依百顺了，他有时候也会拌嘴、斗气，甚至对自己的话充耳不闻、不理不睬。小白也感到，自己十分尊敬和珍爱的梅姐，并不那么值得尊敬和珍爱了，她太霸道、太自私、太自以为是，甚至在小白身体不舒服的时候，也不顾及人家的感受，只顾自己的需要与满足。后来，这种变化就愈演愈烈，恐怕梅姐和小白自己都说不清楚，到底是谁背叛了谁，到底是谁违背了自己的诺言。小白背着梅姐偷偷耍起了女朋友，梅姐背着小白开始了对他的监视行动。

那天晚上，小白在大众公园与女朋友约会。一张条椅上，左边坐着小白，右边坐着小白的女朋友，小白的手搂着女朋友的腰，女朋友的头靠在小白的肩上，男女相拥，说着甜蜜的话。突然，梅姐从背后钻了出来，一句话不说，把靠在小白肩上的女孩子一爪掀开，拉起小白就开走，小白吓蒙了，小白的女朋友也吓蒙了。小白的女朋友木在那里不知所措的时候，小白已经被梅姐拉出了公园。

回到那套两室一厅的房子里，小白才回过神来，咚咚咚的心跳还没完全平息的时候，梅姐递给他一杯水："说吧，为什么背着我耍女朋友？"

小白心道："耍女朋友怎么了？那是我的权利。"但小白没敢说，低着头不做声。

梅姐言语不重，但掷地有声："你别忘了，我们是有协议的，你的保证书还在我手中捏着。"

小白心道:“保证书怎么了?我只保证了不结婚,并没有保证不要女朋友。”但小白还是没敢说,还是低着头不做声。

梅姐仍是言语不重,但掷地有声:“告诉你吧,我已经注意你多时了,下次再让我抓住,小心你的狗头。”

小白心道:“你个女魔鬼,你个变态狂,你要霸占老子一辈子?老子不伺候你了。”但小白还是没敢说,低着头不做声。

梅姐训了一阵,见小白句话不说,像个做了错事的孩子,认为他已有悔改之意,只好收兵作罢。

但梅姐万万没有想到,小白是口服心不服,他心中的气大着哩,你梅姐捏着那份保证书又怎样?那是不平等条约,是在你的淫威下签定的,就跟当年的“瑷珲条约”、“马关条约”、“辛丑条约”一样,是上不得台面的,我肯信你梅姐敢拿出来公诸于众?

想想吧,要我跟你服务二十年,不准结婚,你梅姐不是要霸占我二十年吗?二十年,二十年,人的一生有几个二十年?二十年过后,老子就是四十几岁了,你不是毁掉了我的青春年华吗?你个死婆娘、骚婆娘、臭狗屎的烂婆娘。

但话又说回来,梅姐毕竟是对小白有恩的,没有梅姐小白能有一个好工作?没有梅姐小白能成为这座小城的一分子?没有梅姐小白能有个舒舒服服的安乐窝?一句话,没有梅姐就没有他小白的今天。

小白后来越来越变本加厉了,不但不思悔改,偷偷摸摸耍女朋友,还居然在光天化日之下把女朋友带到家里来,在梅姐那套两室一厅的房子里又吃又喝、又说又笑,说不定还干出那种叫人恶心的丑事来。小白的行动又被梅姐逮了个正着,她敲开房门的时候,开门的不是小白而是小白的女朋友。梅姐跟那女孩一打照面就气不打一处来,因为她看见眼前这个女孩并不是小白先前要的女孩,梅姐往日的温文尔雅一扫而光,一股无名之火油然而生:“小白,你狗杂种有本事呢,搞了一个搞二个。”“啪——啪——”两个耳光,扇在了女孩子满是狐疑的脸上,顿时起了两道白印。

正在沙发上看电视的小白不依教了,“嗖”的一下弹起来,手中的电视遥控板就从手中飞了出去,不偏不倚打在了梅姐的脸上。小白压抑多时的怒火冒了出来,像战场上的勇士抓俘虏一样,抓起往日威风凛凛的梅姐就

甩出了门外，“呯”的一声推上了房门。

紧接着，屋里响起了小白和那个女孩嗡嗡的痛哭声。梅姐做梦也没想到，那个女孩不是小白所要的女朋友，那是小白在师范学校上学的亲妹妹。

……

后来的事情就越发不好收拾了。梅姐知道自己错打了小白妹妹的耳光后，几次打电话来要作解释，小白再也不理她了，每天吃了晚饭把门一关，就到大众公园旁边的露天茶馆喝盖碗茶。

小白要感谢那个公园旁边的露天茶馆，他从茶客的口中获得信息，县计生委梅主任有严重的经济问题，小白是既担心又害怕，就泡了碗盖碗茶坐到暗处尖起耳朵偷听。偷听了几个小时，终于理出眉目，人们怀疑梅姐在县计生委大厦修建过程中，肯定存在严重的受贿行为，听说上级机关正在调查她的问题。

小白觉得问题严重了，就马上联想到自己与梅姐的不正当关系，联想到梅姐送给自己的灰白色小轿车，联想到梅姐送自己的那套刚搬进去不久的两室一厅精装房，就一遍又一遍回忆自己认识梅姐几年来的点点滴滴。

小白的回忆，就是一部清清晰晰的幻灯片，一张又一张地闪过，一页又一页地闪过，那么苦楚和疲惫，那么无助和无奈，那么恐惧和忏悔……

小白决定，一定要走进那座灰白色的大楼。

那座灰白色的大楼是权力、威严、道德和正义的象征。在这座小城居住了七八年，小白从未走进过那座大楼，也从不敢走进那座大楼，那座大楼到底有多高贵、多深沉、多复杂、多神圣，小白非常模糊和懵懂。

走进那座大楼，小白是犹豫的，他不愿毁了梅姐，毁了自己，毁了千辛万苦挣来的幸福生活。同时，走进那座大楼，他又是坚决的，他不能不从漆黑的夜里走向黎明，不能不从晦涩阴暗走向光明，不能不从万般无奈走向解脱和自由。

小白决定，一定要走进那座灰白色大楼。

顾教授的搞笑哲学

七色光小区的老头儿老太婆阵营里，最近增添了一个新成员，他就是从大学里刚刚退下来的顾教授。

顾教授退休前在大学里教哲学，准确地说是教马克思主义哲学。哲学这个东西，说复杂又复杂，说简单又简单，说深奥又深奥，说浅显又浅显，但七色光小区头那些老头儿老太婆一般还是弄不懂的。有人问过顾教授，说顾教授你是教哲学的，你说说什么是哲学？顾教授说，哲学嘛，是关于世界观和方法论的学问，老头儿老太婆们听得直伸舌头，又是世界观，又是方法论的，要多深奥有多深奥。顾教授讲话总是像说天书，似懂非懂，老头儿老太婆们就不喜欢，就认定与他没有共同语言，就不愿跟他多说话，就对他道热不热道理不理的样子。

顾教授感到不可理解，哼，我堂堂一个大学教授，放下架子与你们为伍，也够礼贤下士了。你们不就是些做工的呀，做生意的呀，开车的呀，甚至在城里买了房从边远区县迁来的呀，最多有几个当官的，什么科长呀处长呀什么的，有什么了不起。知道我干什么的吗？哲学教授。你们当中有几个人知道世界是物质的、物质是运动的、运动是有规律的、规律是可以认识的、认识是靠实践来完成的……算了，不说这些，你们装相不理我？我还不理你们呢。

七色光小区的中心地带有一个会所，名字就叫七色光，与小区同名。七色光会所里开有餐馆、茶楼、小卖部、健身房。围着会所绕一圈，依次分布着七个小园区，分别叫红枫园、橙香园、黄桷园、绿树园、青草园、蓝天园、紫薇园，连起来就是赤橙黄绿青蓝紫，所以小区就叫七色光。

顾教授百无聊赖，成天就围着会所转圈圈，一些年轻人从会所外的柏

油路上进进出出，尽都行色匆匆的样子，根本没感觉到顾教授的存在，顾教授就觉得转圈圈没趣，便站在黄桷园门口数进出小区的车子，一二三四五六七八九十、二二三四五六七八九十、三二三四五六七八九十……数呀数的，自己也不知道数到几个一二三四五六七八九十了。顾教授就觉得数车子也没趣，便从柏油路拐进了小区的景观大道，景观大道是整个小区的进出通道，一头连着会所，一头连着外面的城市公路。景观大道大大小小的树子已经成林，宽宽绰绰的树荫下有几排亮亮铮铮的木椅子，木椅子上有两三个老头儿在晒太阳，好像只抬抬眼皮看了他一眼，头都懒得抬。顾教授就觉得更没趣了，蔫当当回家睡觉。

顾教授的觉是睁起眼睛睡的，他想起以前从公务员队伍改行到学校教书太正确了，那时他在一个区里当文化局的副局长，论级别也就是个副处。后来他现在所在的这所大学从专科改为本科，学校差大量专业老师和中层干部，到处招兵买马。顾教授就与学校挂上了钩，要跳槽到大学去教书，校长问他想到哪个教研室，顾教授说自己是学哲学的，想去哲学教研室当哲学老师，顾教授的要求与学校的需求一拍即合，他顺利地当上了哲学老师，教研室改成系的时候，他就当让了哲学系的副主任，后来还评了副教授、教授。要是一直在区文化局工作，顶破天也就混个局长当当，局长有什么？不就一个处级干部嘛，在位时风风光光，有小车座，有红包拿，有基层单位请去指导工作，还经常坐在主席台上显示显示权威。一旦退下来呢，谁会开小车接你上下班？谁会把红包硬塞进你的包包里？我当个教授那可算终身待遇，不但退休工资比处级干部高多长一截，退休前是顾教授，退休后人家还喊我顾教授，看年看月的总有人请去讲讲课，隔三岔五的总有本科生、研究生上门请教请教，而一个文化局长退下来，谁请你去讲课？谁上门向你请教？他向你请教什么？请教如何当局长，如何当处长，如何在台上台下摆显摆显权威地位？……

顾教授睁起眼睛睡觉，老伴看了着急，一个劲儿在他面前念叨："生命在于运动，扫地去"，"生命在于运动，洗碗去"，"生命在于运动，理菜去"。教授才不干呢，一个大学教授就干这个？顾教授被老伴念得烦了，气不打一处来："好，生命在于运动，我这就出门去运动运动。"一骨碌爬起来，哐的一声带上门，出去了。

顾教授出了门，从电梯里下得楼来，一个人站在院子里发呆。老伴的话一直在他耳际萦绕，是的，生命在于运动，可我到哪里去运动？继续在红枫园、橙香园、黄桷园、绿树园、青海园、蓝天园、紫薇园晃悠？围着小区赤橙黄绿青蓝紫地绕来转去？让小区头那些老头儿老太婆看笑事？不干，顾教授有顾教授的运动方式。

顾教授从红枫苑的铁签子门里走出来，没有向左拐进小区的柏油路，而是向右进了小区的景观大道。宽宽绰绰的景观大道是用瓷砖铺成的，在春日的阳光下熠熠生辉，高高矮矮的树子已经成林，有几个老头儿在树荫下的条凳上坐着闲聊，顾教授只瞟了他们一眼就走过去了。穿过景观大道，顾教授就走出了小区的范围，他来到外面的大公路边，一辆又一辆公共汽车，小轿车和出租车在他面前驶过，公共汽车往站边一靠，一会儿就吐出一堆人来。顾教授平时小车坐多了，反觉得单调，这会儿看见公共汽车上花花绿绿坐了一车男女老幼，就觉得在不紧不松的公共汽车里坐着是一种惬意的享受。

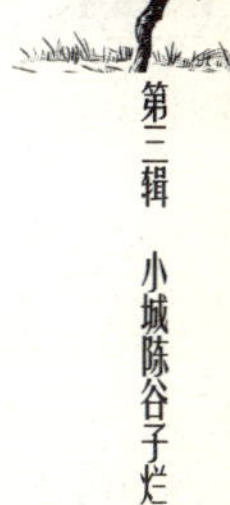

又一辆公共汽车开过来了，哐当一声开了门，下了三四个乘客。顾教授看得清楚，这是 999 路公共汽车，这趟车他是赶过的，原来学校没给他配小车的时候，他常坐这趟车上班下班，往返于家和学校之间，那时觉得这趟车挤得要命，过道和车门口都像栽竹子插笋子一样站满了人，冬天衣服穿得厚，挤得连身都转不动，热天更恼火，挤得人透不了气，一股尸臭味直冲鼻孔。但今天不一样，人不挤，车不挤，路也不挤，顾教授明白，这是错开了上下班高峰时段的原因，还有就是政府这几年大抓畅通工程建设，新修了好多路给主干道减了压，不管怎样，999 路公共汽车给顾教授带来了好心情。

有几个乘客要上车，从顾教授身边擦了过去，还剩两个中年人，斯斯文文地候在顾教授后边。顾教授本来是出门散步的，没想过要上公共汽车，他看了看后边的两位中年人，对他们有一种好感，脑子里突然闪出了“尊老爱幼、助人为乐、老吾老以及人之老、幼吾幼以及人之幼”一大串词语，脚步就自然而然地跨上公共汽车去了。直到挑一个靠窗的位置坐下来，顾教授才意识到自己无意识地上了公共汽车，刚上来又不好立马起身下车，也就随它去了，车开到哪里就坐到哪里，嘿嘿，生命在于运动。

999路公共汽车拉着一车乘客，过了一条大河，又穿过一个隧道，一直向南开。再向南这条路的地名就有点怪，它不叫什么路什么街，也不叫什么坡什么湾，它分别叫一公里、两公里、三公里……一直叫到八公里，每走一公里就是一个公共汽车站。显然，这片地区那时候还是荒郊野外，人们就用几公里几公里来命其地名，现在虽然早已城市化了，到处高楼大厦，车水马龙，但人们还是叫它一公里、两公里、三公里。

过了一会儿就响起了喇叭声，悠扬而悦耳："一公里到了，有在一公里下车的乘客请下车。"顾教授无动于衷，他今天的旅行并没有目的地，随便在哪里下车都行，下与不下也无所谓，顾教授临窗望着外面的花花绿绿的街景，等待公共汽车重新启动，重新轰隆隆地喘气，重新拉着乘客奔向下一个目的地。

又过了一会儿又响起了喇叭声，悠扬而悦耳："两公里到了，有在两公里下车的乘客请下车。"顾教授仍然无动于衷，一公里没下，两公里何必下呢？顾教授觉得街头那些小卖部、小餐馆、大排档是那样熟悉而亲切，一种久违的感觉由然而生，想着想着，汽车又启动了，奔向两公里的下一个目的地。

过了一会儿，广播里再一次响起了喇叭声，悠扬而悦耳："三公里到了，有在三公里下车的乘客请下车。"顾教授还是无动于衷，一公里是坐，两公里是坐，三公里是坐，再坐个一公里两公里三公里还是坐，坐都坐上来了，还坐它两公里三公里又何妨？顾教授一面给自己找出理由，一面等着公共汽车再一次启动，奔向三公里的下一个目的地。

汽车断断续续行进，顾教授的思路也在断断然续续行进。三句话不离本行，这话一点儿不假，哈哈，老伴常常念叨，生命在于运动，我今天的旅行就是运动。哲学说，物质世界有六大运动形式：机械运动、物理运动、化学运动、生物运动、社会运动和思维运动，我今天这种旅行叫什么运动？嘿嘿，我坐在汽车上，汽车在开，这叫机械运动；我坐在汽车上，从甲地到乙地，这叫物理运动；我坐在汽车上，每一个分子都在起着化合反应，这叫化学运动；我坐在汽车上，是一个生命体的运动，这叫生物运动；我坐在汽车上，是一个社会的人在社会中穿行，这叫社会运动；我坐在汽车上，脑子不停地思考问题，这叫思维运动。顾教授突然觉得，自己讲了半辈子唯物主义运动观，从来没有这次理解得这么深刻，自己本身就是六大运动形式的物质载体，自己就是运动。

“老同志，下车了。”驾驶员一边擦着挡风玻璃，一边和颜悦色地朝云里雾里的顾教授喊。顾教授这才醒过神来，哟，终点站早就到了，车上除了和颜悦色的驾驶员外，已经空无一人，随口撒了个谎给自己解围：“不好意思，不好意思，睡着了。”又问驾驶员：“师傅，这是八公里吗？”

“八公里，终点站。”

顾教授连声道谢，就要起身下车，身子刚从座位上撑起来，动作就僵住了，像给一首进行曲画了道休止符。顾教授脑子飞快地思考着，我下车干什么呢？我下车到哪里去呢？我下车去找谁呢？他抬头看了一眼还在擦挡风玻璃的驾驶员，驾驶员也正好看了一眼他，他觉得驾驶员窥穿了他心头的秘密，有些尴尬起来，不由自主地迈开双脚，故作匆忙地下了公共汽车。

下得车来，顾教授倒犯难了，车站就在学校的大门口，下了车就等于到了学校。车站还是那个车站，学校还是那个学校，大门口站岗的保安也还是那个保安，但顾教授今天觉得特别异样，浑身上下都很别扭，好像公共汽车的师傅有双眼睛在看他，守大门的保安也在看他，连候车的乘客都在看他，他们在说，看，这是顾教授，这是刚退下来的顾教授。

顾教授硬着头皮往大门里走，本以为保安会把他拦住，问他到哪里去、找什么人、办什么事，说不定那小保安认识他，朝他点个头、问声好，但是没有，小保安对他视若不见。顾教授心情这才平静下来，心里对自己说：自作多情，谁把你当回事来？有者不多，无者不少。

太阳暖暖地照着，微风轻轻地吹着，几只蜜蜂在校园的花圃里飞来飞去，顾教授就跟着蜜蜂的嗡嗡声往花圃里走。这样挺好的，他用不着进学校去了，大家都忙，开会的在开会，上课的在上课，开完会上完课的匆匆地往各家屋里赶，去耽误别人干什么呢？弄不好自己那张办公桌都被别人占了，弄不好别人正在专心致志地备课，去碍手碍脚做什么呢？

不知不觉转了一圈，又不知不觉出了校门，顾教授这才意识到时间不早了，早上只吃了一个鸡蛋一杯牛奶，肚子已经有了饿的感觉。他其实完全可以在学校吃了午饭再回家，食堂里份饭、炒菜、面食什么都有，味道还是不错的。但顾教授没有，毅然爬上了 999 路公共汽车，慢摇慢摇地往家

里赶。

回到家里，桌上的菜都凉了，老伴一边给顾教授热菜一边抱怨："都一点钟了，大半天干什么去了？"

顾教授回答说："运动吵，生命在于运动。"

老伴把热好的菜从微波炉里端出来，又取碗给顾教授盛饭："下次出门把表戴上，好掌握时间，免得找不到早晚。"

顾教授一边吃着饭，一边在默想，戴什么表哟，手机就是表。其实今天多耽误一个小时，完全是因为在学校花园里闲逛造成的，不信下午就再试一次，在学校门外下了车立即返回，可能刚好是回家吃晚饭时间。

顾教授算好时间午休了一会儿，又算好时间出了门，照样在七色光小区外的公路上上了 999 路公共汽车，照样在离学校 200 米远的公交站下了车，但顾教授没有进学校大门，也没有去学校的花园去蹓跶，而是在车站边转了几分钟，掏一元钱在地摊儿上刷了皮鞋，马上上了 999 路公共汽车，顾教授落座的时候，觉得驾驶员师傅又用一种异样的眼光看着他，好像还给他做了一个示意，顾教授也不在意，坐着车对对直直回了家。推开家门，差两分钟打 6 点，标准的晚饭时间，老伴从厨房探出头来，给了一个满意的微笑。

从此以后，顾教授总是在标准时间出门，标准时间回家，上午回家赶午饭，下午回家赶晚饭，一天两趟，天天如此。

但是好景不长，时间才半个月多一点，就起了小小的风波，那天顾教授正要出门，就被老伴拦住了："上哪里去呀？"有点嬉皮笑脸的样子。

"运动吵，生命在于运动。"

"哦，运动，是汽车在运动还是人在运动呢？只怕是汽车在运动哟！"

一句话就把顾教授杵到墙头上巴起，本想狡辩几句，觉得大可不必，让顾教授感到蹊跷的是，自己坐耍耍车本是天知地知的事情，怎么就穿帮了呢？他十分诧异地盯着老伴，满腹疑问地等待下文，嘴里哽了半天，一句话也没有哽出来。老伴得意洋洋地拽了半天，才讲出了事情的原委。

原来，就在顾教授同一栋楼里，住着一位关师傅，正是 999 路公共汽车的驾驶员。关师傅早就认识顾教授，那时他还在公交公司宣传处作临时工，公交公司举办科以上领导干部培训班，请过顾教授去讲哲学，顾教授讲课的题目是“哲学是工人阶级的明白学”。处长给小关的任务不只是听课，还要负责把顾教授讲的内容录下来，下次办班要是请不到人讲课就可以放录音，还能节约讲课费。处长告诉他，一盘空白录音带只能录一个小时，所以每小时要换一盘录音带。谁知顾教授的课讲得太精彩了，小关听入了神，完全搞忘了换录音带的事，三个小时的讲座小关只录下三分之一，由此他受到了处长的批评并离开了宣传处。离开宣传处后小关学会了开大客车，一开就是三十多年，成了名符其实的关师傅。关师傅一开始就认出了上车的顾教授，只是没有在意。后来觉得有点不对头了，顾教授一天去两趟八公里，辛辛苦苦赶过去，什么事也没办，又辛辛苦苦赶回来，有几次连车都没下，原车赶过去，原车赶转来，一天两趟，天天如此，真是没得耍事了吗？关师傅几次想问问坐车的顾教授，又觉得唐突。昨天出门时，在电梯里正好遇到顾教授老伴下楼买菜，就向老太婆询问原因，才把顾教授的秘密揭穿了。

顾教授完全没有想到，本栋楼里还有999路公交车的潜伏者，简直就是老婆安插的卧底，马上想起一年多前看的电视《潜伏》，连自己都情不自禁地笑出声来。

不能坐耍耍车出去“运动”了，又干点儿什么呢，总不又睁起眼睛睡大觉吧？恰在这时，女儿打电话来说，要把毛毛送过来住两天，保姆冬梅老家有事要回去一趟，毛毛没人照顾。

顾教授喜出望外：“要得要得，赶快把毛毛送过来，我亲自照顾，教他画画、写字、读唐诗。”

女儿说：“好的好的，只要不教他学哲学就行。”

当天下午，保姆冬梅就把毛毛送过来了，还对毛毛的饮食起居作了一些交待。毛毛只有两岁多点，长得虎头虎脑，很逗人喜爱，叫他喊外公就对着顾教授喊声“外公”，叫他喊外婆就对着顾教授老伴喊声“外婆”。毛毛嚷着要下楼去玩，顾教授和老伴就争着带他出门，顾教授说：“这样，合理分工，节约资源，毛毛白天归我，晚上归你。”老伴想，也好，自己还得买菜做饭呢，干脆买点瘦肉回来，给毛毛弄个肉丸子，就让顾教授带毛毛玩去吧。

顾教授带着毛毛来到了七色光会所二层，那里开了个品茗轩茶楼，可以喝茶、打牌、下棋、嗑瓜子，也可以有事无事地吹壳子聊天。茶楼一隅有个儿童活动角，有跷跷板、梭梭摊、转转椅、塑料球等一些儿童玩耍的东西，这是给带小孩的茶客提供方便的，小孩带来了，往儿童角一甩，就可放心大胆喝茶打牌去。

今天茶楼的人不多，大厅里的麻将桌空空如也，有两个老头儿在下象棋，正杀得难解难分，还有两三位喝闲茶的茶客围在棋盘边观阵，你一言我一语地指点老头儿走棋，吧台上的服务小姐正提着茶壶给他们续水，见顾教授进来了，微笑着问道："老先生喝茶吗，几个人？"

顾教授说："来杯秀芽吧，一个人。"又对毛毛说，"想玩什么？"毛毛一眼就发现了儿童角的梭梭摊，哚哚哚地跑过去，兴高采烈地玩起来。顾教授跟过去，辅助毛毛玩了两次，见毛毛已是玩梭梭摊的"老手"，更无什么安全问题可担心，便退回来喝茶，边喝边看两位老头下象棋，觉得两个老头半斤八两，都属一般水平，仅仅十分钟就各走了两步臭棋，惹得侧边围观的几位茶客纷纷臭说，顾教授却没有吱声，观棋不语真君子。

正看在兴头上，毛毛哚哚哚跑过来："外公，屙尿。"顾教授心道：外公不屙尿，是毛毛要屙尿。话没出口，见毛毛急抓抓的表情，就知道毛毛这包尿夹了老半天了，恐怕早就憋不住了。赶忙找到卫生间的位置，引毛毛进去解手，顾教授把毛毛引进卫生间后，马上返身转来继续观看棋局。看见红方有一步妙着，走得好的话，大有置黑方于死地之势，他要看看，红方是否按他的想法出棋。

谁知毛毛哚哚哚地从卫生间跑出来了，一看就知道毛毛的手还没解，急得脸红筋胀。顾教授想，肯定是毛毛解不开裤子，才憋得如此难受，马上把毛毛牵进卫生间，给他垮了裤子，擒出小雀雀，又返身过来看棋。

执红棋的老头儿有些犹豫，两个指拇夹着红炮就要落子，顾教授直点头：对的，对的。头还没点下去，毛毛又跑出来了，尿胀得没有办法，又哭又叫，横得眼睛水直流。

顾教授说："这娃娃还扯吔，要屙尿各人屙嘛，叫唤什么呀？"顾教授再也无心思观棋了，又要去拉毛毛进卫生间。可毛毛死活不干，围着象棋桌子转圈圈，急得又喊又闹、又跑又跳。

顾教授没辙了，只有摸出手机给女儿打电话："毛毛是怎么回事？尿胀得脸红脖子粗，垮了裤子又不解手。"

女儿说:“都是冬梅惯的,快,给毛毛把衣服脱了。”

顾教授在电话头吼起来了:“扯得狠,解个小手还要脱衣服?”手里捏着电话没有挂。

吧台女服务员立马过来帮忙,三刨两爪把毛毛的外裤内裤脱完了。可毛毛不进卫生间,围着棋桌跳了一圈。

顾教授与女儿的通话还在继续:“外裤内裤都脱了,毛毛又跑又跳不屙尿。”

电话头传来了女儿的声音:“光脱裤子不行,快,给毛毛把衣服也脱了。”

顾教授的吼声越来越响:“啥子呢,还要把衣服也脱了?”

服务员心领神会,又三刨两爪把毛毛的外衣内衣都脱完了。可毛毛还是不进卫生间,又围着棋桌跳了一圈。

顾教授与女儿的通话仍在继续:“外衣内衣都脱了,毛毛还是又跑又跳不屙尿。”

女儿在电话头说:“快,脱光,都脱光。”

顾教授说:“脱光了脱光了,毛毛仍是又跑又跳不屙尿。”

女儿说:“肯定没脱光,只有连根纱线都不沾他才屙得出来。”

顾教授迅速从头到脚扫了又哭又闹的毛毛一眼,哦,还有袜子没脱。来不及给女儿答话,来不及示意服务员帮忙,电话往旁边一甩,躬下身去给毛毛脱袜子。

下棋的不下了,看棋的也不看了,全部围着顾教授和毛毛看稀奇。顾教授先脱了毛毛的左脚,再脱了毛毛的右脚,边脱袜子边咕噜:“这下该解了吧,纱线都不沾一根了。”果然,毛毛右脚的袜子才离脚,尿水一射就出来了,喷了顾教授一头一脸!说时迟,那时快,顾教授身子一侧闪到旁边,两眼直瞪瞪地盯着毛毛尿尿,蛮大一包尿足足一分钟才尿完。

在场的人都笑了,说毛毛这孩子才怪哟,全身脱个精光才能尿尿。顾教授却笑不出来,气人加怄人地叹息着,转过身进卫生间洗脸,看着顾教授的狼狈样子,一屋子的人哈哈大笑。顾教授草草洗了一下出来,脸上、头发上、衣领上、肩膀上还留有湿泅泅的水渍,用一种气愤、抱怨、歉意和无奈的复杂表情望了望几个棋友茶客,又望了望挥着拖帕给毛毛打扫战场的服务员小姐，两手一摊，作了一个抱歉动作。撒完尿一身轻松的毛毛反而破啼为笑了，天真活泼地撒着娇，脆生生叫着外公，要顾教授领他去玩跷跷板……

这样，毛毛"撒尿事件"就算结束了，可事后不久，又出现了小小的余波。那是毛毛的妈妈来接毛毛回家的时候，顾教授认为有责任提醒女儿，要想方设法让毛毛养成好的习惯，女儿呢，却觉得父亲是在埋怨自己，显出一脸的委屈，说毛毛一向是挨着冬梅过夜，就责怪冬梅晚上给毛毛脱得精光睡觉，脱得精光解手，才养成了这个怪毛病。女儿说毛毛从今天开始，晚上不准挨冬梅睡了，更不准脱得精光睡觉，必须把坏习惯纠正过来。

按理说顾教授和女儿的话都没什么大不了的，老伴却对顾教授不安逸，责怪他不会经佑娃儿。这是老伴的老毛病，只要顾教授与女儿伴嘴，管他有理无理，总是站在女儿一边，重三搭四地念叨老头子这也不是那也不是。今天也不例外，老伴埋怨顾教授道："会怪人怪自己，不会怪人怪别人。"

顾教授有点不耐烦了："怪我怪我，一切怪我。"

"一个大教授，连照看孩子的小事都做不好。自己那句假谦虚的口头语怎么说的？百无一用是教授！"

一句话把顾教授冲胀了，酸水话一个劲儿往外冒："错，我说的百无一用是顾教授，没有说百无一用是教授。"顿了顿，觉得话没到位，继续冒酸水："顾教授和教授什么关系？懂吗？个别和一般，个别是一般的部分，一般是个别的整体，懂吗？你不能以偏概全，你不能一叶障目，你不能一竹杆打一船，懂吗？你不能……"

"又给我来哲学了？别别别，我不懂。你以为在课堂上是教授，课堂外也是教授？你以为什么鸡毛蒜皮儿烟杆火铃儿都是哲学？毛毛不脱精光不睡觉你哲学哲学？不脱精光不屙尿你哲学哲学？不脱精光不喷你丑态百出你哲学哲学？"

一席话说得顾教授无言以对，没见过老太婆如此横蛮无理又如此口才过人，顾教授本来就觉得郁闷想出门散心，正好找到由头，手上的报纸往沙发上哗啦一扔，嘴里咕噜了句只有自己才听得懂的话，拉开门扬长而去了。

不要以为顾教授是冲老伴发火,出门做式做样去了,他其实有自己的事要干,只是八字还没一撇不愿意说罢了,待一阵他蹓跶够了,会准时回家坐上桌翻眼翻皮地吃午饭的,老伴和女儿早摸透了他的脾气,都不开腔,由他出门去了。

顾教授出了门,并没有在七色光小区里蹓跶,而是到公路边招了辆出租车,直奔闹市区的小世界大厦。小世界大厦既是商场又是写字楼,具体地讲四楼以下是裙楼,全部是大型商场,五楼以上是主楼,全部是写字间,里面五花八门,公司林立,什么设计公司、家政公司、洗涤公司、美容公司,不一而足。顾教授在小世界下了车,坐电梯到了16楼,进了门口挂着“千豪人才培训中心”牌子的一家公司。

原来,顾教授在晨报上看到了千豪人才培训中心的招聘广告,广告上说,要招聘一批教师和业务员,待遇从优,价格面议。顾教授一下子就动心了,名曰培训中心,肯定不会太差,自己作为退休教授,受聘当个教师还是不掉份的,待遇不待遇根本不是问题,关键是有个事做心里充实,一不用在小区转圈圈耍了,二不用来来回回坐客车耍了,三不用百无聊赖陪毛毛耍了。

接待顾教授的是一位二十多岁的小姐,吹一个菊花头,看上去年轻漂亮、精明能干的样子。那菊花头小姐看了顾教授的教授本本儿,问了顾教授的有关情况,很礼貌地摇头告诉顾教授说:“对不起,你不适合受聘做我们的老师。”

顾教授不解:“为什么?我是正南其北的大学教授哟。”

菊花头小姐说:“你是大学教授不假,但专业不对口,我们是为进城务工人员进行业务培训的,老师要讲的是木工、电工、泥水工、缝纫工之类的课,不讲哲学课。”

顾教授心想是这个理,所谓进城务工人员其实全部都是农民工,他们来学个技术就可以到那些市政公司呀、建筑公司呀、服装公司呀、餐饮公司呀什么的打工挣钱,学你那哲学做什么?但来都来了,总不能英雄白跑路吵,放下身段对菊花头小姐说:“那我应聘业务员吧。”

菊花头小姐还是摇头:“业务员要熟悉农村,要熟悉农村进城来的农民工,把他们拉来学技术,拉人多少与报酬挂钩,拉得多收入多,拉得少收入少,拉不到无收入。”

顾教授想,业务员看来也不适合自己,但他仍不死心:“我来给你们打杂搞管理总可以吧,我不把收入看得很重,甚至……甚至没有工资也无所谓。”

菊花头小姐见顾教授如此坚决,也动了恻隐之心,认真想了想说:“这样吧,我们还有个咨询分公司,专门给一些机关和企事业单位出考试题的,最难找的是脑筋急转弯类的出题老师,你要愿意的话,我出三道口头题,答起了你可以填个报名表,我带你去见我们老总,你可以跟老总直接谈。”

顾教授心想,我一个大教授,经常都出考试题考别人,现在屈就你一家小公司,居然还要接受你一个黄毛丫头的考试?问了一句:“连大学教授也得考试?”

菊花头小姐说:“是的,人人都要考试,只不过我们没想到会有教授来应聘,也只遇到老先生你一人,你就……”

顾教授嘴上在说:“考吧,考吧,不为难你。”心里在说,本教授就是考别人的,什么考试没见过?我道要看个新鲜,你一个黄毛丫头能出什么题来考本教授。

菊花头小姐说:“我出的题有点类似脑筋急转弯哟,先答是什么,后答为什么。考起了可以应聘我们咨询公司的出题老师,专门去出这类的脑筋急转弯题。”

顾教授催促:“出吧出吧,出出来听听。”

菊花头小姐说:“老先生听好了,第一题:一辆汽车四个轮子,噔——掉了一个,还剩几个?”

顾教授哈哈大笑:“这不是考小娃娃吗?一棵树上有十只麻雀,一枪打下来五个,还剩几个?”

菊花头小姐说:“你就答吧。”

顾教授答:“一个都没有了。”

菊花头小姐说:“错。”

顾教授答:“还有三个。”

菊花头小姐说:“错。”

顾教授答:“还有四个。”

菊花头小姐说:“为什么?”

为什么?顾教授像在问自己,又像在问别人,看来这不是打麻雀那么简单,咚的一枪,打下来五个,还有五个吓跑了,于是树上一个都没有了。但顾教授不服:“出第二道题。”

菊花头小姐说:“你第一题都没答上,还出第二题?”

顾教授说:“出吧出吧,兴许后面我能答上哩。”

菊花头小姐说:“好吧,第二题:假如买了一辆私家车,老王在当驾驶员,老王旁边坐的大徒弟大刘,大刘后面坐的小徒弟小张,请回答,车主是谁?”

顾教授冲口而出,:“这不简单?车主是单位,车是公家的。”

“错,我不是说了吗,这是一辆私家车。”

“那,车主是老王,车是老王的。”

“错,老王不是驾驶员吗?”

顾教授想,车不是公家的,也不是老王的,当然肯定也不是大刘和小张的,大刘和小张不就是老王的徒弟吗?”那,这车是老王、大刘和小张他们共有的,三人都是车主。”

菊花头小姐盯着顾教授笑:“为什么?”

顾教授也笑:“为什么?不为什么,不是这个的,不是哪个的,肯定就是大家的。”

菊花头小姐说:“看来大教授是答不上了,这样吧,我把最后一道题也说了,答得上答不上都没关系。”

顾教授说:“说吧说吧。”

菊花头小姐出题:“四个人打麻将,警察把五个人都带走了,为什么?”

“这还不简单,还有一个是举报者。”

“错,没有举报者。”

“四个是打麻将的,还有一个是警察。”

“错,警察不是被抓者。”

“那就是……有一个是孕妇,肚子里有一个人头儿。”

菊花头小姐说:“还是错,老先生,你真不适合在我们公司工作,对不起,请回去吧。”

顾教授虽然心里郁闷，仍然很有风度地对菊花头小姐说了声谢谢，离开千豪人才培训中心回家去了。一路上，那三道题都在顾教授心里打旋，你还别说，虽然题的内容属小儿科之列，硬还把一个大学教授考倒了，让你不服不行。

顾教授马上又想起一个哲学术语，叫一分为二。辩证法认为，任何事物都是一分为二的，一个人、一件事、一种现象、一个判断、等等等等，还有什么不能一分为二呢？菊花头小姐出的题比起哲学来只能算小儿科，但小儿科也能一分为二，一方面，它草根、低俗、下里巴人，算不上什么大学问，另一方，它机智、好玩、妙趣横生，深受芸芸众生的喜爱，这就叫辩证法，长与短的辩证法、优与劣的辩证法。菊花头小姐，你看，我虽然我解不开你的小聪明，但我可以用大学问来分析你，来分析你出的题，来分析你和你出的题背后的一切现象，这就是阳春白雪与下里巴人的关系，这也是辩证法。

这样想着，在小世界大厦的憋闷也就烟消云散了。高高兴兴回到家时，正是吃饭时间，老伴在厨房里忙活，女儿家的保姆冬梅也到了，正给老伴打伙传菜，毛毛的妈妈正往桌子上摆碗筷。毛毛到门口迎接顾教授，一口一个“外公”叫得蛮甜，还拉着顾教授的手跳来跳去。

一会儿饭菜就上桌了，一家人笑笑和和吃起来，没人追究顾教授“外逃”事件，大家都知道他那点坏毛病，遇事想不通了总要使使性子，使过性子马上又原复原样了。老伴和女儿心想，就那两三个小时间，顾教授又能上哪里去呢？不就是在小区里转转圈圈呀，在七色光会所看看棋局呀，在会所的茶馆里喝喝茶呀什么的，谁会想到他那么迅速地去了小世界，又那么迅速地参加了千豪公司的应聘考试，还那么迅速地又回到七色光小区来了呢？

吃着吃着，顾教授一眼看到了躺在沙发上的那张晨报，晨报翻到第十四版，正是千豪人才培训中心的招聘广告，顾教授盯了一眼那则广告，想到自己刚刚神出鬼没地去转了一圈，“噗”的一声笑出来，老伴瞄了他一眼：“你笑什么？”

顾教授没有答话，又是“噗”的一声笑出声来。毛毛坐在顾教授身边，也停下筷子向顾教授发问：“外公，你笑什么？”

顾教授看了看老伴和毛毛，又看了看女儿和冬梅，说：“我出三道题，

脑筋急转弯,答起了有奖。”

四双眼睛齐刷刷盯着顾教授:“出嘛,出嘛。”顾教授一口气就把菊花头小姐的三道题说了。四个人听了,都没说话,四双眼睛又齐刷刷盯着顾教授,言外之意是说:你怎么蹦出来这么几道题呢?顾教授却得意起来:“怎么样?答不出来吧?答不出来吧?”

毛毛不停地往碗里夹菜,老伴和女儿仍然不开腔,还是冬梅打破了寂静:“顾伯伯,你这些题好简单哟,一点儿都不稀奇。”

顾教授不以为然:“简单?你能答上?”

冬梅说:“当然。”

顾教授说:“那好,我们一道一道地来行不行?”

冬梅说:“好。”

顾教授一本正经地出题了:“第一题,一辆汽车四个轮子,噔……掉了一个,还剩几个?”

冬梅答:“四个。”

顾教授问:“为什么?”

冬梅答:“因为是灯掉了一个,轮子没掉。”

顾教授惊讶:“啊?”心道:我怎么没想到呢?但顾教授嘴上没说,又出了第二题:“假如买了一辆私家车,老王在当驾驶员,老王旁边坐的大徒弟大刘,大刘后面坐的小徒弟小张,请回答,车主是谁?”

冬梅答:“车主是贾茹。”

顾教授问:“什么?假如?”

“是呀,题目中就回答了嘛,假如买了一辆私家车,假如就是贾茹嘛。”

顾教授惊讶:“啊?”心道:我怎么没想到呢?但顾教授嘴上仍然没说,又出了第三题:“四个人打麻将,警察把五个人都被带走了,为什么?”

“因为打人者被带走了,被打者也被带走了,他要去作证吵。”

“被打者是谁?”

“麻将呀,他的名字叫麻将。”

“啊?我怎么没想到呢?”顾教授终于矜持不住了,一脸的惊异和盘而出。老伴、女儿和冬梅禁不住哈哈大笑起来,毛毛也来凑热闹,拍着手笑起来。

顾教授像发现新大陆一样盯视冬梅:“这么刁钻古怪的题你都知道

呀？连我都……”后面半句话吞回去了。

老伴不屑地说：“你不是要发奖吗？奖什么？要发奖得人人有份，因为我们都能答上这几道题。”

顾教授更加惊讶：“都能答上？”

女儿说：“是呀，老爸。我若告诉你，那几道题是你女儿出的，是你女儿为我们传媒集团一个下属公司招聘人员出的考试题，你信吗？”

保姆冬梅说：“顾伯伯，我若告诉你，因为这三道题我全答对了，所以应聘成功，我即将成为千豪人才培训公司的业务员，我可以回老家去拉好多好多的人来参加培训，你信吗？”

老伴说：“老头儿，我若告诉你，这三道题千千万万的人都答得起，你信吗？这是电视上放的相声节目，恐怕连毛毛都看过，你信吗？”

顾教授捏着的筷子在空中凝固了，一张大口惊愕得说不出话来，女儿、老伴和冬梅都说她们都能答得上这三道题，你不得不信。冬梅已经回答过了，那样准确、那样入情入理，那样不容置疑，恐怕女儿和老伴也能像冬梅一样不假思索地回答这些问题，这也不容置疑。哲学上这叫什么？叫存在，客观存在，你相信也好，不相信也好，它不以人的意志为转移，它客观存在。

但是、但是、但是……一连串但是在顾教授脑海里萦绕，大家都知道的事，我怎么不知道呢？大家都能不假思索回答的问题，我怎么回答不上呢？自己回答不上的问题，怎么还煞有介事地考别人呢？顾教授呀顾教授，你真是有点搞笑，什么叫六窍皆通，只有一窍不通？恐怕这就是了。

一连串的问题还很多，顾教授没弄醒豁，包括老伴、女儿和冬梅三位女同胞对三道考题的说法和见解，到底谁更真实更正确呢？到底谁先知谁后知呢？到底谁第一性谁第二性呢？顾教授没想出来。包括顾教授承诺的奖励问题，到底该不该奖呢？到底该奖励谁呢？到底该奖冬梅还是全部的女同胞呢？顾教授没想出来。

对了，自己不是哲学教授吗？哲学上这叫什么？顾教授想呀想呀，一直都没有想出来。真的，一直都没有想出来。